老城记

钱塘风韵

老杭州

LAO HANGZHOU

朱自清 等著

中国文史出版社
CHINA CULTURAL AND HISTORICAL PRESS

图书在版编目（CIP）数据

老杭州：钱塘风韵 / 朱自清等著 . -- 北京：中国
文史出版社，2023.4
（老城记）
ISBN 978-7-5205-4037-7

Ⅰ．①老… Ⅱ．①朱… Ⅲ．①散文集－中国－现代②
散文集－中国－当代 Ⅳ．① I266

中国国家版本馆 CIP 数据核字 (2023) 第 060269 号

责任编辑：高　贝

出版发行：中国文史出版社
社　　址：北京市海淀区西八里庄路 69 号院　　邮编：100142
电　　话：010-81136651　81136602　81136603（发行部）
传　　真：010-81136655
印　　装：廊坊市海涛印刷有限公司
经　　销：全国新华书店
开　　本：787mm×1092mm　1/16
印　　张：18.25
字　　数：204 千字
版　　次：2024 年 3 月第 1 版
印　　次：2024 年 3 月第 1 次印刷
定　　价：59.80 元

目录

湖光山色

第一辑

忆西湖

梁得所

一　夏夜之梦 A Midsummer Night's Dream

雷峰塔倾倒那年的夏天，我初次寄旅江南，到久慕美名的西湖巡礼。夏夜繁星之下，荡桨于小瀛洲的旁边，南屏晚钟若隐若现地传入耳鼓，使我们几个倥偬的旅人置身于梦一般的境界，给我们一种难以消灭的印象，不过事隔多年，也就渐渐地淡忘了。

最近承岭南分校校长司徒先生的招呼，到那里享受清爽的学校生活。该校特辟一室，满挂现代绘画，名家徐悲鸿、高奇峰、丁衍镛、黄潮宽等都各赠一幅。其中拙劣的作品也有，至少有我的一幅。偶然重观那幅拙劣的画，引起我重温当年江南的旧梦。

那幅画是初次游杭时所写的紫云洞寺前树林的风景，记得当日在那山上林间消磨了半昼。登山时替我挽画箱的 M 君，也就坐在寺前石凳读他那时刻携带着的政治书籍。我虽知道他是要走他所认为救国方法的军界，但料不到他这么早就成为历史中一个无名英雄，料不到他竟变成荒凉战地上的一副不知下落的骸骨！

许多青年——对于自己使命有认识或有错误的青年——把他们血管中最后的一滴流尽了，剩下未完的责任，交给我们后死者的肩上；我们不忍说他们的血枉流，虽然我们不相信民族的拯救是一死可以解决的问题。

人们所说的话，都易随着时间而消逝；至于人们所做的事，无论对不对，在世上永久遗留着。好比一幅画，无论工巧或拙劣，都载着作者的生命。

二　春之歌曲 Spring Song

平日有一种习惯，每逢令人疲倦的事结束之后，立刻找一处地方走走，空气变换，精神便恢复而且增进了。因这作用而有第二次杭州之行，那时正当"暮春三月，江南草长"的时节。

被春风洗沐而美化了的西湖，更加妩媚。单单是那嫩绿的柳叶和绯红的桃花，便足以象征青春的陶醉了。

为了春假游人拥挤，好不容易在青年会旅舍找着半间房子。同住的原来是一位中央大学教授 Y 君，从前留美研究音乐的，我们由闲话而谈到歌曲，他既知我是做文字职业的，便叫我介绍些可作歌词的诗。"一部唐诗尽够你采用了吧。"我这样答他，可是他的意思以为"律诗句语太整齐，谱曲易陷于呆板，而且想要新的白话诗"。他又提议我们即景合作一首。对于诗句我是没有把握的，不过因想看 Y 君的曲谱，只好写一段长短参差的句子，所写的仿佛是：

记得去年春天，西湖边——

水青柳绿桃花红，

独自漫步堤上边，只有影子和我，

美景总难入心中！

今年重游西湖，景色如故，

只因有你同在，一切倍觉可爱：

你好比春风，你好比彩虹——

自从我有了你，

湖水分外青，

杨柳分外绿，

桃花朵朵分外红！

Y君读了那首所谓诗，不禁笑问事实在哪里。"尽管谱你的曲罢。"我答他："我们执笔的人，有时要把一只手借给别人，替别人说出他们想说的话。倘若这首小曲能使一对或半对情侣增加一点温馨，我们小小的工作也就不算徒劳了。"

马戏班中的小丑，为谋大众的欢愉，把自己的愁眉蹙额涂成开颜笑脸，在这世人认为无聊的事，我发现一种为了别人而掩藏自己的伟大精神。

三　紫燕南飞 When the Swallows Homeward Fly

紫燕南飞的时节，黄龙洞的桂花已经吐香，而北高峰的枫叶开始飘舞了。

中秋的明月照着西湖之夜，正是一个极度兴奋者案头工作之时。那晚的圆月引动人人举头欣赏，我却偏偏看也不看。现在回想当时未免有点憨气，然而一本厚书——我的一本比较像样的书——竟在那五十天而写成了。

秋，是病态的弱者呻吟的时令，至于没有叹息余暇的健康者，就感觉这是一年中最爽快的日子。白云在空中动移，黄叶离枝芽而下坠，在病者感着浮荡飘零的悲哀，健康者却看见奔腾和飞舞的欣悦——云行叶落正是宇宙力的表现啊！

沪杭车上的归途中，检阅五十天所成的草稿，心中感着快慰。车中闲眺，笑紫燕趋暖避寒，慕白鹤屹立于风霜的郊野。

四　倘若冬来 If Winter Comes

渐渐地，我不但不怕西风的萧索，更爱北风的凛冽；现在才十月，我便盼望冬之来临了。

最近有一位朋友在杭州筑了一座房子，两次来信邀我去小住。我答应践约之期，当在"孤山蜡梅盛开之后，断桥残雪未消之前"，因为一则目前决计不离上海，二则想看看冬天的西湖。

我想，冬天的西湖必定有一种笔墨所难形容的情调，这种情调倘若必要形容出来，大概好比一个青年，他所爱的人儿已经逝去。而他所辜负的又在别人爱护之下得了归宿。这样一个青年的心情，必定感伤而又安慰，就像湖畔之冬，一辈子肃穆、宁静。

为了对冬天表示赞美，某君竟喟然叹道我从此完了。大概他见我近来起居有定时，不像从前通宵达旦参加都会生活，以为这样的态度缺乏朝气。为我过虑是我所感谢的，然而寄语某君，冰雪盖着的富士山里面燃着不灭之火，叶子暂脱的枝芽藏着明年春天新生命的萌芽。正是：

绸缪无计且徘徊，
得见天心意未灰。
霜草有情招野鹤，
雪花无语寄寒梅。
实生一觉重啼笑，
执着都除任去来。
已是严冬春不远，
伫看雷雨洗黄埃！

丑西湖

徐志摩

"欲把西湖比西子，淡妆浓抹总相宜。"我们把西湖看得太理想化了。夏天要算是西湖浓妆的时候，堤上的杨柳绿成一片浓青，里湖一带的荷叶荷花也正当满艳，朝上的烟雾，向晚的晴霞，哪样不是现成的诗料，但这西姑娘你爱不爱？我是不成，这回一见面我回头就逃！什么西湖？这简直是一锅腥臊的热汤！西湖的水本来就浅，又不流通，近来满湖又全养了大鱼，有四五十斤的，把湖里袅袅婷婷的水草全给咬烂了，水浑不用说，还有那鱼腥味儿顶叫人难受。说起西湖养鱼，我听得有种种的说法，也不知哪样是内情：有说养鱼干脆是官家谋利，放着偌大一个鱼沼，养肥了鱼打了去卖不是顶现成的；有说养鱼是为预防水草长得太放肆了怕塞满了湖心；也有说这些大鱼都是大慈善家们为要延寿或是求子或是求财源茂健特为从别地方买了来放生在湖里的，而且现在打鱼当官是不准。不论怎样，西湖确是变了鱼湖了。六月以来杭州据说一滴水都没有过，西湖当然水浅得像个干血痨的美女，再加那腥味儿！今年南方的热，说来我们住惯北方的也不易信，白天热不说，通宵到天亮也不见放松，天天大太阳，夜夜满天星，节节高的一天暖似一天。杭州更比上海不堪，西湖那一洼浅水用不到几个钟头的晒就离滚沸不远什么，四面又是山，这热是来得去不得，一天不发大风打阵，这锅热汤，就永远不会凉。我那天到了晚上才雇了条船游湖，心想比岸上总可以凉快些。好，风不来还熬得，风一来可真难受极了，又热又带腥味儿，真叫人发眩作呕，我同船一个朋友当时就病了，我记得红海里两边的沙漠风都似乎较为可耐些！夜间十二点我们回家的时候都还是热乎乎的。还有湖里的蚊虫！简直是一群群的大水鸭子！你一生定就活该。

这西湖是太难了，气味先就不堪。再说沿湖的去处，本来顶清淡宜人的一个地方是平湖秋月，那一方平台，几棵杨柳，几折回廊，在秋月清澈的凉夜去坐着看湖确是别有风味。更好在去的人绝少，你夜间去总可以独占，唤起看守的人来泡一碗清茶，冲一杯藕粉，和几个朋友闲谈着消磨他半夜，真是享清福。我三年前一次去，有琴友有笛师，躺平在杨树底下看揉碎的月光，听水面上翻响的幽乐，那逸趣真不易。西湖的俗化真是一日千里，我每回去总添一度伤心：雷峰也羞跑了，断桥折成了汽车桥，哈得在湖心里造房子，某家大少爷的汽油船在三尺的柔波里兴风作浪，工厂的烟替代了出岫的霞，大世界以及什么舞台的锣鼓充当了湖上的啼莺。西湖，西湖，还有什么可留恋的！这回连平湖秋月也给糟蹋了，你信不信？

"船家，我们到平湖秋月去，那边总还清静。"

"平湖秋月？先生，清静是不清静的，格歇开了酒馆，酒馆着实闹忙哩，你看，望得见的，穿白衣服的人多煞勒瞎，扇子？得活血血的，还有唱唱的，十七八岁的姑娘，听听看——是无锡山歌哩，胡琴都蛮清爽的……"

那我们到楼外楼去吧。谁知楼外楼又是一个伤心！原来楼外楼那一楼一底的旧房子斜斜地对着湖心亭，几张揩抹得发白光的旧桌子，一两个上年纪的老堂倌，活络络的鱼虾，滑齐齐的莼菜，一壶远年，一碟盐水花生，我每回到西湖往往偷闲独自跑去领略这点子古色古香，靠在栏杆上从堤边杨柳荫里望滟滟的湖光。晴有晴色，雨雪有雨雪的景致，要不然月上柳梢时意味更长，好在是不闹，晚上去也是独占的时候多，一边喝着热酒，一边与老堂倌随便讲讲湖上风光，鱼虾行市，也自有一种说不出的愉快。但这回连楼外楼都变了面目！地址不曾移动，但翻造了三层楼带屋顶的洋式门面，新漆亮光光地刺眼，在湖中就望见楼上电扇的疾转。客人闹盈盈挤着，堂倌也换了，穿上西崽的长袍，原来那老朋友也看不见了，什么闲情逸趣都没有了！我们没办法，移一个桌子在楼下马路边吃了一点东西，果然连小菜都变了，真是可伤。泰戈尔来看了中国，发了很大的感慨。他说："世界上再没有第二个民族像你们这样蓄意地制造丑恶的精神。"怪不得老头发牢骚，他来时对中国是怎样的期望（也许是诗人的期望），他看到的又是怎样一个现实！狄更生先生有一篇绝妙的文章，是他游泰山以后的感想，他对照西方人的俗与我们的雅，他们的唯利主义与我们的闲暇精神。他说只有中国人才真懂得爱护自然，他们在山水间的点缀是没有一点辜负自然的；实际上他们处处想法子增添自然的美，他们不容许煞风景的事业。他们在山上造路是依着山势回环曲折，铺上本山的石子，就这山道就饶有趣味，他们宁可牺牲一点便利，不愿斫丧自然的和谐。所以他们造的是妩媚的石径。欧美人来时不开马路就来穿山的电梯。他们在原来的石块上刻上美秀的诗文，漆成古色的青绿，在苔藓间掩映生趣。反之在欧美的山石上只见雪茄烟与各种生意的广告。他们在山林丛密处透出一角寺院的红墙，西方人起的是几层楼嘈杂的旅馆。听人说中国人得效法欧西，我不知道应得自觉虚心做学徒的究竟是谁？

这是十五年前狄更生先生来中国时感想的一节。我不知道他现在要是回来看看西湖的成绩，他又有什么妙文来颂扬我们的美德！

说来西湖真是个爱伦内①。论山水的秀丽，西湖在世界上真有位置。那山光，那水色，别有一种醉人处，叫人不能不生爱。但不幸杭州的人种（我也算是杭州人），也不知怎的，特别的来得俗气来得陋相。不读书人无味，读书人更可厌，单听那一口杭白，甲隔甲隔的，就够人心烦！看来杭州人话会说（杭州人真会说话），事也会做，近年来就"事业"方面看，杭州的建设的确不少，例如西湖堤上的六条桥就全给拉平了替汽车公司帮忙；但不幸经营山水的风景是另一种事业，决不是开铺子、做官一类的事业。平常布置一个小小的园林，我们尚且说总得主人胸中有些丘壑，如今整个的西湖放在一班大佬的手里，他们的脑子里平常想些什么我不敢猜度，但就成绩看，他们的确是只图每年"我们杭州"商界收入的总数增加多少的一种头脑！开铺子的老班们也许沾了光，但是可怜的西湖呢？分明天生俊俏的一个少女，生生地叫一群粗汉去替她涂脂抹粉，就说没有别的难堪情形，也就够煞

---

① irony 的音译，反讽之意。

风景又煞风景！天啊，这苦恼的西子！

但是回过来说，这年头哪还顾得了美不美！江南总算是天堂，到今天为止。别的地方人命只当得虫子，有路不敢走，有话不敢说，还来搭什么臭绅士的架子，挑什么够美不够美的鸟眼？

西湖的六月十八夜

俞平伯

我写我的"仲夏夜梦"罢。有些踪迹是事后追寻，恍如梦寐，这是习见不鲜的；有些，简直当前就是不多不少的一个梦，那更不用提什么忆了。这儿所写的正是佳例之一。

在杭州住着的，都该记得阴历六月十八这一个节日罢。它比什么寒食、上巳、重九……都强，在西湖上可以看见。

杭州人士向来是那么寒乞相的；（不要见气，我不算例外。）唯有当六月十八的晚上，他们的发狂倒很像有点彻底的。（这是鲁迅君赞美蚊子的说法。）这真是佛力庇护——虽然那时班禅还没有去。

说杭州是佛地，如其是有佛的话，我不否认它配有这称号。即此地所说的六月十八，其实也是个佛节日。观世音菩萨的生日听说在六月十九，这句话从来远矣，是千真万确的了，而十八正是它的前夜。

天竺和灵隐本来是江南的圣地，何况又恭逢这位"大慈大悲救苦救难观世音菩萨"的芳诞，——又用亮丽的字样了，死罪，死罪！——自然在进香者的心中，香烧得越早，便越恭敬，得福越多，这所谓"烧头香"。他们默认以下的方式：得福的多少以烧香的早晚为正比例，得福不嫌多，故烧香不怕早。一来二去，越提越早，反而晚了。（您说这多么费解。）于是便宜了六月十八的一夜。

不知是谁的诗我忘怀了，只记得一句，可以想象从前西子湖的光景，这是"三面云山一面城"。现在打桨于湖上的，却永无缘拜识了。云山是依然，但濒湖女墙的影子哪里去了？我们凝视东方，在白日只是成列的市庭，在黄昏只是星星的灯火；虽亦不见得丑劣，但没出息的我总会时常去默想曾有这么一带森严曲折颓败的雉堞，倒映于湖水的纹瀔里。

从前既有城，即不能没有城门。滨湖之门自南而北凡三：曰清波，曰涌金，曰钱塘，到了夜深，都要下锁的。烧香客人们既要赶得早，且要越早越好，则不得不设法飞跨这三座门。他们的妙法不是爬城，不是学鸡叫，（这多么下作而且险！）只是隔夜赶出城。那时城外荒荒凉凉的，没有湖滨聚英，更别提西湖饭店、新新旅馆之流了，于是只好作不夜之游，强颜与湖山结伴了。好在天气既大热，又是好月亮，不会得罪受的。至丁放放荷灯这种把戏，都因为惯住城中的不甘清寂，才想出来的花头，未必真有什么雅趣。杭州人有了西湖，乃老躲在城里，必要被官府（关城门）佛菩萨（做生日）两重逼迫着方始出来晃荡这一夜；这真是寒乞相之至了。拆了城依旧如此，我看还是惰性难除罢，不见得是彻底发泄狂气呢。

我在杭州一住五年，却只过了一个六月十八夜；暑中往往他去，不是在美国就是在北京。记得有一年上，正当六月十八的早晨我动身北去的，莹环他们却在那晚上讨了一支疲惫的划子，在湖中漂泛了半晌。据说那晚的船很破烂，游得也不畅快；但她既告我以游踪，毕竟使我愕然。

去年住在俞楼，真是躬逢其盛。是时和 H 君一家还同住着。H 君平日兴致是极好的，他的儿女们更渴望着这佳节。年年住居城中，与湖山究不免隔膜，现在却移家湖上了。上一天先忙着到岳坟去定船。在平时泛月一度，约费杖头资四五角，现在非三元不办了。到十八下午，我们商量着去到城市买些零食，备嬉游时的咬嚼。我俩和 Y、L 两小姐，背着夕阳，打桨悠悠然去。

归途车上白沙堤，则流水般的车儿马儿或先或后和我们同走。其时已黄昏了。呀，湖楼附近竟成一小小的市集。楼外楼高悬着炫目的石油灯，酒人已如蚁聚。小楼上下及楼前路畔，填溢着喧哗和繁热。夹道树下的小摊儿们，啾啾唧唧在那边做买卖。如是直接于公园，行人来往，曾无闲歇。偏西一望，从岳坟的灯火，瞥见人气的浮涌，与此地一般无二。这和平素萧萧的绿杨，寂寂的明湖大相径庭了。我不自觉得动了孩子的兴奋。

饭很不得味地匆匆吃了，马上就想坐船。——但是不巧，来了一群女客，须得尽先让她们耍子儿；我们唯有落后了。H 君是好静的，主张在西泠桥畔露坐憩息着，到月上了再去荡桨。我们只得答应着；而且我们也没有船，大家感着轻微的失意。

西泠桥畔依然冷冷清清的。我们坐了一会儿，听远处的箫鼓声，人的语笑都迷蒙疏阔得很，顿遭逢一种凄寂，迥异我们先前所期待的了。偶然有两三盏浮漾在湖面的荷灯漂近我们，弟弟妹妹们便说灯来了。我瞅着那伶俜摇摆的神气，也实在可怜得很呢。

后来有日本仁丹的广告船，一队一队，带着成列的红灯笼，沉填的空大鼓，火龙般地在里湖外湖间穿走着，似乎抖散了一堆寂寞。但不久映入水心的红意越荡越远越淡，我们以没有船赶它们不上，更添许多无聊。——淡黄月已在东方涌起，天和水都微明了。我们的船尚在渺茫中。

月儿渐高了，大家终于坐不住，一个一个地陆续溜回俞楼去。H君因此不高兴，也走回家。那边倒还是热闹的。看见许多灯，许多人影子，竟有归来之感，我一身尽是俗骨罢？嚼着方才亲自买来的火腿，咸得很，乏味乏味！幸而客人们不久散尽了，船儿重系于柳下，时候虽不早，我们还得下湖去。我鼓舞起孩子的兴致来："我们去。我们快去罢！"

红明的莲花漂流于银碧的夜波上，我们的划子追随着它们去。其实那时的荷灯已零零落落，无复方才的盛。放的灯真不少，无奈抢灯的更多。他们把灯都从波心里攫起来，摆在船上明晃晃地，方始踌躇满志而去。到烛尽灯昏时，依然是条怪蹩脚的划子，而湖面上却非常寥落；这真是煞风景。"摇罢，上三潭印月。"

西湖的画舫不如秦淮河的美丽；只今宵一律装点以温明的灯饰，嘹亮的声歌，在群山互拥，孤月中天，上下莹澈，四顾空灵的湖上，这样穿梭走动，也觉别具丰致，决不弱于她的姊妹们。用老旧的比况，西湖的夏是"林下之风"，秦淮河的夏是"闺房之秀"。何况秦淮是夜夜如斯的；在西湖只是一年一度的美景良辰，风雨来时还不免虚度了。

公园码头上大船小船挨挤着。岸上石油灯的苍白芒角，把其他的灯姿和月色都逼得很黯淡了，我们不如别处去。我们甫下船时，远远听得那边船上正缓歌《南吕·懒画眉》，等到我们船拢近来，早已歌阑人静了，这也很觉怅然。我们不如别处去。船渐渐地向三潭印月划动了。

中宵月华的皎洁，是难于言说的。湖心悄且冷；四岸浮动着的歌声人语，灯火的微芒，合拢来却晕成一个繁热的光圈儿围裹着它。我们的心因此也不落于全寂，如平时夜泛的光景；只是伴着少一半的兴奋，多一半的怅惘，软软地跳动着。灯影的历乱，波痕的皴皱，云气的奔驰，船身的动荡……一切都和心象相融合。柔滑是入梦的唯一象征，故在当时已是不多不少的一个梦。

及至到了三潭印月，灯歌又烂漫起来，人反而倦了。停泊了一歇，绕这小洲而游，渐入荒寒境界；上面欹侧的树根，旁边披离的宿草，三个圆尖石潭，一支秃笔样的雷峰塔，尚同立于月明中。湖南没有什么灯，愈显出波寒月白；我们的眼渐渐饧涩得抬不起来了，终于摇了回去。另一划船上奏着最流行的三六，柔曼的和音依依地送我们的归船。记得从前H君有一断句是"遥灯出树明如柿"，我对了一句"倦桨投波密过饧"；虽不是今宵的眼前事，移用却也正好。我们转船，往灯火的丛中归去。

梦中行走般上了岸，H君夫妇回湖楼去，我们还恋恋于白沙堤上尽徘徊着。楼外楼仍然上下通明，酒人尚未散尽。路上行人三三五五，络绎不绝。我们回头再往公园方面走，泊着的灯船少了一些，但也还有五六条。其中有一船挂着招帘，灯亦特别亮，是卖凉饮及吃食的，我们上去喝了些汽水。中舱端坐着一个化妆的女郎，虽然不见得美，我们乍见，误认她也是客人，后来不知从哪儿领悟出是船上的活招牌，才恍然失笑，走了。

不论如何的疲惫无聊，总得拼到东方发白才返高楼寻梦去；我们谁都是这般期待的。奈事不从人愿，H君夫妇不放心儿女们在湖上深更浪荡，毕竟来叫他们回去。顶小的一位 L 君临去时只咕噜着："今儿玩得真不畅快！"但仍旧垂着头蹀回去了。只剩下我们，踽踽凉凉如何是了？环又是不耐夜凉的。"我们一淘走罢！"

他们都上重楼高卧去了。我俩同凭着疏朗的水泥栏，一桁楼廊满载着月色，见方才卖凉饮的灯船复向湖心动了。活招牌式的女人必定还支撑着倦眼端坐着呢，我俩同时作此想。叮叮当，叮叮咚，那船在西倾的圆月下响着。远了，渐渐听不真，一阵夜风过来，又是叮……当，叮……咚。

一切都和我疏阔，连自己在明月中的影子看起来也朦胧得甚于烟雾。才想转身去睡，不知怎的脚下蹀躞了一步，于是箭逝的残梦俄然一顿，虽然马上又脱镞般飞驶了。这场怪短的"仲夏夜梦"，我事后至今不省得如何对它。它究竟回过头瞟了我一眼才走的，我哪能怪它。喜欢它吗？不，一点不！

西 溪

赵景深

这是一个难忘的聚会。

一九三一年秋日，我们这几个忙于笔耕的人会聚在一起去游西溪。从松木场雇船前进，桨声一动，我们的心也愉快得欲飞了。船里一共八个人：戴望舒与杜衡夫妇，钱君陶和他的小弟弟，娄子匡，我的妻和我。钟敬文因事未到。戴杜两兄是抛下他们一大堆为辑录小说、戏剧掌故用的线装书来玩的，钱氏兄弟则是从上海赶来的，娄子匡又是搁下《民间月刊》的编纂工作来应约的，我的妻和我也是一样的忙里偷闲：我们又怎能说这个聚会不是难得的呢？不忙，又怎能知道忙里偷闲的愉快呢？

船向前移动，山回路转，野柳在船篷上披拂，乌桕也在岸上伸出头来窥伺。忽然荇藻攀住了船底，发出咻咻的声音。望舒坐在船头，顺手将手杖放在河里把一根野草连根挑起；说时迟，那时快，一搭过来，连泥带浆地快要搭在杜衡的头上，杜衡忙把头一闪，野草仍旧滑到水里去了。全船的人都清脆地哈哈大笑，笑开了船旁的水波。

起初还只是稀疏的芦苇，慢慢地船行到蒹葭深处，恨不化身为水鸟，出没其间也。

我倚着船舷，生了遐想：一会儿玄妙地想到《水浒传》上的蓼儿洼，一会儿低吟着白居易的《琵琶行》："枫叶荻花秋瑟瑟！"

船停在交芦庵，大家都走了进去。和尚献上茶果，又拿出画幅来看。其中有一个画卷，很长，画的就是西溪的芦花，一面展开，一面就仿佛肉身跳入其中，与之俱逝；如果说许多立轴横条中有什么值得追忆的，我想就是这一幅了。我糊涂得连作者的姓名都已不能省记，但又何必省记呢，痛饮芳醪的人沉醉之不暇，更哪来工夫引经据典！

经过回廊，望舒眼快，瞥见一个小沙弥正在一个小僧舍里卷着一轴我们所不曾见过的画，他快步地跳了进去，大声地说："怎么？有好画不拿给我们看？"我们都随着拥了进去。起初小沙弥不肯，后来还是强不过我们人多，只好拿给我们欣赏。我们看看也不过如此，很快地就放了手；看画的时间远不及索画的时间；其实，看画的兴趣也远不及索画的兴趣。

大家又回到船上，穿过芦花的水弄，转一个弯，一眨眼又到了秋雪庵。我们折向右，看见厉鹗所书的对联"穿花蛱蝶深深见，点水蜻蜓款款飞"。我们折向右，看见浙中词人的许多木主，大约总有百余位词人吧？其中的一位南宋名儒王十朋引起了我们的兴趣，因为我们大都看过宁献王朱权《荆钗记》的搬演，王十朋正是此剧的主角；想不到他自己也是一个词人！

我们登了弹指楼，自然而然地使我们忆起了顾贞观的《弹指词》。好事的我翻阅一本竹纸的题名簿，忽然发现这样两行字：

秋子姑娘同静闻居士过此。

一九，一〇，廿六

所谓静闻居士者，钟敬文也；秋子姑娘者，其爱人也。我就老实不客气地撕了下来，以作纪念。自己也题了一行不知什么在簿子上，大有"齐天大圣到此一游"的神气。

坐在栏前，品着香茗，赏着一望无际的芦花，有如白雪，另是一番银世界。

忽然望舒不见了。我们都问杜衡，杜衡手抚着桌子，沉默的脸微微地一笑，慢慢地说："他'不雅'去了。"

君陶是懂得这个典故的，接着问："是'大不雅'呢，还是'小不雅'呢？"

望舒"不雅"而归，杜衡夫人又飘然而去。

杜衡夫人回来时，带来许多枝芦花，每人分得一枝。她抚着心口说："好险呀！我去攀芦花，差一点被芦花攀了我去！"

在东岳行宫旁登岸。在等待公共汽车的时候，子匡取出刀来为我削梨，伤了手指，出血，这事是使我至今犹为抱歉的。

这样平淡的聚会，也是难得的聚会了！西溪之游不可贵，可贵的是它充满趣味。

一九三四，三，二一追记

湖 上

黎烈文

在葛岭下一所精致的别庄作客已有好几天了。原只打算住一两天便回去的，但禁不住居停主人殷勤劝阻：

——你这些时候也忙够了，好容易现在有了闲空，多住几日何妨呢？难道这山明水秀的西湖，倒不如尘雾蔽空的上海能够使你留恋吗？

——他牵记着他的宝宝呢。一位小朋友笑着给我代答了。

小朋友的话实在说中了我的心。上海不使我留恋，但我挂念孩子。本是万念俱灰的人，只因为有着孩子，我还得振作精神在人生的途上迈进。一年来，我不断地在是非的旋涡里翻滚，在险恶的环境里挣扎，也还是孩子给了我一点点勇气。不论是在寂寞、烦恼或颓丧的时候，只要见着孩子的笑容，听着他牙牙的语声，便什么都消失了。每天夜深回家，轻轻走进孩子的卧室，看见孩子酣适地睡着，我便把整天的疲劳忘记得干净，得到一夜安眠。有两位朋友常常笑我说："你是严父而兼慈母呀！"这话其实只说对了一半："严父"，我完全说不上；我是"苦役而兼慈母"。湖上小住，摆脱了苦役，使我欣然；但一天不见孩子，心上却如有所失，非常难过。这种 Tendresse Paternelle 原也并非什么不愿告人的事，可是经那位小朋友一说穿，却觉得自己太过于儿女态，加上居停主人再三挽留，便不好说什么，只得住下了。这天是隔夜约好要走路去登北高峰的。清晨六点钟，庄丁便跑来把我喊醒。匆匆洗漱了，吃过早点，刚要出发时，天却下起蒙蒙细雨来。同游的都觉扫兴，大家转回房里重寻好梦去了。我却有着一种乡下人的习性，一早起来，便很难再睡；身边又没有带可看的书籍，在院子里望着葛岭高处云雾渐浓，异常烦躁，与其空坐在屋里，不如索性披着雨衣到湖边走去。

一出门便是博览会桥。这新建设颇使我欢喜，几乎每天早上要来徘徊一下。我最爱坐在中间一座桥亭向西望去，里湖细长得像一条小河，尽处是座饶有古风的石桥，南岸孤山树木苍翠可爱，北岸沿湖虽有着电影院旅馆那类讨厌的建筑，但后面有了像屏风一般的高山拥抱着，也不觉其俗了。几年前，当我在莱茵河畔度夏的时候，我所寄住的 Strasburg 大学宿舍，位置在一道小河边上，那里也有着和这孤山相似的青草绿杨的堤岸，堤岸的尽头也有一座极富诗意的画桥，不同的只是桥后没有山，换上一座双塔插云的 St-Paul 教堂罢了。但那时我的襟怀是怎样爽朗呢！早上我可以看到一个俊美的女郎从那桥头向我走来；傍晚我可以伴着她经过桥边，缓缓归去。几年的光阴，不过一弹指的事情，而这中间人事的变化实在太可怕了。那时我们只想到回国后可以同游西湖，领略领略六桥三竺之胜，却绝没有想到我今天要一个人在烟雨中对着故国的湖山，追忆起异国的遭遇。死了的也就算了，活着的这日子实在难挨，而我们的孩子却还有着一个比我更艰苦、悠长几倍的世路呢！

惘惘然走出桥亭，由放鹤亭爬上孤山，雨中丛林充满着一种悦人的凉意和香味。也许是在都市住久了，一旦和自然接触，嗅觉特别灵敏罢，我才到西湖，便觉得湖边山上到处清香扑鼻。有一天在黄龙洞外一个茶棚里，看见卖茶的用带叶的树枝烧茶，竟留恋许久，因为我在那里闻到了十余年不曾闻到的，故乡山村的炊烟气味。

这时孤山顶上，除掉打着树叶的淅淅的雨声，和踏着石块的我的鞋音之外，别的音响一点都没有，那环境实在幽寂得可爱。我在一只空亭里，坐了些时，穿过树叶，望见雨中迷茫的湖面，除掉几个披蓑戴笠的工人撑着破船在打捞水藻外，一只游船也没有。我忽然想到这时叫只划子到湖中玩玩，倒是和我这寂寞的心情相洽的。便由中山公园那方面走下山，在门口雇着一只游艇。皱眉苦脸正愁没有生意的船夫，等我一上船，便欢天喜地地冒雨划离了湖岸。

仰卧在藤椅上，看着千千万万的雨点，忽疏忽密地洒落湖面。四周山峦，半截被云雾隐没了，剩下半截，映入水中，使得湖面更加灰暗、愁惨。我却在这灰暗、愁惨的景色中，发掘着许多深埋在脑海里的晴明、快适的画面。别的地方不讲，单是巴黎波洛业森林（Bois de Boulogne）便不知留给我以多少回忆的资料。每值春秋佳日，许多西方人士都可见到一对东方男女，有时在浓荫里比肩散步，有时在小湖上对坐打桨，看着他们那种亲爱、快乐的样子，谁不觉得他们的前途充满幸福呢！而他们自己又是何等地满足、骄傲，好像那葱郁的森林，清澈的湖水，爽朗的天空，都只是给他们两人享受的；异种人的惊奇、羡望，都不在他们的眼里。他们那时只顾享受着当前的美景，绝没有闲暇念及未来，他们更料不到他们的未来会如此悲惨！——隔不多久，那女的便会奄然殂化，留下一个小孩给那男的做伤心的慰藉！

舟过刘庄和汪庄等处，船夫再三劝我上岸去"耍子"，我都谢绝了。我宁愿在雨中飘荡，在这寂寞的湖面，回忆着昔日的欢娱。因为生活逼人，回国后，我并不曾伴着我的爱人游过西湖，可是我这时却仿佛有着一种重来不胜今昔之感。"伤心桥下春波绿，曾是惊鸿照影来"，我现在所游的虽不是我们从前在海外同游过的湖山，但浮着新荷的西湖的清涟，却同布洛涅森林中的湖水一样能引起我对往事的追怀。我又记起了诗人拉马丁（Lamartne）当他的恋人消失后，重游瑞士的名作 Le-Lac（湖），恰好写出我此时的心境。我真想像拉马丁一样叫说：

> 那呻吟的风，叹息的芦苇哟，
> 你那熏香了的天空里的微芳哟，
> 所有听到、看到、嗅到的东西哟，
> 一齐说吧："他们曾经相爱！"

船夫划着我经过旗下，折回来又绕着湖心亭、三潭印月两个小岛兜了一个圈子，再从内湖摇到里湖放鹤亭前上岸。这样在阴凉的湖面足足游荡了三个多钟头，回到我所寄寓的山庄时，原先约好同登北高峰的朋友还没起身，听见我从外面进来，他在床上翻了一个身，迷迷糊糊地说道："真是好梦！"随后又揉了揉眼睛问我道："你到哪里去来？"我脱了淋湿了的雨衣，向床上一倒，也迷迷糊糊地回答道："我也做了一场梦啊！"

西　湖

俞子夷

　　提到杭州，就要联想到西湖。提到西湖，就有一种闲雅的感想。笔者和西湖有着多年的关系。杭州仿佛是第二故乡。幼时只听得母亲姑母辈所说杭州烧香的故事，以为天竺是天堂佛地。后来，在书本里读到西湖十景，幻想中常浮现一幅图画。这当然是凭着自己的想象虚构的。塾师善山水画，每天看到他画扇面。这等印象便做了我幻想中西湖的根据。

　　光绪年间任教上海。同事们相约暑假中旅行苏杭。破题儿第一遭，我和杭州便开始发生了关系。一行六七人，先到苏州。虎丘、天平，在我是从小玩惯的，那回不过做向导罢了。同人草草游一遍，也不觉有什么妙处。独有杨白民兄最欣赏天平的万笏朝天。每谈，老是口讲指画地赞扬。记得黄兄在游记中，有一段很幽默的描写，大意是杨兄一个人滔滔不绝为万笏朝天宣传，同人都听得昏昏睡去了。

　　从松木场到城里，用驳船装运行李。过坝时恰逢阵雨，大家的衣服都淋湿。傍晚到了得胜堂，都觉得周折麻烦，一切没有上海舒适。大街上店面的壮丽，却受到同人的称赞："肉店也有朱红漆洒金的栏杆，这是苏州所不及的。"那一夜大家最关心的，是游湖的计划。周兄生长在杭州，一切由他筹划。

翌晨，大家跟周兄上面馆吃面。店小人多，厨师忙不过来。大家急于要一看渴慕已久的西湖，等得实在有些不耐；肚子饿，还是其次。周兄打起杭州白，叫跑堂"马前"。不久，各人一碗，送到面前。吃完，付钞出店。不多路，已到涌金门外的藕香居。除周兄外，没有一个人不喊"好"！那时有旗营在，钱塘门冷落得很。游客出入，涌金门是总汇。从藕香居望去，左面是雷峰塔，右边是保俶塔，一个西湖整整地呈现在眼前。的确是一幅图画。不过这和塾师扇面上画的完全不同。我幻想中的西湖，没有一件符合实在。

叫划船去孤山，到陆宣公祠里去拜访一位朋友。此人姓什么，忘了。是周兄的熟人，目的是请他帮我们找住所。在那里坐谈得很久，并且还吃到一碗有名的藕粉。初到，仿佛乡村里的阿木林上城市，什么都觉得新奇有趣。某兄为我们弄到的住所，在财神殿隔壁的读书楼，楼下墙上有着"孤山一片云"五个大字。桌凳是有的，铺板不够。祠庙里的旧匾，搁在长凳上，便成阔大的板铺。

那天的下午，忽然下起雨来，金祥回到城里，把我们的铺盖在大雨中搬了出来。夜里蚊虫多，而且大得像麦蛾。"西湖蚊虫大如鸭"，这是大众最不容易忘记的。在孤山小住，饭是包的。划船价真便宜，每天二百文，给他吃饭。第二天，大家抖擞精神，拿了地图、书……我还借了一架笨重的照相机，按照了日程，开始我们最风雅的工作。大约玩了十多天。回上海算账，每人应派用费十几元。

第二次到杭州，是民三的夏天。情形完全改变。坐在火车中，已经有旅馆的广告分发到我们手里。夜里到城站，检查好行李，走出栅门，两旁边旅馆招待员手里高举着广告单，嘴里高叫着旅馆的名字。我们预先决定，要避免喧闹的新市场，住在幽静的乡间。当时只有惠中适合这条件。广告单接到手里，把行李点交给招待员，坐了三乘新式的醒轿前去。

在当时，惠中是杭州第一等旅馆。一切设备都是新式。铁纱窗，罗纱帐，夜里不再怕大如鸭的西湖蚊了。西式大瓷盆，每天可以洗澡。唯一的美中不足，就是夜里只能点火油保险灯。那时的电灯，只限城里和新市场。夕阳西下以后的西湖，还是和从前一样的乌黑。环湖马路也还没有筑。湖上往来，依旧靠船和轿，一住十多天，三个人的费用近二百。和第一次比较，我们真浪费！

西湖风光

徐宝山

西湖在杭州以西，居钱塘江的下游。最初的时候，不过是钱塘江口一个小湾罢了，后来钱塘江的沉淀积厚，日积月累，慢慢地把湾口塞住，这才变作一个礁湖。在六朝以前，史籍上都无从查考。唐代李泌和白居易，先后做过杭州的刺史，他们把湖水蓄浅起来，灌溉田野，农民都称便利。宋朝初年，湖里渐渐淤塞，及到苏轼来守杭州，便取葑泥积湖中，筑长堤以便通行，复又雇工，种菱生息，拿来预备修湖的费用，从此西湖便大大地发展。后来南宋建都，户口一天繁盛一天，于是湖山表里，梵宇仙居，把个偌大的西湖，点缀得天仙一般，益增妩媚了。

出武林门向西走，看见保俶塔突兀在层崖上面。这时候小小的一颗心，早已飞往湖上。在湖边唤了一只小船，荡漾到湖的中央，只见山色如笑！湖光如镜！温风如酒！水纹如鳞！才一举头，便不知不觉地眼也眩了，神也醉了。湖山景色最奇的有十，现在一一分述在下面：

（一）苏堤春晓。堤的两边，尽种着桃树柳树，二三月里的时候，青青的柳丝、红红的桃花，夹杂得如霞如锦，游客们车马填塞，也以这时候为最多。宋苏轼开浚西湖，才筑为长堤，时人命名苏堤，想见是表彰他的盛德。这一条长堤，从南山到北山，横截在湖面，绵亘数里，颇觉蜿蜒可爱呢！

（二）曲院风荷。原来南宋时代，有个"曲院"，在九里松行春桥的南首，是引用金沙涧里的水，造曲以酿官酒的。其地多种荷花，风声起处，荷香扑面而来，一股清凉的香味，一直透到丹田，真有一种说不出的愉快！

（三）平湖秋月。平湖是指整个的湖说，湖心亭上，三面临水，全湖的千态万化，四周一览无遗，如在秋高气爽、皓魄高悬的夜里，看一镜平湖，简直分不出是月色呢，还是水色？这时候的游客，宛如置身在广寒宫里，哪里还晓得有人间世呢！

（四）断桥残雪。断桥是白堤的第一桥，界在前后两湖的中间。严冬天气，山巅的积雪还没有融化的时候，凡是到孤山去探梅的，都要从这桥上过。满眼的琼林瑶树，明晃晃、亮晶晶，好像是在玉山上走的一般。

（五）柳浪闻莺。清波门和涌金门的中间，有一条柳浪桥，桥旁种柳极多。暮春三月的光景，绿柳随风飘拂，犹如水浪起伏一般！枝头黄莺儿婉转的歌声，极其清脆可听。

（六）花港观鱼。花港是在苏堤望仙桥下的水便是。港里的水，悉从湖中引得来，清澈可以见底，港里面养着几十种异样的鱼，凭栏细数，历历不爽。

（七）雷峰夕照。雷峰塔是在净慈寺以北、南屏山以西。塔影横空，层峦纵翠，每当夕阳西照的时候，光辉灿烂，恍如一座火城！可惜于民国十四年九月廿五那一日，此塔竟全部塌倒。如今湖上十景，少了一个，后来的游者，未免要唏嘘凭吊吧！

（八）南屏晚钟。南屏山的峰峦挺奇，石壁横披，好像屏障模样！山脚便是净慈寺，傍晚的时候，寺里的钟声一响，满山满谷同时响应起来，历时久久不息，煞是可听。

（九）双峰插云。南高山和北高山的两座山峰，便叫作双峰。从湖上看起来，南北互相对峙，相隔约十余里的样子。两山的山势很高，上面又多奇怪的彩云，尤其是两个山峰，高出云表，所以有"双峰插云"的一景。

（十）三潭印月。是湖中的一个小洲，树木扶疏，栏杆曲折，风景极好。前面还有三个石塔，浮在湖水的上面，如果月明的夜里，月光从塔窦穿出，便分作三个影子，空明朗映，好像湖里面别有一湖，实在可叹为奇观呢！

以上所述的西湖十景而外，还有冷泉亭、飞来峰、灵隐寺、天竺山、莲花洞、法相寺、烟霞寺、龙井、孤山等胜迹，索性再一一地略说一下：

冷泉亭。是宋太上内禅以后散居的地方。闲来没事，散步冷泉亭上，俯栏看游鱼，真是潇洒欲绝！时人有"泉是几时冷起？峰从何处飞来？"之句，颇觉兀突可喜。

飞来峰。湖上山峰很多，要推飞来第一。峰石高至几十丈，石的上面，生着奇异的树木，树根不着泥土，完全生出石外，真是奇极怪绝！前后大大小小的洞，有四五个，都是玲珑剔透；峰的上下，刻着许多佛像，相传是胡髡杨琏真伽所创，并且把自己的像，也刻杂在里面，后来某刺史断其头，投诸江中，真是一大快事！

灵隐寺。北高峰的下面，有个灵隐寺，寺极奇胜，寺门外的风景尤佳。晋朝和尚名慧理的，创建山门，题上"绝胜觉场"四个字的匾额。历代不少的名儒贤者，住在寺里，所以杭州山寺，莫过于灵隐寺的宏敞。每年西湖香泛期内，烧香的男女们，真是弥山被谷而来的呢！

天竺山。天竺因为两山相夹，回旋得好像迷谷一般！山石骨立，石的上面，松竹尤多。下天竺寺已经荒落不堪，中天竺寺也相仿佛，唯有上天竺寺，是在天竺山顶，四面的山峦环抱，风景极其古雅。寺里的小朵轩，周围都是峻峭的石壁，松萝的垂荫从上面掩映下来；天香室远对乳窦白云诸峰，如同屏障一般地拱在前面，极尽幽邃净绝的神致。三寺相去都各一里多路，晨昏钟鼓的声音，此响彼歇，所以有"曲径通幽处，禅房花木深"的诗句。寺里道德高尚的僧徒，也颇不少，他们唪经念佛，相聚焚修，如同生在佛国一样！

莲花洞。莲花洞的前面，有座居然亭，亭上极其开豁，登临一览，西湖的水光，透出一层层的光辉，整个湖的形影，犹如落在镜里一般！六桥的杨柳，一路上牵风引浪，疏疏落落地极其可爱！洞里的石块，玲珑如活，它的细巧，胜过雕刻，真是奇奥不可言状。

法相寺。法相寺的庙貌，并不奇丽，可是香火极盛。寺里有个定光禅师的长耳遗蜕，相传妇人见了，可以多养儿子，所以她们都去争摩顶腹，光可鉴人。从寺右几十步，踱过小石桥，再折向上去，便是锡杖泉，看去好像点点滴滴的细流，其实旱天也不会涸竭。寺僧们在泉水流过的所在，摆下一口沙缸，把泉水挹注起来，以供饮用。这口沙缸，看来年代好久，青绿的蒲苔生在上面，足足有几寸多厚，连缸质都看不出来，所以就叫作"蒲缸"。如果把它铲来，制造砚池和炉足，古董家一定要说秦汉以上的东西了。

烟霞寺。烟霞寺在烟霞山的上面，土人们在寺后开岩取土，石骨尽可看得出来。从寺的右首上去，三两个转弯，经过象鼻峰，再向东走几十步，就是烟霞洞。洞里极其幽古，洞顶石钟乳的乳汁，从上面涔涔地滴了下来。石块天然的屋，又开阔，又光亮，好像一片云霞，斜侧地立在那里；又像一个院落，可以安摆几筵。洞外面有一小亭，踞望钱塘江，宛如一条雪白的带练。

龙井。走过风篁岭，就可以看见龙井，便是从前苏端明、米南宫和辩才和尚往来的地方。山寺朝北向，寺门外种着许许多多的修竹，龙井就在殿的左侧，有泉水从石罅里流了出来，旁边凿成一个小小的圆池，下首更有一个方池承着。池里都养着很大的鱼，可是池水一点也没有腥臭的气味。池水淙淙地向下面泻来，绕过寺的前门出走。山泉的色味俱清，以烹"龙井茶"，甘洌爽口；龙井的山岭，叫作风篁；山峰叫作狮子；山石如一片云、神运石，都是奇伟可观。

孤山。孤山横绝在湖西，它的东首山脚下有座放鹤亭，便是宋朝处士林和靖的故址。林处士以梅为妻，以鹤为子，心怀淡泊，常常作得几首绝妙的梅花诗，如"疏影横斜水清浅，暗香浮动月黄昏"等句，都是高雅绝伦。他住在西湖二十年，从来足迹未曾到过城市一步。放鹤亭的旁边，有个巢居阁，阁之后面便是先生的坟墓。孤山之阳，有文澜阁，建筑得非常高敞，阁里藏着《四库全书》，洪杨的时候曾经损失几册，如今也都搜补完整了。阁的西首，有座俞楼，就是俞曲园先生读书的地方。

西子湖上

孙席珍

梦影呀，你尽可离开！

你纵贵如黄金，这里也有爱和生命在！

——歌德的《湖上》

一阵又一阵的凉飔吹过，白沙堤上如烟的垂杨，翠缕长条，猗傩地随风摇曳。

我们坐只榴舫，一划一桨地在香泥漂浮的西湖水面行驶。船头吃水微微作响。如雪的遮阳，柔汀地飞舞，水花飞溅我们的单衣。

天上堆着朵朵闲散的白云，含有许多雨意。岚气重重，晓雾横过树梢。艳阳已是淳淡了，却似处女一般静穆地偃卧在长堤上，夏蝉在柳丛中嘶嘶地无力地长吟。

溯洄而上，船拢三潭印月。真是好景致！我们走过几曲的桥，看见九狮石。

"走了这些路，也没见哪里有三潭？"表弟刹住脚问。

"在前面，你怎么这么心急呀，"王君回答，"这是放生池，池外有三塔，那便是了。每当夜静，皎月映潭，尽清冷地徘徊，真使人烦心顿释……"

仍是我划着船。湖水更加清了，水色树影，处处萧爽。我卷起髯垂的长袖，尽力地用桨。这时，忽觉得我是一个英雄——在男人们，英雄实是光荣的称呼。

到南屏晚钟，正是半上昼，并不闻见钟声。走进净慈寺，依旧是红墙短瓦。有几个进香的人，正在拈香焚烛；满殿氤氲，四壁耀烁。深院更是阒静，也引起我一些肃然的感觉。

爬上井台，井泉滴滴地堕着。引桶汲水，果然清淳。

走出寺门，看见四面都是青山环抱，峦光掩映，雷峰塔矗然立着。黄鸟睍睆，宛转地鸣噪，宛如在树丛中理结丝桐，又似花宫淋铃，从天外飞来一般。

此处很有仓田白羊《城山之东端》画幅的风光。我有三年不来了，今得再来，不尽依依。

到"秋风秋雨愁煞人"的秋女侠墓前，我们便立住了。我凄然想着：革命，杀头，乌鸦为什么终于没有飞到瑜儿的坟顶呢？

在故乡，"古轩亭口"是常常走过的。来往在这样的闹市中，谁还会忆起有这样一段黯然的往事，惹起黯然的意绪吗？于是我更凄凄了。

被催促和叹息中，离开了风雨亭，随即看见武松的坟。他们又娓娓地讲景阳冈打虎等故事。我仍不说话。我知道，连这座坟也是好事者流替他建立起来的，文人们本惯烘云托月，《水浒传》亦岂可信为全真——如今想来，我也未免太"胶柱鼓瑟"了罢？

渡舟到孤山，那去处甚是萧静。柳荫下有人垂钓。那种不知朝市、不解岁月、浑然自得的神气——我祝福他永远享乐此自由的、云霞浮行的生涯！

顺脚步到小青女士墓前，但见杂花开遍，翠绿秾柴，如缬彩文，如铺锦罽。真是"莺藏柳暗无人语，惟有墙花满树红"呵。尽低回——几尺孤塚，我来凭吊。漫撷山花拾砾石以纪此游。人笑我痴，我又何暇理会呢？

雨花纷纷地翻舞，远远翠黛都迷蒙了，泛滟的波光，愈是莹绿。我们跨上层阶，小坐放鹤亭上。绸衫洒满泪痕，帽子也湿了。

姑娘为我们烹茗。画上梅兰的碗，映着新绿色的茶叶，分外鲜明好看。茶味清芬，至今回味起来，似乎犹有余馨。几年来异乡飘泊，久不吃这样的好茶了；我到饮茶时，但作怀仙句！

近来的西湖太异样了，临湖一带，家家的别墅小筑，密似鱼鳞。白垩红砖，长廊小楼，傲然自得。看那种不可一世的气焰，谁也太息。我到北京后，评梅女士尚慨叹着对我说："西子是已经西装了。"

只有平湖秋月，古气盎然，使我想起姑苏城外的情景。听马嘶芳草，观水面流虹。湖水千亩，一作碧色，薄阳轻雷，想风雨又要来了。这样的江南的风物，真是销魂。

我最爱西泠印社，因为他有我友S姊具备的建筑美、雕刻美、图画美和一种细致微妙的音乐美。那地方真有说不尽的雄壮与使人的留恋，可悯渺小的我呵，没有文艺之神赐我的银毫，岂敢描画！

回到湖畔的寓所，已近黄昏。回首日来湖上之游，如隔一世……夜中入梦，又到西湖。站在涌金门外，清清的湖水，照见我的青青的衣裳。

湖畔印象记

陈醉云

西湖的岩洞很多，像紫云、烟霞、石屋等，都是大家所知道的。其中最剔透玲珑的，便要算飞来峰下的岩洞。从这种岩洞上去观察，我们便可以知道杭州在古时候是一个淹没在水中的"泽国"，那些剔透玲珑的岩洞，便是被水流所激荡成功的。就是现在那飞来峰下的岩穴，不是还被冷泉的泉水所穿磨着吗？在如今游人如鲫的灵隐道上，却有人依恋着，徘徊着，欣赏那"螯雷"的音韵；但当古代洪波巨浸，激荡着整个的山岩的时候，可惜没有人能够向我们称述那种鞺鞳崇宏的声响了。

有一次，我还在黄龙洞见到了海藻的化石，那是一块被发掘出来的水成岩，在坚致的红色上，明显地现着褪绿的暗褐色的藻纹。从上述的两个证明，可见古代的杭州是一个大泽国，已经有点可靠；何况杭州地当钱塘江边，离海已近，"沧海变作桑田"自然是可能的呵。在其他一切的遗留里，也许还可以磨洗认前朝，——不认识更辽远的古代吧。

在西湖许多地方中，我所觉得最有好感的，却是金鼓洞。从质朴的门中进去，几乎像一家乡下人家：石块砌成的墙垣，异样的别致可爱；白板的窗扉，显出被风雨与日光侵蚀的样子，但是却自有一种不加膏沐的美；小小的院落中，在南面的墙上砌着一个花坛，种着几枝芍药和牡丹；右边是一座峭立如障的石峰，就在苔藓斑斓的上面，缘着一株异常繁茂的蔷薇；左边的几乎像堤岸一般的石阶上，却种着几棵苍翠的桂树。穿出这所院宇的后面，便可以瞧见那所谓"金鼓洞"了；不过这洞只是宏敞如屋而已，并不怎样玲珑深邃。但是洞下有一泓泉水，却清澈异常，水底的白石，历历可数，就是掉下一枚针去，也决不会淹没它细微的光芒。在这里的一切，似乎都很淳朴，很和谐，不与富丽为缘，而自有一种恬淡独特的风味。若是在南风微薰的五月里，蔷薇花绚烂盛开，满缀在那石障上面，更不知将使这院落怎样的生色。若是在秋高气爽的九月里，桂树着花，从高空中流下清香，也会使这小院充溢了秋的滋味。可惜当我去的时候，桂花的消息固然还离得很远，蔷薇也只含着蓓蕾，然而已尽够我的低回流连了。

金鼓洞外面，是满山的竹林。那天，当我们几个人从金鼓洞逛了出来，正在竹荫中穿越着寻找路径的时候，却见有两个乡下的农人在那里掘笋。他们是淳朴和善，也几乎像金鼓洞一样的可爱。在淳朴的风气已经消失，都市的优点未能发挥的杭州社会里，忽然见了这样两个不曾沾染机诈与浮华的人，真使我觉得惊喜，像在竞尚鎏金涂朱的西湖建筑物中发现了金鼓洞那样的惊喜。如果真的"大时代"会到来的话，我觉得像这样的人，是值得敬礼与模范的，只要给予他们以相当的教育。不过我这里所说的教育，并不是指现在那种形式主义的教育；像显然提倡阶级观念与充满封建思想的学位制，在"明日的教育"中第一就需首先取消；那些方头巾与黑披衫，也得送到古物馆去陈列起来，专供后人研究往古的风俗之用，庶几可以不再在什么画报上现那荒伦的面目。

在西湖许多建筑物中，西泠印社也给我以很好的印象。若是不晓得它内容的人，仅仅在门外一看，也许会毫不介意地忽略过去；就是进了门之后，见没有什么特色，也许会废然而出。但是你如果抱着深入的勇气，那便愈进愈妙，步步入胜了。一竿竹，一片石，一泓泉，一面碣，到处可以供你的观摩。如其有风的吹动，那么，山顶塔上的风铃，更为发出清妙的音韵，使你感着说不出的愉快。然而它的妙处，却是隐藏不露，不是一目可以了然的。它正像一个艺术家似的，表面上不甚修饰，而内心中却蕴着深宏的才华。

当下着微雨的时候，我就常常张着纸伞，一个人在湖边散步。那时，嫩绿的柳叶，充满着青春的情调；桃色的细沙堤上，落满了尚未成熟的杨花；从堤上缓步走过，鞋底触着雨后的松散的沙土，沙沙作声，但并没有沾湿的忧虑。而且，一下了雨，湖上就清寂了许多；虽然是踽踽独行，却又别有一番滋味，可以和自然更相接触的机会，也就是这个时候了。

一天，我还睡在床上，忽然听得楼外路上的行人，操着杭州口音嚷道："下雪得来！"我不觉惊异了一下："怎么会下雪，现在不是四月天气吗？"但是从半醒的疲倦中定了定神，就猜到了是怎么一回事了。于是睁开眼睛，转身向窗外一看，果见临湖的几株柳树上正飘着柳絮。真的，当那边柳絮盛飘的时候，漫天飞舞，确乎像晴天下雪一般。天气如果一连晴暖几天，路旁的柳絮便会堆积得很厚。有一次，我曾亲见一个不知柳絮为何物的人，问他的同伴道："是棉花罢？怎么满地都是啊！"从他这一句话里，就可以想见堤上的柳絮多了。

当我从上海到杭州去的时候，车过龙华，见桃花还没有开，但是火车一过嘉兴，就看见一路上都是盛开的桃花了。当从杭州回上海时，一路上见田野中的油菜已经累累结实，但车子一过嘉兴之后，却见油菜的顶上还留有残花。可见杭州已是大陆性的气候，纬度又较南，所以比上海温暖。西湖因为三面环山，似乎又比别处温暖。有一次我在清涟寺后面的山上，听见知了叫，那时还不过是阳历的四月呢，虽然它们是一种身体较小的早蝉。而且，在白堤的草际，也不等夏的降临，就有萤虫曳着幽光闪烁于暮春之夜了。

西湖似乎是虫的乐园，但决不是鱼的乐园；因为我看见人家捉鱼的方法，真是层出不穷。有一种鱼，叫作土附鱼，它们常常静伏在水中，不甚游动，也不甚吞噬钓鱼者的钓饵；于是就有人在竹竿的尖端系一个铜丝的环，轻轻地放到水中去，将铜丝环缓缓套入鱼身，很敏捷地向岸上一挑，那条鱼就被挟到岸上来了。还有一种小鲨鱼呢，因为一条一条地钓嫌麻烦，于是就有人用一大束的鸡肠之类，系在竿头的绳上，在水中缓缓地移动着，将鱼引入网内，举起了网，便有大批的鱼为生命的悲哀而跳跃了。更有些人，是用一种圆形的铁锤，四面连着无数锋利的鱼钩，系在长线上，把它抛向湖心，又急速地收回来，有时便有不及躲避之鱼，被锋利的钩曳上水面来了。看了上述的种种方法，似乎可以说是极尽威迫引诱之能事。但是在人类与人类中，又何尝不充满着威迫引诱的悲剧呢？对于鱼类，我觉得至少春季繁殖的时候不应捕捉。对于人类，要避免这种弱肉强食的悲剧，我觉得应该用政治的力量去增加生产，限制消费，注重分配；同时尤须节制生育，是一种全世界普遍的节制生育。——由各地政府设立专局，聘用医生，以药物或器械的方法，替人民施行有益的节育。

当明月从东方升起的时候，我在湖滨瞻眺着，常常想唤一只小船，迎着月光驶去，可是终于不曾如愿，因为我所寓居的寺院，九点钟就要关大门了。然而有一天，那是黄昏的时候，我从苏堤上散步回来，却见一弯纤纤的新月，已经涌现在蔚蓝的天空中了。一到晚间，湖上照例是静悄悄的；这可爱的新月，就在这静悄悄中，随着时间的潜移而愈益清澈。近水的楼台，都披着明晰的光辉，更有长条如丝细叶如雾的垂柳掩映其间，就形成了难于描摹的旖旎与幽丽。从这种美景中投射出来的力量，虽然是和软的，但也是不可抵抗的，而且是人所乐于领受的，于是我的心与身，也就飘飘然有一种难言的愉快。

蔚蓝的天空，好像圆的穹隆，和它们虽然离得很远，但又像十分接近。皎皎的月，闪闪的星，都似乎示人以可亲。这时，四围静悄悄的，宇宙间的万物，似乎都在心与心相交流，而不暇开口，也不必开口。但浓荫中的凤林寺的晚钟，却耐不住静穆了，便镗然长鸣。这镗然的声音，宏大而有力，一时弥漫于长空间；可是也渐渐地远了，杳了，静止了，好像一块巨石投在水中，激起的波纹渐渐扩大，也就渐渐消失一般。

这宏大的钟声，似乎只与宏大的天空相衬。然而月明如画的柳荫，却没有一只夜莺。呵，来了：在那傍水的堤上，有四五个少女，似乎被月光的摄引，信步地姗姗前进。又似乎也被月光所陶醉，口中都不期地唱起歌来。啊，这歌声真是说不尽的柔媚呵，在这样的月夜与这样幽丽的环境里！

我在西泠桥畔公园门前一带来往着，徘徊着，一直到夜深兴尽，才去敲那沉睡在月光中的寺门。

从这一宵隔了几天之后的一夜，也照样的有月色，可是却不甚清皎。过了夜半，天气便突然变化起来了：在将近天晓的四点钟的时候，雁鸠刚侍弄着它的新声，忽被电光慑住，接着就狂风挟着暴雨，雷声跟着电光，一齐来了。我想看一看这个阔大的奇景，所以就从床上起来，披了一块毯子，走到窗外的栏杆边去观看。只见树木像狞兽一般，在可怖的阴暗中狂舞；每间几秒钟或几分钟，电光便像预示凶兆的探海灯似的闪闪照射，照得湖面上远山上堤路上一片的惨白色。剧烈的时候，从我眼射过，几乎使我目眩头晕，站立不住。接着一片焦雷，比大炮声还猛烈地震动着，有时更像在我头上爆发一般，使我感到又可怕又痛快。看过了西湖的微笑，又见到了西湖的暴怒，这倒颇合我的愿望；不过同时也颇有点遗憾，因为所站的地方太低了，不能瞭见更远的地方：假使能够站在葛岭之巅的初阳台上，那么，便可以看见电光飞舞于全湖与磅礴于四山了。

西泠片羽

——《三吴回忆录》之一

谢国桢

　　因为急欲要看西子的风光，凌晨就起来了。从微茫的晨霭中，到湖滨公园，看着一片白茫茫的湖光和湖那边山上尖而瘦的保俶塔，在湖边闲踱着，找了一家粥店，拣了一个座位，吃了一点点心，看着湖滨的游船慢慢地浮动了，岸上的游人来来往往，倒也觉得有趣。出了粥店，雇了一部黄包车到西泠印社去访朋友，遇见一个童子，他说："你问的那位先生，前一个月已经走了。"从西泠印社出来，到省立图书馆，馆长杨立诚先生也不在馆，我觉得很失望；但是我生性喜欢独游的，可以到深邃的远山，可以探苍茫的幽谷，一个人高兴到哪儿去，就到哪儿去，要是找到不适当的游侣，反倒受拘束了。于是决定了游踪，一日游山，一日游水，连忙雇了黄包车做我引道，约定上午逛北山，下午逛南山。

　　从图书馆出来，先到香山九老洞，由香山沿到玉泉寺，据张岱《西湖梦寻》上说：

> 玉泉山为故净空院。南齐建元中，僧昙起说法于此，龙王来听，为之抚掌出泉，遂建龙王祠。晋天福三年，始建净空院于泉左。

玉泉面积不到半里，水清见底，池里游着五色金鱼，最大的有二三尺长，成群结队，游泳水中，若是抛进去一点饼饵，大小的金鱼都来抢着吃，颇有鱼跃于渊之乐。出了玉泉寺，从蚕丛小道经过普福寺，庙的梁上悬了一串最大的念珠。从普福寺出来，不远就到了灵隐，进了巍峨的山门，看见左边一片玲珑剔透的奇山，那就是飞来峰。

说起飞来峰的石佛，是大家都知道的了。但是那样的恶劣的大佛，真是为名山之玷。原来元代胡僧杨琏真伽掘了南宋六陵，宋代的遗民谢皋羽、吴玉潜、林霁山辈，偷偷捡拾六陵的遗骨，重新埋葬，种了许多冬青树，这是宋代遗民月湖汾社怎样可纪念的事情！胡僧不但掘了六陵，还在飞来峰上刻了无数的狞猛的佛像，逼肖杨髡的样子，西子有知，能不气死？但是一般的游人，偏偏愿在石佛旁边，拍一个照，这是我不解的事。

我在冷泉亭小坐移时，便鼓着勇气直登灵山。走着崎岖的山径，两旁全是青翠的竹山林，隐蔽不见天日，微微的阳光，从竹林里穿过来，更显得青光可喜。一步一步地往上走，转了好几个弯，腿觉着累了，鼻子里微觉喘息，颇有废然欲返的意思，忽然发现高处一抹黄墙，隐约的可以见"韬光"二字。那时只有鼓着勇气再往上走，不久就到了佛庵，僧榻小坐，远望着竹林，喝了一杯清茶，顿觉着羽翼生凉，大有超然尘表之概，宜乎张京元《韬光庵小记》上说：

　　韬光庵在灵鹫后，鸟道蛇盘，一步一喘。至庵，入座一小室，峭壁如削，泉出石罅，汇为池，蓄金鱼数头。低窗曲槛，相向啜茗，真有武陵世外之想。

　　我坐在庵中啜茗，仿佛还有明代的景象。看着时已近午，慢慢地踱到山门外一家饭铺，要了一碗素菜，一碗竹笋汤，吃着别有风味。吃完了饭，在饭铺中休息片刻，就从庙门由北而南。在山畔的小道中，有无数私人的别墅，曲折的小花园，半亩的竹园，苍虬的老树，一幅一幅的云林画境，都到我眼前。经过于忠肃祠，横穿过山岭，山岭上有一个阁子，过了阁子不远，便是烟霞三洞。张岱描写烟霞三洞说：

　　过岭为大仁禅寺，寺左为烟霞石屋。屋高厂虚明，行迤二丈六尺，状如轩榭，可布几筵。洞上周镌罗汉五百十六身。其底邃窄通幽，阴翳杳霭。

　　洞门遍生苍苔小树，极为幽雅。从洞门往右边走，经过了许多房屋，仿佛已到尽头，忽然从房屋的套间里，走进去是一个阁子，前面和右面临空可以眺远，雪白的粉壁上挂着胡适之写的白话诗横条。我从阁子外边的走廊上往下看，看见阁子下面，全是青翠的树木，绿叶飘荡着，大有凌风欲仙之概。由绿树的外边，可以看见一片白茫茫的湖水，湖水的外边，便是钱塘江。

　　那时我感觉到的，如置身在万绿丛中，可以看见婆娑的绿树，绿树外的湖水，湖边隐约可见的红楼，红楼外如带的钱塘江，江外隐约可见的青山，而我的眼，我的心灵，真有一望无穷之感，真不知道山外还有山，水外还有水了。我更觉得坐在阁子上远望湖山，闲品清茶，固然好了；要是风雨来时，山色凄迷，湖光灿烂，或是驾一叶扁舟，披着蓑衣在舟中看雨；或是披着蓑衣，骑着小驴，走过山径竹树丛中，来到山寺的阁子上听清脆的雨声；或是在阁子上看见竹树环合，丛翠摇动，湖山改色，大雨滂沱，点点飞来，一望无际，不知是山，是水，是湖，真是有如东坡所说"千山动鳞甲，万谷酣笙钟"的气势，那时候必定另有一番景象。

我远看着湖光，正在那出神。黄包车夫突然催着我说："先生，时候不早了，要是再不走就逛不过来了。"

我走出阁子，顺着小道，到了龙井，由龙井折回去，到虎跑泉。一座小山上两面全是树林，树叶经霜，已经渐渐变红了，深黄的斜阳，照在碧绿和微红的树叶上，格外觉着秀丽，泉水从水涧树林边流出来，微微地可以听见泉声，树上有几只小鸟在那里叫着，与流水合鸣，恰成了音乐一部。

我忽然想到，北平西山卧佛寺前门的甬道上，两边全是古柏，成了一带的长林，太阳从森林中发出清光，显着格外的皎洁，泉水从涧中潺潺地流着，颇有虎跑的景象，但是没有虎跑那样的幽洁蔚茂。不知不觉走到虎跑寺后院山下的亭子里面休息，泉水曲折从亭子前面流过去，命茶博士泡了一碗龙井茶，喝着非常的清冽，沁人肺腑。

眼看着天色不早了，从虎跑寺出来到六和塔。游玩了一天，自然觉着疲倦，鼓着勇气，一直登到五层，凭着塔的墙栏上，可以远望青山，近抚江水，无数的风帆，来往的过去，眼界为之开朗。下得塔来，天色已近黄昏，顺着大路从南屏山下经过，雷峰塔已经化为云烟了。除了苍霭的树林和张苍水祠，雷峰的遗迹已无从凭吊。

匆匆地走到运木寺，在暮色苍然中登大雄宝殿。那里正在做水陆道场，万灯齐明，光辉灿烂，僧众们披着锦绣的袈裟，唱着铿锵的梵呗，奏着微妙的音乐，善男信女，跪拜如云。尤其是夹杂着漂亮的小姐们，时式的衣服，婀娜的身躯，和黄鹂出谷的娇声，也在那里皈依空王，顶礼膜拜，于是乎吾不能不叹杭州人念经的艺术。

既回到旅社，天色已黑，略为休息，就到王顺兴吃烧豆腐、件儿肉，喝了三杯老酒。跑到法院路去访余越园先生，数年不见的朋友，见面自然高兴。归来夜已三更，就睡觉了。

第二天早晨起来，顺着湖边到孤山后面放鹤亭上吃了一碗藕粉，亭子前面有一道极宽的桥，去年西湖博览会时造的，名西湖博览桥。过桥去就是葛岭。我因路不熟悉，放鹤亭茶馆里还没有客人，茶博士引着我在孤山一带游玩，经过苏玄瑛墓，在湖滨一片荒寒的地方，一抔黄土埋葬诗人，不禁有无限苍凉之感。

茶博士替我雇了一只瓜皮艇子，我上了船，从孤山这岸，渡到对面的葛庄。满院种着美人蕉，走过曲折的回廊，便到对湖的轩里，可以看见全湖的景色。由葛庄乘船到葛岭，我从船上下来，船夫引着路同登葛岭，路较韬光平坦，不多时就到葛岭上面的抱朴庐，是晋代葛洪修炼的地方。

从抱朴庐出来，再往西走，一路上瞻玩着风景，不期而遇着二位老先生，在一块走路，听着说话，好像带点河南口音。我问他们姓名，才知道一位是南阳王先生，一位是钱塘李先生，是两位商而好道之士。谈得很投机，就结了游山的伴侣，一边说着话就到了初阳台，是葛岭最高的地方，左边山坡下是削而瘦的保俶塔，前面可以看见全湖的风景。

从初阳台下来，由黄龙洞到紫云洞，一路上全是山岭，山上的树，四面环合，山岭忽高忽低，岭下的深谷生长着无数的青翠树木，在树林中间隐约着有一条小道，别有曲径通幽的风趣。转过山岭便是紫云洞，洞是非常深邃的。身上的汗到洞里全消了。而李先生越发与我熟悉了。他与我谈了无数的修道的经过，并且知道是善于相面的。

从紫云洞出来是极宽的石阶，阶旁长着无限的修篁。出了庙门，经过白沙泉，又走了一里多路，山路更窄了。看见一条最高的山道，两边全是郁茂的长林，那就是金鼓洞，别的洞是很宽阔的，金鼓洞却是以幽邃胜。前面是一个大殿，殿后便是一个如屋的洞。洞里摆着几个石凳子，中间一张石桌子。洞的前面，被庙遮着，只看见一线的天和洞上的青苔野草，除了听见洞上的鸟声，看到微微的阳光从洞隙上透过，一切都归于寂静了。

于是李先生开始谈他的相术，我鼓着好奇的心问李先生说："李先生，您看我相貌怎么样？"他说："谢先生相貌很好，将来一定有二十年的好运，可是有一桩，如果是不怎样，……那就更好了。"我说："怎么样？"李先生吞吞吐吐地说："要是到三十五六岁的时候，不被娘儿们引诱，那就更好了。"我说："我又不嫖姑娘，那又怕什么？"李先生面色忽然郑重起来，很正色地说："花钱取乐，不损人格，那又怕什么！只怕是不花钱的女人呀！"

由李先生这句话，引起我想不到的感慨。可怜我是一个书呆子，只喜欢读几本线装的书，还有点历史癖，偶然读点风花雪月的诗词，但是既无二陆的才情，哪有锦心绣口的文章产出。海内有不少认识我的朋友，一定知道我又肥又胖，还有点呆头呆脑的，哪有漂亮的小姐们来爱我。难道说一个穷念书人也配讲恋爱吗？

在一个道学先生年谱上偶然记一段浪漫的故事，这也是极有风趣的，而实在是一桩不可能的事。不禁引起我的诗兴，诌了几句，写在下面：

> 闲云流水两茫茫，
> 底是何人话短长？
> 我本无情惭西子，
> 小姑岂有嫁彭郎！
> 藕丝已断三千尺，
> 柳絮空来八月狂。
> 君自言尔我自听，
> 洞天清露倍凄凉。

回想这十余年来，经过了无数的波折，生了无数的白发，经验虽然是增进了许多，真情也斫丧了不少。深盼有一天机会来临，可是一直到民国三十二年尚未遇见一回事，真是书生老矣，机会不来。我那时正在那里玄想着，李先生还在那里说：

"要是没有这回事，那就更好了！"

我们从金鼓洞出来，李先生陪我一同逛岳庙。由岳庙到杏花村，他约我在那里吃午饭。李先生是吃素的，他为我预备的，却很丰富，如西湖醋鱼、鱼生带柄等类，我都吃着了，增加我不少口福。吃完饭以后，从岳庙门口上了船，沏了一壶清茶，和两位老先生吃着茶，谈着天，逛了湖心亭、三潭印月、平湖秋月不少的地方。温柔的湖水，漂荡着轻舟，微风吹来，万柳千条，拂着船面，引起我无数的情丝。眼看着金黄色的夕阳，照在嫩绿的柳条上，船已经到湖滨公园了。我谢过两位老先生，说声："再会，再会！"就回到旅社，忙着收拾行李，预备我的归程。但是西湖的秋柳，仍是浮沉在我的脑海里。

白云庵

陈学昭

西子湖换了秋装了。

盛夏时的娇艳，热闹与荣华，如火如荼的热情，如像一个少女的青春似的；碧波是溶溶的，微醺醺的春阳照着，湖面上划子一只一只地荡着，一对一对的青年男女相爱者在中流情话着，含羞的红晕的双颊在波上掩映着，沉醉呵，美的沉醉呵！

大地之上的一切的自然均发疯了：青山衬托着薄云，燕莺翩飞在树林间；杜鹃花咯咯地笑了，小麻雀儿在跳舞，荭荷的嫩芽安静地微睡在碧波里，青蛙们侧窥而低下了首在酣笑。于是这一班所谓平民的文学家，喜鹊们便来歌唱了！

但是不知道这些欢乐的聚会是何时散了的？当大家已经知道而觉得的时候，正如一个老年人发觉自己面额上的皱纹与白的头发，是全然不知道怎么一回事。

湖波簌籁籁的，冷清清的堤岸，划子空空地系在柳树干，一阵风刮起，微微地激荡。前山与后山虽浮泛着朝霞与暮云，但秃然的初阳台，孤孤地站在南屏山前的红亭子，这些，如像火烧过的一片焦地，是没有再胜于这般的荒凉了！在一带叶落枝疏的树林里，小麻雀儿们怅惘地站着，可怜，它们失掉了欢乐，懒懒地，什么也没心绪。喜鹊们停止了歌唱，它们发愁般惊诧这四周的转变，全然不知道是怎么一回事。

这时候夕阳踱过六桥，越过许家山，正照映在丛丛青竹围着的白云庵。曾经那些发狂一般地醉心于情爱的青年，怀抱着一腔的热诚，在拥拥挤挤中一只一只的划子停在一堵写着"漪园"的白墙边，到这里，在月下老人之前讨求预言的，那正是一个何等热闹的春天呵！

圆月皓皓地从山后冉冉地升起来了，寒光冷冷的，在一片清澈的天河里，它闪动两眼，照彻了这寂寞的大地了：它穿过了树林，成一片碎影；它照在湖上，成一片水晶。月色的皓茫几乎将星星的闪光遮掩了。

庵中正在晚课：大殿上，如来三世佛微笑着参坐莲台上，月光从篱角窗间映入，金光反照，隐隐而轻轻的木鱼声，在佛殿前，从一个中年妇人瘦削的手敲击出来的。

二小姐披着灰黑色的袈裟，——她在二十三岁那年进庵的时候做起来的，这二十五年来的晨课、午课、晚课，穿着的回数连她自己也记不清了，——她应当常常穿着这件衣服点钟鼓。这件长长的大大的袈裟一直拖地遮盖了她一双小脚，那是曾穿过红缎的绣花鞋子的。怯怯的瘦瘦的幽灵一般地站立着，黄黄而松松的头发一直梳到脑后成了一个挽髻，残枯而消瘦的脸，紧闭着一双深陷失神的目光，立在佛前。

佛婆朱嬷嬷从厨房里出来，在大殿门口侧窥了一下，重又走进膳堂。不久，一盒素火腿，一碗酱油汤，一盆豆芽菜与雪里蕻，端端正正地放在桌上。一盏红烛火放在桌之一角。

"可不是朱嬷嬷，又是一个中秋！"她们相对地坐下了，她拿起箸儿时，说着，淡漠地一笑。

"过节以后，我要回家去看孙子了。二小姐，那豆腐衣，可还要带一点来？"伊说，笑得额前的皱纹更加皱得厉害了。

朱嬷嬷是一个能干的妇人，看起来，现在虽然已年过花甲，但除了皱纹与驼背，比那些可怜的终日僵卧在病床，或耳聋或目花的，究竟伊是幸福得多了。伊能自由地动弹，每天烧饭煮水进厨房以外，有时也补缀自己的破衣，空下来还念几遍心经。伊有一个很宝爱的孙子，就是贩卖豆腐衣的，伊常常快乐地说起。有孙子想必有儿子与媳妇，但是从来不曾听到伊说起儿子与媳妇。这是怎样的，大家也没去追究伊，而所知道伊详细的背景的也只有这一点。

"我说，嬷嬷，那只黑猫倒好，整天又不叫又不嚷，吃得饱饱的，欢欢喜喜地睡着。我说：'做人不如做只猫！'"

"二小姐哪！——"朱嬷嬷说，"做猫也要逢得主人呀！"

她没有答语，又淡漠地笑了一笑。

朱嬷嬷收拾起碗箸，独自进厨房去了。二小姐随手拿起抹布，细细地揩了一下。真的，这些庵居的人，总是很清洁的。

忽然她如像想起了一件事情似的，立起来向禅房走去，沿着走廊，陡然间她又站住了！

圆月皓皓地在树枝头，照着院子里铺了一地的落叶，一阵沙沙又随风飘转，小小的放生池的浅水映得如碎银，池边的假山石连一个一个的细洞都可以细数得了。一个颤颤的影在蠕动。

二十五年来她不曾见到她自己本来的面目了！是瘦是胖，是长是短，不知道是怎么一回事。在天未明之前从睡梦中起来坐庚申，从来没有越过例，她确信应该这样，这已成了她的意志了。

但是不知是哪一年，也不知是哪一次，她忽然对于这件袈裟起了绝端的憎恨了！好像是李太太为了伊女儿的婚姻到这里来许愿，不轻易出庵门的她，一让一让地让到了庵门外，她看着李太太坐上划子，桨声响时，湖波激荡，湖面上几个浮动的影子，忽然在她心里作怪了！

真奇怪，她觉得自己的心情是变态了：说它这么吧，又好像是那么的；仿佛有点着急，有点惊惶，有点忐忑……佛说七情，大概是逃不了七情之外了！

暗地里，她偷偷地跪在禅房外白衣观音前，默念"色即是空，空即是色，救苦救难观世音，超升三界"！这才脱下袈裟，上床安寝。

今夜的月光于她不啻第二次暗袭的一个魔鬼：其实，二十五年来的圆月皓皓的光，没有不同于当年。她看见李太太的小姐在疏树影中，戴凤冠穿霞帔姗姗地走出来，后面又随着一个恶狠狠的女子，将李小姐推到了放生池里，咕咚一声……

朱嬷嬷正从厨房里出来，返身将厨房门关了起来。

"二小姐，早睡吧，你修行得也够了，白天整理东西也疲倦了！"

"是的，嬷嬷，我说：'做人不如做只猫！'"

圆月皓皓的，它的光明，从反照里，只有它自己是看到的！

城里的吴山

郁达夫

不管是到过或没有到过杭州的人，只需是受过几年中等教育的，你倘若问他："杭州城里有什么大自然的好景？"他总会毫不思索地回复你一声"西湖"！其实西湖却是在从前的杭州城外的，以其在杭城之西而得名。真正在杭州城里的大观，第一要推吴山（俗名城隍山），可是现在来杭州的游客，大半总不加以注意；就是住在杭州的本地人，也一年之中去不得几次，这才是奇事。我这一回来称颂吴山，若说得僭一点，也可以说是"我的杭州城的发现"，以效 My Discovery of London 之颦；不过吴山在辛亥革命以前，就已经是杭州唯一的游赏之地，现在的发现，原也只是重翻旧账而已。

吴山，春秋时为吴南界，以别于越，故曰吴山。或曰，以伍子胥故，讹伍为吴，故《郡志》亦称胥山，在镇海楼（即鼓楼）之右。盖天目为杭州诸山之宗，翔舞而东，结局于凤凰山；其支山左折，遂为吴山；派分西北，为宝月，为蛾眉，为竹园；稍南为石佛，为七宝，为金地，为瑞石，为宝莲，为清平，总曰吴山……

这是田叔禾《西湖游览志》卷十二记南山城内胜迹中之关于吴山的记载。二十余年前，杭州人说是出游，总以这吴山为目的；脚力不济的人，也要出吴山的脚下，上涌金门外三雅园等地方去喝茶；自辛亥革命以来，旗营全毁，城墙拆了，游人就集中在湖滨，不再有上城隍山去消磨半日光阴的事情了。

吴山的好处，第一在它的近，第二在它的并不高，元时平章答剌罕脱欢所甃的那数百级的石级，走走并不费力。可是一到顶上，掉头四顾，却可以看得见沧海的日出，钱塘江上的帆行，西兴的烟树，城里的人家；西湖只像一面圆镜，到城隍山上去俯瞰下来，却不见得有趣，不见得娇美了。还有一件吴山特有的好处，是这山上的怪石特多；你若从东面上山，一直向南向西，沿岭脊走去，在路上有十几处可以看到这些神工鬼斧的奇岩怪石。假山垒不到这样的巧，真山也决没有这样的秀，而襟江带湖、碧天四匝、僧庐道院、画阁雕栏、茂林修竹、尘市炊烟等景物，还是不足道的余事。

还有一层，觉得现在的吴山，对于我，比从前更觉得有味的，是游人的稀少。大约上吴山去的，总以春秋二节的烧香客为限；一般的游人，尤其是老住在杭州的我所认识的许多朋友，平时决不会去的。乡下的烧香客，在香市里虽则拥挤不堪，可是因为我和他们并不相识，所以虽处在稠人广众之中，我还可以尽情地享受我的孤独。

自迁到杭州来后，这城隍山的一角，仿佛是变了我的野外的情人，凡遇到胸怀悒郁，工作倦颓，或风雨晦暝，气候不正的时候，只消上山去走它半天，喝一碗茶两杯酒，坐两三个钟头，就可以恢复元气，爽飒地回来，好像是洗了一个澡。去年元日，曾去登过，今年元日，也照例地去；此外凡遇节期，以及稍稍闲空的当儿，就是心里没有什么烦闷，也会独自一个踱上山去，痴坐它半天。

前次语堂来杭，我陪他走了半天城隍山后，他也看出了这山的好处来了，我们还谈到了集资买地，来造它一个俱乐部的事情。大约吴山卜筑，事亦非难，只教有五千元钱，以一千元买地，四千元造屋，就可以成功了；不过可惜的是几处地点最好的地方，都已经被有钱有势，不懂山水的人侵占了去，我们若来，只能在南山之下，买几方地，筑数椽屋；处境不高，眺望也不能开畅，与山居的原意，小有不合而已。

不久之前，更有几位研究中国文学的外人来游；我也照例地陪他们游过吴山之后，他们问我说："金人所说的立马吴山第一峰，是什么意思？"他们以为吴山总是杭州最高的山，所以金人会有这样的诗语。我一时解答不出，就只指示了他们以一排南宋故宫的遗址。大约自凤山门以西，沿凤凰山而北的一段，一定是南宋的大门，穿过万松岭，可以直达湖滨的。他们才豁然大悟地说："原来是如此，立马吴山，就可以看得到宫城的全部，金人的用意也可算深了。"这一个对于第一峰三字的解释，不知究竟正确不正确。但南宋故宫的遗址，却的确可以由城隍山或紫阳山的极顶，看得一望无遗的。

皋亭山

郁达夫

皋亭山俗称半山，以"半山娘娘庙"出名。地在杭城东北角，与城市相去大约有十五六里路之遥。上半山进香或是春游的人，可以从万安桥头下船，一直循水路向东北摇去。或从湖墅、拱宸桥以及城里其他各埠下船去都行。若从陆路去，最好是坐火车到笕桥下车，向北走去，到半山只有七里，倘由拱宸桥走去，怕要走十多里路了，而路又曲折容易走错。汽车路，不知通到了什么地方，因为航空学校在皋亭山下宽桥之南三五里，大约汽车路总一定是有的。

先说明了这一条路径，其次要说我去游皋亭的经验了，这中间，还可以插叙些历史上的传说进去。

自前年搬到了杭州来住后，去年今年总算已经过了两个春天。我所最爱的季节，在江南是秋是冬，以及春初的一二个月。以后天气一热，从春晚到夏末，我简直是一个病夫；晚上睡不着觉，日里头昏脑涨，不吃酒也像是个醉狂的人。去年春天，为防止这一种痊夏——其实也可以说是痊春——病的袭来，老早我就在防卫，想把身体练得好些，可以敌得过浓春的压迫，盛夏的熏蒸。故而到了春初，我就日日游山玩水，跑路爬高，书也不读，文章也不写。有一天正在打算找出一处不曾去过的地方来，去游它一天，消磨那一日长闲的春昼，恰巧有一位多年不见的诗人何君来了，他是住在临平附近的人，对于那一边的地理，是很熟悉的。我问说："临平山、超山、唐栖镇，都已经去过了，东面还有更可以玩的地方没有？"他垂头想了一想，就说："半山你到过没有？"我说："没有！"于是就决定了一道去游半山。

半山本名皋亭山，在清朝各诗人的集子里，记游皋亭看桃花的诗词杂文很多很多；我们去的那一天，桃花虽还没有开，但那一年春天来得较迟，梅花也许是还有的。皋亭虽不是出梅子的地方，可是野人篱落，一树半枝的古梅，倒也许比梅林更为有趣；何君从故乡来，说迟梅还正在盛开，而这一天的天气，也正适合于探梅野步。

我们去时，本打算上宽桥去下车，以后就走到皋亭山上庙里去吃午餐的；但一到车站，听说四等车已经开了，于是不得已只能坐火车到了拱宸桥。

在拱宸桥下车，遥望着皋亭山的山色，向北向东，穿桑林，过小桥，一路走去，那一种萧疏的野景，实在也满含着牧歌式的情趣。到了离皋亭山不远，入沿堤一处村子里的时候，梅花已经看了不少，说话也说尽了两三个钟头，而肚里也有点像贪狼似的饿了。

我们在堤上的一家茶馆里，烘着太阳，脱下衣服，先喝了两大碗土烧酒，吃了十几个茶叶蛋，和一大包花生米豆腐干。村里的人，看见我们食量的宏大，行动的奇特，在这早春的农闲期里，居然也聚集了许多农工织女，来和我们攀谈。中间有一位抱小孩子的二十二三的少妇，衣服穿得异常的整齐，相貌也生得非常之完满，默默微笑着坐在我们一丛人的边上，在听我们谈海天，说笑话，而时时还要加以一句两句的羞缩的问语。何诗人得意之至，酒喝完后，诗兴发了，即席就吟成了一首七言长句，后来就题上了"半山娘娘庙"的墙壁；他要我和，我只做成了一半，后一半却是在回来的路上做的，当然是出韵了，原诗已经记不出来，我现在先把我的和诗抄在下面：

　　　春愁如水刀难断，村酿偏醇醉易狂。

　　　笑指朱颜称白也，乱抛青眼到红妆。

　　　上方钟定夫人庙，东阁诗成水部郎。

　　　看遍野梅三百树，皋亭山色暮苍苍。

因为我们在茶馆里所谈的，就是这一首诗里的故实。

他们说："半山娘娘最有灵感，看蚕的人家，每年来这里烧香的，从二月到四月，总有几千几万。"

他们又说："半山娘娘，是小康王封的。金人追小康王到了这山的半腰，小康王无处躲了，幸亏这娘娘一把沙泥，撒瞎了追来的金人的眼睛。"

又有一个老农夫订正这一个传说："小康王逃入了半山的山洞，金人赶到了，幸亏娘娘把一篓细丝倒向了洞口，因而结成了蛛网。金人看见蛛网满洞，晓得小康王决不躲在洞里，所以又远追了开去。"

凡此种种，以及香灰疗病，娘娘托梦等最近的奇迹，他们都说得活灵活现，我们仿佛是身到了西方的佛国。故而何诗人作了诗，而不是诗人的我也放出了那么的一"臭"，其实呢，半山庙所祀的为倪夫人；据说，金人来侵，村民避难入山；向晚大家回村去宿，独倪夫人怕被奸污，留居山上，夜间为毒蛇咬死。人悯其贞，故立庙祀之。所谓撒沙，所谓倒丝筐，都是由这传说里滋生出来的枝节，而祠为宋敕，神为女神，却是实事。

我们饱吃了一顿，大笑了一场，就由这水边的村店里走出，沿堤又走了二三里路，就走上了皋亭山脚下的一个有山门在的村子。这里人家更多，小店里的货色也比较完备。但村民的新年习惯，到了阴历的二月还未除去，山门前的亭子里，茶店里，有许多人围着在赌牌九。何诗人与我，也挤了进去，押了几次，等四毛小洋输完后，只好转身入山门，上山去瞻仰半山娘娘的像了。

庙的确是在半山，庙里的匾额、签文以及香烛之类，果然堆叠得很多。但正殿三间，已经倾颓灰黑了，若再不修理，怕将维持不下去。西面的厢房一排数间，是厨房，也是管庙管山的人的宿舍，后面更有一个观音堂，却是新近修理粉刷过的。

因为半山庙的前后左右，也没有什么好看，桃树也并没有看见，梅花更加少了，我们就由倪夫人庙西面的一条山路走上了山顶。登高而望远，风景是总不会坏的，我们在皋亭山山顶，自然也看见了杭州城里的烟树人家与钱塘江南岸的青山。

从山顶下来，时间已经不早了，何诗人将诗题上了西厢的粉壁后，两人就跑也似的走到了笕桥。

一年的岁月，过去得很快；今年新春刚过，又是饲蚕的时节了，前几天在万安桥桥头闲步，并且还看见了桅杆上张着黄旗的万安集、半山、超山进香的香船，因而便想起了去年的游迹，因而又发出了一"臭"：

> 半堤桃柳半提烟，急景清明谷雨前。
> 相约皋亭山下去，沿河好看进香船。

重游玉皇山小记

许钦文

交出了考卷和分数单，一个学期总算又告结束。疲倦和郁闷充满着身子，很想透一口气。要隔一小时才有一辆的四路车刚过去，呆立着等候不耐烦，就沿着马路踱步。西子湖畔，吴山之麓，风景委实不错。往常忙碌，虽屡次经过，并未感兴趣。一经闲空，就觉处处可观。山林醒目，景物诱人，信步欣赏，不久到了望仙亭，知道是上玉皇山的日子。一向苦于人事，缺少游玩自然风景机会的我，以前在杭州连住十几年，连南北高峰、龙井、天竺都没有到过。玉皇山倒曾经游过，廿五六年，李青崖氏来杭，由郁达夫氏邀同去玩，七星缸、八卦田，还都留下着印象。山路的宽阔使我记起福州的鼓山；石级打扫得干净，又使我联想到四川嘉定的乌尤山。

钱塘江边，西子湖畔，有名的山上，大概有着寺院，如云栖、五云、龙井、虎跑、灵隐、天竺、韬光和北高峰等处，无非由和尚主持。黄龙洞和玉皇山却由道士主持，所以山上标着"黄老遗风"，那些黄墙壁的建筑物都是叫作观的。道士讲究炼丹成仙；还在山脚里，也就以"望仙"名亭了。究竟怎样炼丹，能否成仙且不说，山上的生活清静总是实在的。无怪爱好清静的人，入山唯恐不深。听着潺潺的溪流，颇有"鸟鸣山更幽"之慨。以为到了这种山上，闻不到什么火药气味，可以不再嚷嚷。可是未及山腰，就见到一个壮年的道士在对老道士喘着气报告，一手握着粗竹竿，显得雄赳赳；说是好些部队里的人上来砍竹砍木头，讲了许多好话止不住刀斧，最后说到名胜古迹要保存，这才退下去。可见到了山上做道士，还得用力气斗争。本来道家崇尚返本，无非为着任其自然，并不在于保存什么古迹。如今这种山上的道士，所谓名胜古迹，直接间接，却总与其生活有关。"辟谷"之术未成，种些蔬菜以外，山上见不到什么直接生产的设备；饮食所需，恐怕也要像一般和尚的从"香火"设法，至少要能动人之心。宗教家动人之心的手段，于伟大、庄严和清静等美感以外，就是神秘，借以激动人的好奇心。好奇固人之常情，神秘有助于信仰。西子湖畔和尚以神秘动人的有灵隐的一线天和净慈寺的运木古井。一线天无非是岩石中的一个空隙，细小得很，隐约难见。说是善心的人由此可以望见佛；有些人说确已望见了佛。其中奥妙，读过《皇帝的新衣》的可以了然。运木古井是井底里有着一块木头，相传济颠和尚成佛以前曾从这口井里运出许多木头来造寺宇。大概因为木料长大，普通的方法不容易运输，就来了这神话般传说。和尚说得像煞有介事，听的人也似乎大半相信。一看要出蜡烛钱，这就成了运钱井。玉皇山上神秘的、固有的七星缸和八卦田以外，新有了紫来洞的布置。八卦田在山下，在平地看，只是几亩田，登上玉皇山远望，才有点像八卦形。实在也只是有点像，并没有真正做到八卦的条件，连太极图都没有弄圆。七星缸虽然造起了七星亭，那七只起了锈的铁缸却仍然歪歪斜斜地乱放在露天下；新布置的紫来洞，附近一带都弄得很整齐，什么象伏地，什么狮啸天，把许多块岩石都新起了名称。紫来洞由紫东道士经管起来。"紫气东来"，确是道家的典故。《关尹子》载："关令登楼四望，见东极有紫气西迈，喜曰，应有圣人经过京邑，至期乃斋戒，其日果见老子。"不过洞口所题，牵连说道可道非常道，名可名非常名；其意如何贯通，未能了然。又在近旁岩石上凿有"仁静智流"四大字，大概由于"仁者乐山，智者乐水"的话。山是静的，水是长流的，固然不错。但这是儒家的见解，竟也做了"道山"的点缀。我国人在思想上，说得好听点是和平，说得不好听点是模糊，并无严密的区别。虽然和尚住寺院庙宇，道士住在观里，在丧家出殡，却可以吹打在一起。一般人对于有点哲理思想的事情，往往因觉神秘而盲目地信仰。自然这只是过去的事情。不过西子湖畔，寺院和观并立，和尚道士相安无事，也就不足怪了。

可是玉皇山，终究是有着点道家气味的。和尚寺院所在的，无论是五云山、北高峰、灵隐和天竺，都见不到头皮光光的小尼姑。在玉皇山上，将到福星观的地方我就碰着了小道姑，圆圆的头脸上梳着两个螳螂髻，额上养着刘海仙，脚上套着长筒的白布袜，裤脚藏在袜筒里。并不涂脂擦粉，皮肤白嫩嫩，脸颊红粉粉，这是自然的健康美。一跳一跃地跨着大步子，尤其显得生动活泼。而且，进了福星观，放大的紫东道士的照片，一望见就认得。固然前次来玩时蒙他招待过，"八一三"的前夕，我跟达夫去福州，在上海碰着这位老道士，达夫托他带回杭州一大捆的木板书，是刚到上海买得的，请他吃中饭，我是同席的。如今达夫据说已去世，许多事还是无从说起，由这位老道士带归的书籍不知去向，大学路旁达夫家的房子是易主了。探问以后，知道紫东道士还健在，已有八十五岁。一时很想找他谈谈，终于因为觉得没有什么话可说作罢。达夫比紫东道士年轻得多，老者依然，壮者已故。远涉重洋不如深居高山安稳，这或者就是所谓得道了。山上空气新鲜，阳光充足；尤其是玉皇山顶，左钱塘江，右西子湖，风景美丽，气势雄壮，足以爽心悦目。所谓修炼得道，原来处地优良，便于摄生养神就是了罢。不过福星观前固然种些蔬菜以外见不到什么直接生产的机构，就是开凿岩洞，修屋筑路，也未必由于道士的兼工匠。紫来洞口刻石所记，也是称"鸠工"的。那么同山下的社会不能"老死不相往来"，战争的火药气味也是会影响到的罢。

湖山怀旧录

张恨水

一

恨水不敏，行已中年，无所成就。年来卖赋旧都，终朝伏案，见闻益寡。当风晨月夕，抱膝案头，思十八九岁时，漂泊江湖，历瞻山水之胜，亦有足乐者。俯首微吟，无限神驰也。因就忆力所及，作湖山怀旧录，非有解嘲，实思梦想耳。

谈江南山水之胜者，莫如吴头楚尾，所谓江南江北青山多也。大概江北之山，多雄浑险峻，意态庄严；江南之山则重峦叠嶂，风姿潇洒。大苏谓"欲把西湖比西子，淡妆浓抹总相宜"，则不但西湖如此，江南名胜，无不如此也。

西湖十景，山谷仅居其三，曰双峰插云，曰南屏晚钟，曰雷峰西照（原名雷峰夕照，清圣祖改夕为西，平仄不调，觉生硬）。而原来钱塘十景，则数山谷者较多，计有灵石樵歌、冷泉清啸、葛岭朝暾、孤山霁雪、两峰白云，盖十居其五矣。

双峰插云者，就西湖东岸，望南北二高峰而言。每当新雨初霁，一碧万顷，试步湖滨路，园露椅上，披襟当风，满怀远眺，则南北二峰遥遥对峙，层翠如描，淡云微抹。其下各山下降，与苏白两堤树影相接，尝欲以一语形容，终不可得，若谓天开图画，则尚觉赞美宽泛不切也。

二

近年南游来者，辄道西湖之水，日渐污浊，深以为憾。盖其泥既深，鱼虾又多，澄清不易也，然当予游杭时，则终年清洁，藻蔓长，无底可见。而四围树色由光相映，遂令湖水呈一种似白非白、似蓝非蓝、似碧非碧之颜色。俗称极浅之绿，曰雨天青，近又改称西湖水，其名甚美，惜今日已不副实耳。

南屏晚钟，宜隔湖听之，夕阳既下，雷峰与保俶两塔，倒影波心，残霞断霭，映水如绘。游人自天竺灵隐来，漫步白沙堤上，依依四顾，犹不欲归。钟声镗然，自水面隐隐传来，昏鸦阵阵，随钟声掠空而过，则诗情如出岫之云，漾欲成章矣。

西湖水景，除里外湖而外，则当推西溪，两岸梅竹交叉，间具野柳，斜枝杂草，直当流泉。小舟自远来，每觉林深水曲，欲前无路，及其既前，又豁然开朗。蒹葭缥缈，烟波无际，远望小岫林，如画图开展。两岸密丛中，时有炊烟一缕，徐徐而上，不必鸡鸣犬吠，令人知此中大有人在矣。

西湖为中国胜迹，文人墨士，以得一至为荣，故各处联额，无一非出自名手。孤山林和靖墓、林典史墓（太平天国之役殉难者，名汝霖）、林太守墓（清光绪朝杭州知府，有政声，名靖）

前后相望，太守墓石坊上有联曰："树枝一年，树木十年，树人百年，两浙无两；处士千古，典史千古，太守千古，孤山不孤。"曾游西湖者，皆乐诵之。至于少保墓联："赤手挽银河，君自大名垂宇宙；青山埋白骨，我来何处哭英雄。"此则艺林称赞，无人不知矣。苏小坟上有联曰："桃花流水渺然去，油壁香车不再逢。"集得亦佳。

三

湖滨路有一茶楼，凡三级，雕阑画栋，面湖而峙。尝于漠漠春阴之日，约友登楼，临风品茗。时则烟树迷离，四周绿暗，而湖水不波，又觉洞明如镜。既而大风突起，湖水粼粼，遍生皱纹，沿湖杨柳，摇荡者不自持，屡拂栏前布帷而过。所谓山雨欲来风满楼者，临其境而益信。此茶楼之名颇雅，日久已忘之，唯内马路有一旅社，名湖山共一楼，惜不移此耳。

南北二高峰，均在湖滨十里以外，予客杭仅十日，因登灵隐之便，一游北高峰而已。峰在灵隐之后，自灵隐五百罗汉堂侧，拾级而登，直至山顶，约合一万尺。山之半，曲折而西，有庵曰韬光。松竹交加，绿荫碍路，遥闻泉声泠泠然，若断若续，出自树草密荫中。转出竹林，有红墙一角，则庵门是矣。庵建石崖上，玲珑剔透，有翼然之势。人事与自然，乃两尽之。庵旁有一池，石刻之龙首，翘然于上，僧剖竹为沟，曲折引泉达于龙顶，水如短练，自龙口中吐出。池中有鱼，非鲤非鲫，红质而黄章，长约尺许，水清见底，首尾毕显。寺顶有石堂，登临俯视，钱塘江小如一带，江尽处为海，只觉苍茫一片，云雾相接而已。堂外有石匾曰韬光观海，以此，然未列于西湖十景也。

四

词家"三秋桂子，十里荷花"二语，致引金人问鼎，胡马南窥，西湖桂花之盛，当可想见。向来游湖者，极道九溪十八涧之美，而不知九溪杨梅岭一带，重翠连缀，秀柯塞途，极得小山丛桂之致。据杭人云：八九月之间，木叶微脱，秋草半黄，堆金缀玉，满山桂子烂开，桂树延绵四五里，偶来此地，如入香海。每值月白风清，万籁俱寂，云外香飘，距山十余里人家得闻之。予闻语辄神往焉。

云栖之竹，几与孤山之梅齐名。到杭州者，实不得不一访游之。其地翠竹数万竿，密杂如篱，高入霄汉。小径曲折，迤逦而入翠丛，时有小泉一绵，自林下潺潺而来，石板无梁，架泉为渡，临流顾影，须眉皆绿。林中目光不到，清凉袭人，背手缓步，襟怀如涤。竹内有小鸟，翠羽血红啄，若鹦鹉具体而微。于人迹不闻时，山鸟间啼一二声，真有物我皆忘之慨。

外省游人至杭，如入万宝山中，目迷五色，不知何所取舍，而栖霞之与烟霞云栖，往往误而为一。栖霞洞在葛岭之后，深谷之中，竹树环列，狗见吠客，则游人不期而至洞所矣。初入为一山寺，若无甚奇，旁有石洞，坦步可入。及至洞内，忽焉为佛堂，忽焉为缝，忽焉又为屋，曲折阴晦，如非人世，洞最后露一口朝天，古藤垂垂，山上坠下，旁有水滴声，若断若续，不知出于何所，真幽境也。

五

小瀛洲即放生池，三潭印月，乃其一部分也，洲与湖心亭阮公墩鼎峙外湖水面。自孤山俯瞰，此洲如浮林一片，略露楼园。乃驾小舟而来，则直入青芦，可觅得石级登陆。陆上浮堤四达，于湖中作池，真是有路皆花，无处不水。其间楼阁、虚堂以空灵胜，卍字亭以曲折胜，盈翠轩以清幽胜，亭亭以小巧胜。亭曰亭亭，可想其倩影凌波，不同凡品。若夫清潭泛影，皓月窥人，一曲洞箫，凭栏独立，居然世外，岂复人间？

游湖当坐瓜皮小艇，自操桨，则波光如在衣袂，斯得玩水之乐。湖中瓜皮艇，长丈许，中舱上覆白幔，促膝可坐四人。舱内备有棋案（高仅盈尺，面积如之），可以下棋；备有短笛，可以奏曲；备有铛勺，可以饮水。如此榜人，诚大解事，真所谓有六朝烟火气者矣。

西湖各地之以花木名者，云栖以竹名，万松岭以松名，九溪以桂名，白堤以桃柳名，平湖以荷名。初与旧景不甚相合。此外苏堤春晓，成为一片桑柘，柳浪闻莺，则草砾蛙鸣，此又慨乎人事变幻不定也。

六

苏小小墓在西泠桥之南。六角小亭，近临水滨，湖草芊芊，直达亭内。冢隆然，高约三尺许，在亭之中央，唯坟之上下，遍蒙鹅卵石，杂乱不成规矩，未知何意。据杭人云：游人在湖滨拾石，立西泠桥上，遥向亭内掷之，中冢则宜男。杭人之迷信于此可见一斑矣。

杭俗迷信之甚者，莫如放生一事。如禽如兽，固可放生，即一虫一鱼，一草一木，亦莫不可放生。且放生亦有专地，将鱼虾放生者，多在小瀛洲行之。将龟蛇放生者，多在雷峰塔行之。将竹放生者，多在天竺行之。竹何以放生？未至杭州者，必以为妄矣。此事大抵出之于好出风头之妇女，与庙中僧约，指定山上之某某数株，为放生之竹。僧乃灾刀炙字于上，文曰：某月日某某太太或某小姐放生，自此以后，竹即不得砍伐，听其老死。竹所临地，必在路旁。放生之竹，路人悉得见之，放生之人，意亦在是也。一竹之值，不过一二元，一经放生，僧不取，由放生者随助香资，因之一竹之费，且达数十元矣。

七

灵隐寺前之飞来峰，名震宇宙，实则不甚奇，其实才如北海中之琼岛耳。山脚一涧琤琮流去，是谓冷泉，涧边有亭，即以泉名之。亭中之联，以峰与亭为对，最初一联曰："泉自山中冷起，峰从天外飞来"；次改为"泉自几时冷起，峰从何处飞来"也。今所悬者，则为"泉自冷时冷起，峰从飞处飞来"也。

沿湖人家坟墓，布置清幽，花木杂植，偶不经意，辄误认为名胜。而墓之有是数者，亦殊不少。计岳庙之岳武穆坟，三台山之于忠肃坟，民元前之徐烈士（锡麟）墓，西泠桥之苏小小墓，孤山之林和靖处士墓，冯小青墓，英雄儿女，美人名士，各占片土。其他如牛皋等墓，自宋以还当不下数十处，尤不能一一列举也。

墓地最清幽动人者，莫如小青坟，坟在孤山南角水榭之滨，梅柳周环，浓荫四覆，小亭一角，仅可容人，伏于墓上。由林和靖墓至此，草深覆径，人迹罕到。白午风清，轻絮自飞，凄然兴感，令人不知身在何所。予于湖心亭壁上，见冷香女士题句，咏小青坟云："古梅老鹤尽堪愁，郁郁佳城枕习流。分得林花三尺土，美人名士各千秋。"清丽可诵。

三餐四季

第二辑

略谈杭州北京的饮食

俞平伯

不懂烧菜，我只会吃，供稿于《中国烹饪》很可笑。亦稍有可说的，在我旧作诗词中有关于饮食，杭州西湖与北京的往事两条。

一　词中所记

于庚申、甲子间（一九二○——一九二四），我随舅家住杭垣，最后搬到外西湖俞楼。东面一小酒馆曰楼外楼，其得名固由于"山外青山楼外楼"的诗句，但亦与俞楼有关。俞楼早建，当时亦颇有名，酒楼后起，旧有曲园公所书匾额，现在不见了。

既是邻居，住在俞楼的人往往到楼外楼去叫菜。我们很省俭，只偶尔买些蛋炒饭来吃。从前曾祖住俞楼时，我当然没赶上。光绪壬辰赴杭，有单行本《曲园日记》，于"三月"云：

初八日，吴清卿河帅、彭岱霖观察同来，留之小饮，买楼外楼醋熘鱼佐酒。

更早在清乾隆时，吴锡麒《有正味斋日记》说他家制醋缕鱼甚美，可见那时已有了。"缕""熘"音近，自是一物。"醋缕"者，盖饰以彩丝所谓"俏头"，与今之五柳鱼相似，"柳"即"缕"也。后来简化不用彩丝，名醋熘鱼。此颇似望文生义，或"熘"即"缕""柳"之音讹。二者孰是，未能定也。

于二十年代，有《古槐书屋词》，许宝骙写刻本。《望江南》三章，其第三记食品。今之影印本，乃其姊宝驯摹写，有一字之异，今录新本卷一之文：

西湖忆，三忆酒边鸥。楼上酒招堤上柳，柳丝风约水明楼。风紧柳花稠。

鱼羹美，佳话昔年留。泼醋烹鲜全带冰（"冰"，鱼生，读去声)，乳莼新翠不须油。芳指动织柔。

（《双调望江南》之第三）

此词上片写环境。旧日楼外楼，两间门面，单层，楼上悬店名旗帜，所云"楼上酒招堤上柳"，有青帘沽酒意。今已改建大厦，辉煌一新矣。

下片首两句言宋嫂鱼羹，宋五嫂原在汴京，南渡至临安（今杭州），曾蒙宋高宗宣唤，事见宋人笔记。其鱼羹遗制不传，与今之醋鱼有关系否已不得而知，但西湖鱼羹之美，口碑流传已千载矣。

第三句分两点。"泼醋烹鲜"是做法。"烹鱼"语见《诗经》。

醋鱼要嫩，其实不烹亦不熘，是要活鱼，用大锅沸水烫熟，再浇上卤汁的。鱼是真活，不出于厨下。楼外楼在湖堤边置一竹笼养鱼，临时采用，我曾见过。"全带冰（柄）"是款式，醋鱼的一部分。客人点了这菜，跑堂的就喊道，"全醋鱼带柄"，或"醋鱼带柄"。"柄"有音无字，呼者恐亦不知，姑依其声书之。原是瞎猜，非有所据。等拿上菜来，大鱼之外，另有一小碟鱼生，即所谓"柄"。虽是附属品，盖有来历。词稿初刊本用此字谐声，如误认为有"把柄"之意就不甚妥。后在书上看到"冰"有生鱼义，读仄声，比"柄"切合，就在誊本中改了。可惜读时未抄下书名，现已忘记了。

尝疑"带冰"是"设脍"遗风之仅存者，"脍"字亦作"鲙"，生鱼也。其渊源甚古，在中国烹饪有千余年的历史。《论语》"脍不厌细"即是此品，可见孔夫子也是吃的。晋时张翰想吃故乡的莼鲈，亦是鲈鲙。杜甫《姜七少府设脍》诗中有"饔人受鱼鲛人手，洗鱼磨刀鱼眼红。无声细下飞碎雪，有骨已剁嘴春葱"等句，说鱼要活，刀要快，手法要好，将鱼刺剁碎，撒上葱花，描写得很详细。宋人说鱼片其薄如纸，被风吹去，这已是小说的笔法了。设脍之风，远溯春秋时代，不知何年衰歇。小碟鱼冰，殆犹存古意。日本重生鱼，或亦与中国的脍有关。

莼鲈齐名，词中"乳莼新翠不须油"句说到莼菜，在江南是极普通的。苏州所吃是太湖莼。杭州所吃大都出绍兴湘湖，西湖亦有之而量较少。莼羹自古有名。"乳莼"言其滑腻，"新翠"言其秀色，"不须油"者是清汤，连上"烹鲜"（醋鱼）亦不须油。此二者固皆可餐也。《曲园日记》三月二十二日云：

> 吾残牙零落，仅存者八，而上下不相当，莼丝柔滑，入口不能捉摸，……因口占一诗云："尚堪大嚼猫头笋，无可如何雉尾莼。"

公时年七十二，自是老境，其实即年轻牙齿好，亦不易咬着它，其妙处正在于此。滑溜溜，囫囵吞，诚蔬菜中之奇品，其得味，全靠好汤和浇头（鸡、火腿、笋丝之类）衬托。若用纯素，就太清淡了。以前有一种罐头，内分两格，须两头开启，一头是莼菜，一头是浇头，合之为莼菜汤，颇好。

以上说得很啰唆。却还有些题外闲话。"莼鲈"只是诗中传统的说法，西湖酒家的食单岂限于此。鱼虾，江南的美味。醋鱼以外更有醉虾，亦叫炝虾，以活虾酒醉，加酱油等作料拌之。鲜虾的来源，或亦竹笼中物。及送上醉虾来，一碟之上更覆一碟，且要待一忽儿吃，不然，虾就要蹦起来了，开盖时亦不免。

还有家庭仿制品，我未到杭州，即已尝过杭州味。我曾祖来往苏、杭多年，回家亦命家人学制醋鱼、响铃儿。醋鱼之外如响铃儿，其制法以豆腐皮卷肉馅，露出两头，长约一寸，略带圆形如铃，用油炸脆了，吃起来哗哗作响，故名"响铃儿"。"儿"字重读，杭音也。《梦粱录》曰："中瓦子前谓之五花儿中心"，三字杭音宛然相似，盖千年无改也。后来在杭尝到真品，方知其差别。即如"响铃儿"，家仿者黑小而紧，市售者肥白而松，盖其油多而火旺，家庖无此条件。唐临晋帖，自不如真，但家常菜亦别有风味，稍带些焦，不那么腻，小时候喜欢吃，故至今犹未忘耳。

二 诗中所记

一九五二壬辰《未名之谣》歌行中关于饮食的，杭州以外又说到北京，分列如下，先说杭州。

> 湖滨酒座擅烹鱼，宁似钱塘五嫂无？
> 盛暑凌晨羊汤饭，职家风味思行都。

这里提到烹鱼、羊汤饭。吴自牧《梦粱录》曰：

> 杭城市肆各家有名者，如……钱塘门外宋五嫂鱼羹，……中瓦前职家羊饭。（卷十三"铺席"）

钱塘是临西湖三城门之一，非泛称杭州。瓦子是游玩场所，中瓦即中瓦子。

"羊汤饭"，须稍说明。这个题目原拟写入《燕知草》，后因材料不够就搁下了。二十年代初，我在杭州听舅父说有羊汤饭，每天开得极早，到八点以后就休息了。因有点好奇心，说要去尝尝，后来舅父果然带我们去了，在羊坝头，店名失忆。记得是个夏天，起个大清早，到了那边一看，果然顾客如云，高朋满座。平常早点总在家吃，清晨上酒馆见此盛况深以为异，食品总是出在羊身上的，白煮为多，甚清洁。后未再往。看到《梦粱录》《武林旧事》，皆有"羊饭"之名，"羊汤饭"盖其遗风。所云"职家"等疑皆是回民。诗云"行都"，南渡之初以临安为行在，犹存恢复中原意。

北来以后，京中羊肉馆好而且多，远胜浙杭。但所谓"爆、烤、涮"却与羊汤饭风味迥异，羊汤饭盖维吾尔族传统吃羊肉之法，迄今西北犹然，由来已久。若今北京之东来顺、烤肉宛的吃法或另有渊源，为满、蒙之遗风欤。

说到北京，其诗下文另节云：

> 杨柳旗亭堪系马，却典春衣无顾藉。
> 南烹江腐又潘点，川闽肴蒸兼貊炙。

首二句比拟之词不必写实。如京中酒家无旗亭系马之事。次句用杜诗"朝回日日典春衣"，我不曾做官，何"典春衣"之有？且家中人亦必不许。"无顾藉"，不管不顾，不在乎之意，言其放浪耳。

但这两句亦有些实事作影，非全是瞎说。在上学时，我有一张清人钱杜（叔美）的山水画，簇新全绫裱的。钱氏画笔秀美，舅父凤喜之，但这张是赝品，他就给了我，我悬在京寓外室，不知怎的就三文不当两文地卖给打鼓儿的了。固未必用来吃小馆，反正是瞎花掉了，其谬如此，故云"无顾藉"也。如要在诗中实叙，自不可能。至于"杨柳旗亭堪系马"，虽无"系马"事，而"杨柳旗亭"，略可附会。

北京酒肆中有杨柳楼台的是会贤堂。其地在什刹前海的北岸。什刹海垂杨最盛，更有荷花。会贤堂乃山东馆子，是个大饭庄，房舍甚多，可办喜庆宴会，平时约友酒叙，菜亦至佳。夏日有冰碗、水晶肘子、高力莲花、荷叶粥，皆去暑妙品。冬日有京师著名的山楂蜜糕。我只是随众陪坐，未曾单去。大饭庄是不宜独酌的。卢沟桥事变后，就没有再到了，亦不知其何时歇业。在作歌时，此句原是泛说，非有所指。现在想来，如指实说，却很切合，谁也看不出有什么差错来。可见说诗之容易穿凿附会也。

我虽久住北京，能说的饮馔却亦不多，如下文纪实的。"南烹江腐又潘鱼"，谓广和居。原在宣外北半截胡同，晚清士夫觞咏之地。我到京未久，曾随尊长前往，印象已很模糊。其后一迁至西长安街，二迁至西四丁字街，其地即今之同和居也。

"南烹"谓南方的烹调，以指山东馆似不恰当，但山东亦在燕京之南，而下文所举名菜也是南人教的。"江豆腐"传自江韵涛太守，用碎豆腐，八宝制法。潘鱼，传自潘耀如编修，福建人（俗云潘伯寅所传，盖非），以香菇、虾米、笋干做汤川鱼，其味清美。又有吴鱼片汤传自吴慎生中书，亦佳。以人得名的肴馔，他肆亦有之，只此店有近百年的历史，故记之耳。我只去过一次，未能多领略。

北京乃历代的都城，故多四方的市肆。除普通食品外，各有其拿手菜，不相混淆，我初进京时犹然。最盛的是山东馆，就东城说，晚清之福全馆，民初之东兴楼皆是。若北京本地风味，恐只有和顺居白肉馆。烧烤，满蒙之遗俗。

"川闽肴蒸兼貊炙。"说起川馆，早年宣外骡马市大街瑞记有名，我只于一九二五年随父母去过一次。四川菜重麻辣，而我那时所尝，却并不觉得太辣。这或由于点菜"免辣"之故，或有时地、流派的不同。四川菜大约不止一种。如今之四川饭店，风味就和我忆中的瑞记不同。又四十年代北大未迁时，景山东街开一四川小铺，店名不记得。它的回锅肉、麻婆豆腐，的确不差，可是真辣。

闽庖善治海鲜，口味淡美，名菜颇多。我因有福建亲戚，婶母亦闽人，故知之较稔。其市肆京中颇多。忆二十年代东四北大街有一闽式小馆甚精，字号失记。那时北洋政府的海军部近十二条胡同，官吏多闽人，遂设此店，予颇喜之。店铺以外还有单干的闽厨（他省有之否，未详），专应外会筵席，如我家请教过的有王厨（雨亭）、林厨。其厨之称，来源已久，如宋人记载中即有"某厨开沽"之文，不止一姓。以厨丁为单位，较之招牌更为可靠。如只看招牌，贸贸然而往，换了"大师傅"，则昨日今朝，风味天渊矣。"吃小馆"是句口头语，却没有说吃大馆的，也是同样的道理。

貊炙有两解，狭义的可释为"北方外族的烤肉"，广义借指西餐。上海人叫大菜，从英文译来的，亦有真赝之别，仿制的比原式似更对吾人的胃口。上海一般的大菜中国化了，却以"英法大菜"号召，亦当时崇洋风气。北京西餐馆，散在九城，比较有地道洋味的，多在崇文门路东一带（路西广场，庚子遗迹），地近使馆区。

西餐取材比中菜简单些。以牛肉为主，羊次之，猪为下。"猪肉和豆"是平民的食品。我时常戏说，你如不会吃带血的牛排，那西洋就没有好菜了。话虽稍过，亦近乎实。西餐自有其优点，如"桌义"、肴馔的次序装饰等等，却亦有不大好吃的，自然是个人的口味。如我在国内每喜喝西菜里的汤，但到了英国船上却大失所望。名曰"清汤"，真是"臣心如水的汤"，一点味也没得，倒有些药气味。西洋例不用味精，宜其如此。英国烹调本不大高明，大陆诸国盖皆胜之。由法、意而德、俄，口味渐近东方，我们今日还喜啜俄国红菜汤也。

又北京的烤肉，还承毡幕遗风，直译"貊炙"，最为切合。但我当时想到的却是西餐里的牛排。《红楼梦》中的吃鹿肉，与今日烤肉吃法相同，只用鹿比用牛羊更贵族化耳。

我从前在京喜吃小馆，后来兴致渐差，一九七五年患病后，不能独自出门就更衰了。一九五〇年前《蝶恋花》词有"驼陌尘踪如梦寐""麦酒盈樽容易醉"等句，题曰"东华醉归"，指东华门大街的"华宫"，供应俄式西餐，日本式鸡素烧。近在西四新张的西餐厅遇见一服务员，云是华宫旧人，他还认识我，并记得吾父，知其所嗜。其事至今三十余年，若我初来京住东华门时，数将倍焉。韶光永逝，旧侣星稀，于一饮一啄之微，亦多枨触，拉杂书之，辄有经过黄公酒垆之感，又不止"襟上杭州旧酒痕"已也。

玉玲珑阁丛谈

施蛰存

小引

杭州是我的原籍，但我从来没有在杭州城里住到两星期以上过。这回到杭州来教书，算来至少总可以住上一年半载，对于杭州也许能发现一点以前所不知道的民情风物。黎庵、海戈合办《谈风》，遥想海上谈风，必然甚健，近又来信要我助一阵风，于是想把到杭州后一切所见所闻，所思所感，胡乱写一点下来，聊以存一时鸿爪。这些文章，本想题名"杭州杂话"，但又一想，如果《谈风》不中途停刊，也许我将来写的就不尽是关于杭州的事情了。故另外给题一个总名曰"玉玲珑阁丛谈"。玉玲珑阁者，澹园中一小楼，为鄙人授徒之地。这些文章虽实非在此阁中写成，但到底借用了它的名字者，无他，附庸风雅云耳。

黑魆魆的墙门

我在城站下了车，正是红日当空的下午三点钟时分。俞平伯先生曾经写过一篇文章，描写他自己乘夜车回到杭州家里时的那情状。嘴里叫着"欠来欠来"的人力车夫拉着颠簸的敞车，载着一个睡眼惺忪的回家的旅人，从两边黑魆魆的高墙深巷中左冲右突，而终于停在一个黑魆魆的墙门外。这一节文章我看了很动心，我觉得那些黑魆魆的高墙和深巷很够味儿。小时候随着父母到杭州来上坟时也曾经遭遇到这种境况，十余年前在苏州旅行时，夜间九点半从观前雇人力车到阊门外时也曾经有过这境况，那车夫嘴里并不叫，可是手里不停地摇着一个铃，我觉得更有味儿。甚至在甲子年齐卢战争时，我到杭州来接我正在女子师范读书的大妹，因为客车为兵车所阻，到城站时已在上午三时，霜风凄紧，人心惶惶，那时乘着一辆人力车去投奔亲戚家，站在门外敲了一小时门的境况，当时也许还以为苦，后来想想却也怪有味道。可是这一次，我晓得，即使车到城站亦是在晚上——譬如我乘夜快车来杭州，这颠簸的人力车穿过黑魆魆的高墙深巷的滋味是再也休想领略的了。

我不知杭州的地价是不是已经涨到和上海同样的贵，为什么新造的屋子都完全成为上海式的石库门，最考究的也学了上海式的三层楼小洋房。一个里或村或坊中间，家家的灯火都从窗帘中透露到街上来，再加以普遍的路灯临照着，再加以喧嚣的无线电声音从住宅中或大街上的店铺中传播出来，坐着人力车经过的旅客，绝对没有了黑魆魆的感觉。市政也许是修明了，人的生活也许是摩登了，但到杭州来的旅客已经不能感觉到他是在杭州了。

山里果儿

我把行李安顿在亲戚家里之后，走出大门，就听见了一个卖"山里果儿"的。"山里果儿"是一种像山楂一样的果实，叫卖者的声音读作"山林果儿"。每二三十颗穿成一个圆圈卖给小孩子，又可套在项颈上玩儿，又可吃。这是我小时候所曾喜欢过的东西。现在听见了那老头儿的叫卖声，仿佛如回复到总角时去一样。但当我看到他那担子中的货色时，我不禁慨然了。当我小时候所曾买过的山里果儿总是又大又红又甜的，叫卖的老头儿在巷底里叫着"山林果儿噢，五个龙连（杭州方言谓铜钱曰龙连）一串，五个龙连一串！"于是我捡了五个小钱赶出去挨着邻里孩子群中拣得了一串最大的回来，玩好吃完，总可以消磨得一小时。可是现在的山里果儿怎么样？那样的小，那样的干瘪，那样的青，老头儿叫着要卖三个铜板一串，我看他走了半条巷，也没一个小孩子来做成他的生意。山里果儿也没落了，它的地位自然只好让咖啡糖牛奶糖抢了去。只是我还不明白，到底还是因为没有孩子再爱买山里果儿，以至于山里果儿愈来愈坏的呢？还是因为它愈来愈坏，因而没有小孩子再爱买它的呢？

茶

到杭州来了一个月，除了看过一次曾在上海看见过的电影而外，一切的假日与余暇差不多都花在吃茶吃酒两件事情上。茶是我自己吃的，所以常常独自个去，酒则是陪了朋友去吃，因为我自己实在不吃酒。

现在先谈茶。我爱吃茶，但是不韵得很，一向只吃红茶，吃绿茶的兴趣是这回才发生的。因为素来没有品过茗，不大懂得茶道。我只以平时吃惯了自来水或雨水泡的普通红茶的感觉来尝啜杭州的茶，深觉从前所吃的实在算不得茶了。近来到湖滨吃茶者，最普通的地方是第六公园里的挹翠轩茶室。坐在那里看看湖光山色，抽一支烟，喝一盏茶，可算是每日下午工作之余的好消遣法。只是那里的茶虽还差强人意，而点心却很不见佳妙耳。

佐茶的小吃，叫作茶食，但现在茶食店虽然仍在，而真正的中国风的茶食却愈来愈少了。现在的茶食店里，我们所可以买到的都是朱古律、葡萄干、果汁、牛肉之流的东西了，洋化的上海固然如是，中国本位的杭州也未尝不如是。丰子恺先生曾作了一篇小文章，深致推崇于敝乡的云片糕，岂知我小时候所吃的云片糕，还要比丰先生所赞赏的好十倍乎？从前都是松子云片，后来变成胡桃云片，而现在则又一变而为果肉云片矣。从松子而降为果肉，此趣味宁非愈趋低级哉！

我在西园吃了一碟茶干，我以为这或许是硕果仅存的中国本位的茶食了。据说扬州的肴肉是佐茶的妙品，但我想以肉佐茶，流品终有点介乎清鄙之间，不很得体。干丝也是淮扬一带的茶食，但叫来时总是一大盘或一大碗，倒像是把茶杯误认作酒杯，俨然是叫菜吃酒的样子，不很有悠闲之趣。因此我推荐杭州西园的茶干。小小的一碟，六块，又甜又香又清淡，与茶味一点没有不谐和的感觉，确是好东西。若到西园去吃油包，予欲无言矣。

且不谈茶食，我们还该谈到茶。最近几天来，从满觉陇到九溪十八涧一带真是异常热闹，因为满觉陇以桂花闻名，这几天桂花正在盛开。游人到满觉陇赏了桂，或是简直折了桂，一路行到九溪十八涧，便在九溪茶场吃一盏茶，泉水既特别清湛芳洌，茶叶也细若霜芽，真可作半日勾留。所惜人太多了，有时总不免反而觉得此事雅得太俗了。

茶虽则好，可是亦有美中不足之处，那就是茶具似乎太坏了。我以为用白瓷壶泡茶已经不很有趣，而现在则又大都改用沪杭、沪宁两路火车上的那种有盖玻璃杯了。这种杯子在火车上用固然很适当，但在这些并不以供人解渴为目的的茶寮中，似乎显得太武气了些。于此我不禁慨然回念起十三年前石屋洞的老和尚所曾款待过我的那一套阳羡砂壶了。虽然，不会品茗的人而斤斤较量到茶具之好坏，也许是吹毛求疵了吧。

酒

东坡诗曰"薄薄酒，胜茶汤"，薄酒尚余于茶，则醇酒与茶味，当有霄壤之判。我平生不善饮，一杯啤酒，亦能使醉颜酡然。故于酒的味道，实在说不出来。但虽不善饮，却喜少饮，欲求薄醉耳。得好酒二三两，醉虾一盘，或卤鸡一碟，随意徐饮之，渐渐而面发热，眼花生缬，肌肤上有温柔纤软之感，口欲言而讷讷，心无感亦凄凄，乍若欲笑，忽复欲哭，此薄醉之时也。清明则逼视现实，沉醉则完全避去，欲求生趣，总非薄醉不可，故我不善饮而辄喜少饮也。

杭州酒好。上海高长兴到杭州来开分店，就常被杭州酒徒引为笑料。故不善饮如我，亦不得不承认杭州酒确实好了。到杭州后，饮酒亦即五七次，辄得薄醉，余味醇醇。倘在此一住三年，或者会变作一个高阳酒徒亦未可知。

杭州酒店真多，街头巷口，总有几家。可是近来已不见那些白布酒帘，失去了不少旧时意味。杭州人吃酒似乎等于吃茶。不论过往客商，贩夫走卒，行过酒店，闻到香气，就会到柜台上去掏摸出八个或十个铜圆来烫一碗上好绍酒，再买三个铜圆花生米或两块豆腐干，悠然独酌起来。吃完了再赶路做事。上海虽亦有不少酒店，但一个黄包车夫把他的车子停在马路边，自己却偷闲吃一碗老酒的情形却是从来没有看见过的。于此我不能不惊异于杭州地方酒之普遍而黄包车夫之悠闲了。

以上说的是一些真正酒店，或曰小酒店。其实你不论要多少酒它尽卖得出，存瓮山积，门面虽狭，酒窖却大。所谓小者，只因它不卖热菜。不卖热菜，现当名之曰小菜馆，今不小其菜而小其酒，在酒亦不免有代人受过之冤了。

我们回头再谈大酒馆。大酒馆和小酒店一样，杭州也多得是。旗下一带，尤其是新式酒馆集中之地。可是馆虽大，酒却未必比小酒店好些。上这些馆子的大概醉翁之意还在于菜。真要讲究美酒佳肴的吃客，大概都会得自己带酒来。这情形我已见过几次。《宇宙风》编辑陶公亢德最近曾在西悦来大发脾气，怪堂倌送不出好酒来，实在是自己不懂诀窍耳。

介乎大酒馆和小酒店之间的，在旗下一带，另外有一种酒家，仿上海咖啡店之例，每家都有一二个女招待。文君当垆，也许有人会觉得怪有风趣，但他如果一脚踏进那酒店，便无异于误入了黑店，得留神酒里的蒙汗药了。你不点菜，她会给你代点；你不吃，她会代吃；一菜未完，一菜又来；你是欲罢不能，她是多多益善。杭州旧有民谣云："大清娘，鼓楼前，吃菜吃酒不要龙连。"大清娘，不知何职，想是浮浪女子之意，我真想不到这些鼓楼前的大清娘如今也赶到了旗下，继续其白吃酒菜的生活，真可谓能赶上时代潮流者。独惜她们的势力，目下尚未伸入到茶馆中去耳。虽然，恐怕为期亦不远矣。

赏桂记

满觉陇素以桂花及栗子著名，而桂花为尤著，因杭人辄称其栗子为桂花栗子，可见栗子固仍须借桂花以传也。昔年读书之江大学，八九月间，每星期日辄从云栖越岭，取道烟霞洞，过满觉陇，到赤山埠雇舟泛湖。其时满觉陇一带桂花并不多，不过三四百株，必须有风，行过时仿佛有些香味而已。杭人赏桂，其时亦并不有何等热心，余方以为此一韵事只可从《武林掌故丛编》中求之矣。

今年来杭，八月上旬，就听说满觉陇早桂已开。每星期六下午及星期日，湖上游船骤少，自旗下至六和塔之公共汽车则搭客大拥挤，皆买票到四眼井，参石屋洞天而至满觉陇赏桂者也。其时《东南日报》上几乎每天有关于赏桂的小品文字，后来甚至上海《大公报》的"大公园地"中也有了赏过桂花的雅人发表了一替满觉陇桂花捧场的文章。某画刊卜并且刊登了一张模糊不清的照片，题曰"桂花厅赏桂之盛况"，我当时心下想大概现在的满觉陇的桂花一定比十五年前多了几百倍，所以值得杭州人如是夸炫，这是从每一个赏桂回来的人绝不表示一点不满意的事实上，就可以看得出来的。

到了八月杪，人们说迟桂花已经开了。我心下想，如果再不去看一看，今年这个机会岂不错过了吗？上个月错过了一个看老东岳朝审的机会，现在可不能再交臂失之了。于是在某星期六之下午，滚在人堆里搭汽车到四眼井，跟着一批杭州摩登士女一路行去。当此之时，我满心以为那桂花厅前后左右一定是一片金粟世界，人艳于花，花香于人，两般儿氤氲得不分明，倒似乎也值得消磨它半天。问问行人，你们到哪里去赏桂？莫不回答曰：到桂花厅。我心中十分安慰，以为我的预料是十二分的靠得住。

走到一处，离烟霞洞约莫还有一里路，恰在路旁，右边是几户人家，左边是十来座坟山。坟山间隙地上排满了卖茶的白木板桌，坟头上是一座桂树林子，东一株西一株的约莫有百把株桂树。已有许多人在那里吃茶，有的坐在条凳上，有的蹲在坟头上，有的躺在藤椅上——这大概是吃坑茶了，有的靠在墓碑上。吃茶之外，还吃栗子，吃豆腐干，吃梨儿，吃藕，吃沙地老菱。想不到荒凉凄寂的北邙山，却成为鬓影衣香的南京路。我心下想，大概桂花厅上已经挤满了人，所以这些人聚集于此，过屠门而大嚼，总算也快意了一场。

可是前面的人也不再往前走了。他们纷纷加入了这个坟山上赏桂的集团。招呼熟人的招呼熟人，找茶座的找茶座，我一个人却没了主意。我想既到了这里，总该到一到桂花厅，万一真挤得没有地方好坐，就巡行一周回去也好。但是到底桂花厅在哪里呢？这必须请问人家才行。

"喂，请问桂花厅在哪里？"我问一个卖豆腐干的。

"这里就是桂花厅！"他说。

我一呆！难道我瞎了眼？我抬起头来望望，明明是露天的坟山，怎说是什么厅！

"没有真的厅的，叫叫的！"那卖豆腐干的人懂了我这外路人的疑惑，给我解释了。"叫叫的"云者，犹言"姑名之"云耳。

原来这里就是桂花厅，我不怪别的，我只怪那画刊为什么印得那样的模糊，若能印得清楚些，让我看明白其所谓桂花厅者，原本没有什么厅，则我对于它也不预存这样的奢望了。现在是，不必说，完全失望了。

但我不甘心回去，找了一个茶座，在一个条凳上坐了。不幸得很，天气还这样热，稀疏的桂叶遮不了阳光，于是我被晒在太阳里吃茶赏桂了。桂花并不比十五年前多些，茶也坏得很，生意忙了，水好像还未沸过。有卖菱的来兜卖菱，给两角法币只买得二十余只，旁边还有一位雅人在买桂花——不许你采，你要就得花钱买——一毛钱只得盆景黄杨那样的一小枝。我想，桂花当然是贵的，桂者，贵也，故中状元曰折桂。又俗曰"米珠薪桂"，足以与珠抗衡，宜乎其贵到如此地步了。

我四周闻闻，桂花香不及汗臭之甚，虽有小姐们之粉香，亦无补于万一。四周看看，也并无足以怡悦神志之处。反而是那些无辜的坟茔，都已被践踏得土崩瓦解。我想从此以后，杭州人弥留时，如果还顾惜到自己身后事，应该遗命子孙不得葬于满觉陇才好。否则让坟亲（管坟人）也种上了十来株桂花树，就不免要佳城不靖了。

我招呼那临时茶店的老板兼堂倌，预备付他茶钱。他说："先生，每壶大洋两角。"我嘴里无话，心中有话，付了他两角法币就走。但那老板兼堂倌很懂得心理学，似乎看出了我满肚皮的不愿意，接着茶钱说道："先生，一年一回，难得的。"

外乡人到过杭州，常说杭州人善"刨黄瓜儿"，但他们却不知道杭州乡下人还会得刨城里人的黄瓜儿，如满觉陇桂花厅诸主人者也。可是被刨了黄瓜儿的外乡人，逢人便说，若唯恐人不知自己之被刨；而这些被杭州乡下人刨了黄瓜儿的杭州城里人却怡然自得，不以被刨之为被创也。所以我也懂了诀窍，搭汽车回到旗下，在湖滨碰到一个北方朋友，他问我：

"到什么地方去玩儿啦？"

"上满觉陇去看了桂花啦！"我傲然地说。

"怎么样？"

"很好，很热闹，桂花真不错！"我说。

"明儿我也得去一趟。"他说。

我心下想："这才算是我赏了桂哪！"

笋

梁实秋

我们中国人好吃竹笋。《诗·大雅·韩奕》："其蔌维何，维笋及蒲。"可见自古以来，就视竹笋为上好的蔬菜。唐朝还有专员管理植竹，《唐书·百官志》："司竹监掌植竹笋，岁以笋供尚食。"到了宋朝的苏东坡，初到黄州立刻就吟出"长江绕郭知鱼美，好竹连山觉笋香"之句，后来传诵一时的"无竹令人俗，无肉使人瘦。若要不俗也不瘦，餐餐笋煮肉"更是明白表示笋是餐餐所不可少的。不但人爱吃笋，熊猫也非吃竹枝竹叶不可，竹林若是开了花，熊猫如不迁徙便会饿死。

笋，竹萌也。竹类非一，生笋的季节亦异，所以笋也有不同种类。苦竹之笋当然味苦，但是苦的程度不同。太苦的笋难以入口，微苦则亦别有风味，如食苦瓜、苦菜、苦酒，并不嫌其味苦。苦笋先煮一过，可以稍减苦味。苏东坡是吃笋专家，他不排斥苦笋，有句云："久抛松菊犹细事，苦笋江豚那忍说？"他对苦笋还念念不忘呢。黄鲁直曾调侃他："公如端为苦笋归，明日春衫诚可脱。"为了吃苦笋，连官都可以不做。我们在台湾夏季所吃到的鲜笋，非常脆嫩，有时候不善挑选的人也会买到微苦味的。好像从笋的外表形状就可以知道其是否为苦笋。

春笋不但细嫩清脆，而且样子也漂亮。细细长长的，洁白光润，没有一点瑕疵。春雨之后，竹笋骤发，水分充足，纤维特细。古人形容妇女手指之美常曰春笋。"秋波浅浅银灯下，春笋纤纤玉镜前。"（《剪灯余话》）这比喻不算夸张，你若是没见过春笋一般的手指，那是你所见不广。春笋怎样做都好，煎炒煨炖，无不佳妙。油焖笋非春笋不可，而春笋季节不长，故罐头油焖笋一向颇受欢迎，唯近制多粗制滥造耳。

冬笋最美。杜甫《发秦州》："密州复冬笋"，好像是他一路挖冬笋吃。冬笋不生在地面，冬天是藏在土里，需要掘出来。因其深藏不露，所以质地细密。北方竹子少，冬笋是外来的，相当贵重。在北平馆子里叫一盘"炒二冬"（冬笋冬菇）就算是好菜。东兴楼的"虾子烧冬笋"，春华楼的"火腿煨冬笋"，都是名菜。过年的时候，若是以一蒲包的冬笋一蒲包的黄瓜送人，这份礼不轻，而且也投老饕之所好。我从小最爱吃的一道菜，就是冬笋炒肉丝，加一点韭黄木耳，临起锅浇一勺绍兴酒，认为那是无上妙品——但是一定要我母亲亲自掌勺。

笋尖也是好东西，杭州的最好。在北平有时候深巷里发出跑单帮的杭州来的小贩叫卖声，他背负大竹筐，有小竹篓的笋尖兜售。他的笋尖是比较新鲜的，所以还有些软。肉丝炒笋尖很有味，羼在素什锦或烤麸之类里面也好，甚至以笋尖烧豆腐也别有风味。笋尖之外还有所谓"素火腿"者，是大片的制炼过的干笋，黑黑的，可以当作零嘴啃。

究竟笋是越新鲜越好。有一年我随舅氏游西湖，在灵隐寺前面的一家餐馆进膳，是素菜馆，但是一盘冬菇烧笋真是做得出神入化，主要的是因为笋新鲜。前些年一位朋友避暑上狮头山住最高处一尼庵，贻书给我说："山居多佳趣，每日素斋有新砍之笋，味绝鲜美，盍来共尝？"我没去，至今引以为憾。

关于冬笋，台南陆国基先生赐书有所补正，他说："'冬笋不生在地面，冬天是藏在土里'这两句话若改作'冬笋是生长在土里'，较为简明。兹将冬笋生长过程略述于后。我们常吃的冬笋为孟宗竹笋（台湾建屋搭鹰架用竹），是笋中较好吃的一种，隔年初秋，从地下茎上发芽，慢慢生长，至冬天已可挖吃。竹的地下茎，在土中深浅不一，离地面约十公分所生竹笋，其尖（芽）端已露出土表，观地面隆起，布有新细缝者，即为竹笋所在。用锄挖出，笋箨淡黄。若离地面一尺以下所生竹笋，地面表无迹象，殊难找着。要是掘笋老手，观竹枝开展，则知地下茎方向，亦可挖到竹笋。至春暖花开，雨水充足，深土中竹笋迅速伸出地面，即称春笋。实际冬笋春笋原为一物，只是出土有先后，季节不同。所有竹笋未出地面都较好吃，非独孟宗竹为然。"附此志谢。

醋熘鱼

梁实秋

清梁晋竹《两般秋雨庵随笔》：

西湖醋熘鱼，相传是宋五嫂遗制，近则工料简，直不见其佳处。然名留刀匕，四远皆知。番禺方橡枰孝廉恒泰"西湖词"云：

小泊湖边五柳居，
当筵举网得鲜鱼。
味酸最爱银刀鲙，
河鲤河魴总不如。

梁晋竹是清道光时人，距今不到二百年，他已感叹当时的西湖醋熘鱼之徒有虚名。宋五嫂的手艺，吾固不得而知，但是七十年前侍先君游杭，在楼外楼尝到的醋熘鱼，仍惊叹其鲜美，嗣后每过西湖辄登楼一膏馋吻。楼在湖边，凭窗可见巨篓系小舟，篓中畜鱼待烹，固不必举网得鱼。普通选用青鱼，即草鱼，鱼长不过尺，重不逾半斤，宰割收拾过后沃以沸汤，熟即起锅，勾芡调汁，浇在鱼上，即可上桌。

醋熘鱼当然是汁里加醋，但不宜加多，可以加少许酱油，亦不能多加。汁不要多，也不要浓，更不要油，要清清淡淡，微微透明。上面可以略撒姜末，不可加葱丝，更绝对不可加糖。如此方能保持现杀活鱼之原味。

现时一般餐厅，多标榜西湖醋熘鱼，与原来风味相去甚远。往往是浓汁满溢，大量加糖，无复清淡之致。

西湖莼菜

陆晶清

一　漂泊的中秋

傍晚时候，我们几个要从流浪中寻求些乐趣的人到了杭州，下火车后拍去身上的灰尘就跑向湖滨去。因为湖滨的旅馆都早已人满为患了，于是只好绕到里湖，在新惠中旅馆幸而谋得一间颇为幽静的房间，我们遂住下了。

行装甫卸下，K 太太就嚷着："游湖去！"其时 K 太太的妹妹"四王爷"夫妇也找到我们了。萍姐是初次到西湖，沿途的风送桂香已把她沉醉得似乎想一纵身跳入湖心了，当然是急切地希望尝到泛舟西湖的滋味；我和华姐也无异议，六个人便匆匆地离开了旅馆，由西泠桥绕到公园前面，初换上秋装的西湖全个地献在我们眼底了，我还能认识它是和两年前一样。

来来往往的游客真多。穿红着绿，男女老少，真是应有尽有；脸上都现着笑窝，心里自然充满了快乐，因为这正是天上人间共庆团圆中秋。

华姐们站在堤边雇船，我跑到公园门口去买瓜子、糖菱角和水果，这些，是游船必备的，我凭着过去的经验忙着购办。

船雇好了，我们想到应该先去罗苑看艺术学院的两位"门罗少爷"，虽然明知他们必因等不到我们去了绍兴。绍兴之游，本来我们也是早议定参加的，只为了些摆脱不开的事牵滞着误了约定同去的时间。果然，当我们齐到罗苑探问时，艺术院的门房告诉说"他们于晨间走了"，自然是走到绍兴去。

我们就在罗苑旁上了船，我提议先去访三潭。K太太很高兴地坐到船头去自己摇桨，我们是吃着、笑着、唱着、看着晚阳由树梢跳到山巅，再没落下去，只露出半面了。

船到三潭印月停了，我们跳上岸跨进门沿路走上石桥，池边的衰柳梢还遗在淡黄阳光里。两年前我们一群浪漫无知的女孩拍照过的亭前依然是蔓草没径，我纵细心地寻找，已看不到当日的足印和笑痕了。

在许多陌生的面孔的游人中，我忽然看到一个"红楼"的同学了，这是很值得惊喜的。我告诉了K太太，高声地叫出那位同学的名字，她也见到我们了，于是我们相见，热烈地握手，彼此寒暄。从她的报告中，我们得知了杭州有许多"红楼"的旧友。我们自然很愿意都能见到，就托了她代为传告我们来到西湖的消息，要大家约定个时间会聚一次。

太阳不知于什么时候躲到山后，西天的晚霞渐渐地由鲜红而紫红而灰黑，是将近黄昏了。"四王爷"提议赶到杏花村吃饭，饭后再继续摇船赏月。于是我们的船，便又由三潭印月而杏花村，回头看到大的月亮是已涌出东山了。

就在鉴湖女侠祠的前面，一棵低垂的柳树下，我们六个人围坐着吃饭。先送来的四样酒菜中，有一盘是用碗盖着的，萍姐不知是活虾，她揭开了看，虾都跳起来，满桌子地乱跳，萍姐骇得没有主意，我们都拍手大笑。

我最爱吃的是活虾、醋鱼和莼菜，对着月亮擎杯，把一杯杯黄酒，都送到肚里。K太太突然地下警告说："少喝些，醉了会掉下水去了呢。"我一笑只好把酒杯放下，大家吃完后，月亮已十分清明地高悬在天空，湖面上是洒遍了银光。

大家都带着醉意，划船到了湖心亭，又重到三潭。湖上的游船是渐渐增多了，有的船上悬挂着彩灯，有的船上的游客正曼声低唱；三个塔形的潭中都点上了烛，游船不期地聚拢在三潭近处。我们都羡慕船上挂着彩灯的有趣，就把船划向旗下营，想去购买彩灯。船到湖心时，忽然听到三潭印月前后的笑声狂起，间杂着热烈的掌声，好奇心驱使我们又划船回到三潭前，才知是为了一只船上有人吹笛，许多船上的人都包围着他要继续地吹。在一阵狂热的笑声与掌声之后，清脆幽怨的笛声又起了，每只船上的人都屏息地听；一曲终了，笑声掌声又随着戏谑的要求起了。我从人隙里看到吹笛的人是被纠缠到头都不敢抬起来，而许多船上的人还在高嚷着："喂！同是天涯漂泊的人，好容易今夜碰在此地，不必客气呀，再吹一曲给大家听听。"但是，吹笛的人已不再允如所请了，他们终于摇船冲开了围阵，只一声"明年再见"，小船便随桨声而远去了。

听罢吹笛，我们的船也便在许多船分散时候离开了三潭。K太太唱着广东调，我坐在船头初次学着摇桨，水花常常飞溅到她们的身上。华姐说："请放下罢，我们的衣服都湿了。"我装听不见，一面摇桨随便也唱起歌来，于是大家都唱了，高高低低的歌声，随着湖面抖起的微波，传到远处。

夜深了，风冷月寒，我们都感到衣单，也感到疲乏，于是遂回到旅馆。

二　西泠桥畔——道姑

事迹确是有些像在梦里，模糊、惝恍，而且也离奇。

是在黄昏以后，K 太太去西湖饭店访"四王爷"，华姐和我都躺在床上，萍姐写完了信说：

"月色这样好，出去走走罢。"

"还走得动吗？爬了一天的山了。"华姐说。

"真的，这样闷在屋里怪无聊的，去吧，出去溜达溜达。"我说着便坐起来，并从床上拉起了华姐，穿了大氅，拿着我在岳王庙买的小手杖和小木鱼，一串念珠也挂在颈上。

"瞧瞧，这位小姐大概是要出去化缘？"华姐见我拿了木鱼、念珠和手杖这样地取笑说。

"不错，去化点残汤剩饭给你吃。"我报复式地答应她。

我们三个人出了旅馆，踏着月色走向西泠桥畔，寂静极了，路上除了我们，见不到人影，只远远地听到几声犬吠；我很恐惧，走在她们两人中间，敲着木鱼念着"阿弥陀佛"，引得华姐和萍姐都笑了。

呵，月光下的西泠桥畔是分外的美丽，静静的，凄迷的。衰柳、落叶、小亭、孤冢，一切都像是在沉睡。我们走上桥靠在石栏上，看着湖心的游船，看着远远的一点灯光，有如繁星闪烁一样。不知为了什么，三个人都沉默了，都长久地不言语；是突然的桥头的犬吠声破了寂静，我们都骇了一跳，回头看时，仿佛有个黑影在桥头蠕动。

"是人吗？"萍姐问，声音有点抖颤。

"哪里有人？你眼睛花了。"华姐很镇静地说。

我仔细地注视桥头，确是有个着黑衣的人向着我们走来，几只凶恶的狗随着狂吠，近来时我们才看清楚是个女人，一个作道姑装束的女人；她行步极其迟缓，眉头紧锁，一脸的苦相，双肩往下坠像是载不了深愁。

"这人颇为奇怪，让我来盘问她。"我低声说着刚想走上去和她答话，她已合掌对着我们开口了——

"大善士！慈悲的大善士！请告诉我这是什么地方？我是远处来的人想要找个寺庙住住脚，我太疲乏了。"

真的，她那几乎不能支持的样子已经告诉我们她的疲乏，而且我还看出她是很感着饥饿的。

"这是西泠桥。住的地方，我们也不知道，你不可以到旅馆去住吗？"我很怜悯地向她答道。

"住旅馆，我没有钱呀，今天是还没有吃过饭的。"她凄然地说。

我听了觉着很难过，暂时没有再问她，只轻轻地扯了扯华姐的衣服，华姐知道我的意思，她由口袋里掏出些钱来给这黑衣的道姑。

"喂，给你这些钱去吃饱了找个旅馆住住。夜晚一个人在这不熟识的地方走动是不大方便的。"

"谢谢你！大善士！你修福积德可怜我出家人，定有好处的。"她很惊喜地接着华姐的钱，低头合掌深谢了华姐，又谢我和萍姐，然后她再问过我们路径，就向着大道上走去。但是她像疲乏极了，双脚似乎不容易移动，我忙赶上去把手杖送给她帮助她的足力，我们也就慢慢地伴着她向纵横的树影下走，她总是不停口地说着感谢我们的话。

"你哪里人？"我问。

"安徽人，在九江住多年了。"

"很远的，来杭州做什么呢？出家几年了？"萍姐接着问她。

"来拜拜佛，就便化点缘，我们要起座庙呢。我出家二十年了，自从二十岁死了丈夫就入佛门，安徽的家里还有个儿子，已经长大了。唉！我是多少年没有见过。"她诉说着声音悲凄极了。

"为什么不另嫁呢？死了丈夫时那样年轻？"

"阿弥陀佛！罪过罪过！苦命人只想修修来世了。"

说着已走到了西泠印社前面，我们因为遇见了熟人就不便再和她问答了。我索性将颈上的念珠、手里的木鱼都送给她，她是莫名其妙地接着，而我的意思是送给她作偶然和遇于凄风冷月下的纪念品。

直到夜深归回旅馆时，我们还提到这可怜的道姑不知是归宿在何处。她的瘦削的、可怜的，全身是黑影子，至今还遗存在我脑里。

忆龙井

胡同光

龙井在西湖的东部，背山面湖，是著名的产茶胜地，久已闻名于世界，风景的清丽幽静，凡到过山上游览的，料想一定有这些满意的回味吧！

"八一三"序幕初展，杭州首先受到铁鸟的威胁，为了避免无谓的牺牲，全市市民大都向四郊乡村回避了，尤以里外湖和南北山一带为最多。那边屋宇既多，交通也便，一般中上阶级，都纷纷地来做临时寓公了。

龙井地处山区，但有公路可通到山脚，汽车也有直达，出入很便，笔者在全市紧张的空气中，也和家人们避居龙井；所以虽在战乱中，反安居山间享受一些值得留恋的清福，扪心自问，深为不安啊！

龙井多山，起伏连绵，山上已开辟的尽是茶地，其他农作物较少，土质多沙，最宜种茶；山间的空气和泉水，都是不可缺少的天然养料。龙井的茶叶，能为中国名产而行销世界的原因在此。

茶既是著名产物，一般居民也十九是茶农茶商，世袭经营茶业，生活都很安定。但保守成法是最大缺点，所以偶有虫灾旱灾，便毫无办法解决，如果以科学方法改进，那么龙井的茶叶，一定可以大大发展的。

狮子峰是最高的山，形如雄狮，山峰也遍植茶树，上有一座胡公庙，殿屋轩畅，庙里有山洞和小池，泉水终年不绝，水由岩壁中石刻狮头的口里流出，那淙淙的泉声，苍苍的怪石，的确是胜境。

翁家山和棋盘山分列在龙井的左右，山径都有石级可登，满山杂树丛生，怪石棋布，秋深时节，山间五色的树叶，远看很美丽，别有一种幽静的趣味，可惜大好湖山，暂时离开祖国的怀抱了！

龙井寺在山的中部，有曲折的石级、庄严的殿宇，是游山最好的休憩之所。寺里有活泉水池，那龙井便在池旁，有历史的佳话和精美的石刻。泉水虽在旱天也源源不绝清澈见底，所以到寺中品茗的很多。四方人士，到了龙井，少不了吃几杯茶，买几两茶叶回去，做个纪念。

九溪十八涧横贯龙井诸山，直达江干的虎跑，溪水是山居人民饮料的来源，水质清鲜而带矿物质，终年在尘俗中的都市中人，对此活水，尤觉别有风味，很适宜于疗养疾病。笔者身体素弱，但山居三月却天天跑山，反觉顽健啊！

翁家山旁，地名满觉陇，也是一个名胜，出产桂花和产桂花栗子。每年的八九月间，赏桂花尝栗子的游客云集，两种土产，补助于山农们为数也不小。山巅可望到西湖和钱江，滨湖背江，的确是壮观，不下于立马吴山。但是现在环境如此，所谓"江山依旧，人物已非"，回首前尘，使人百感交集了。

　　笔者山居凡三阅月，到了全局转变后，不得不别了故乡和龙井，而移居浙东了。可是山间的一块石一条沟，经过这百余日的光阴，是永远在记忆中的，尤其是那山麓的"凤"的长眠之地，时时挂怀，但愿早日能重见光明，重返故里祭扫于"凤"之墓前，这是我朝夕所祝祷的。

杭州的风俗

徐宝山

　　杭州为钱塘江下流的天然良港，也是浙江省沿海的三大商港——就是杭州、宁波、温州——之一。从前秦汉的时候，已经设有县治；三国以来，历代都看作一个财赋的渊薮；隋代开始筑造城垣，周围共长三十六里；五代时候，吴越两国，以杭州做都会，便再加扩充，把个杭州城造得周围七十多里长；从汉朝到唐朝，一千多年以来，钱塘江里面的泥沙，慢慢地堆积在武林山下，便造成一个膏腴沃野的杭州。照这样看起来，可以晓得秦汉时代的杭州，它的位置是在山里；一到唐宋时候，便迁移在平原之地了。

　　杭州在唐代贞观的时候，已经有十一万多的居民。它的形势，南有大江，北有运河，鱼米的出产很多，商贾的往来也极盛；而且湖山的美丽，风物的繁华，简直比苏州要胜过好几倍。等到南宋建都，改为临安府，风帆出没在钱塘江上，百姓又是有财富的居多，那时候的杭州，要算是极盛的时代。因为自从南渡以后，杭州是个京都，一百几十年来，户口一天一天增多，做买卖的也一天一天地发达，街坊桥道，横的直的都是一所一所的院落，京城内外几十万的户口，处处都有茶坊、酒肆、果子、绒线和香烛等的店铺。当时通用的货币，是以铜钱为单位，还有印造的"会子""关子"，好像现在的钞票一样，市面上也极流通的。

杭州左有钱塘江，右有西子湖，形势极其优美。西湖的风景，一年四季都没有穷尽。南渡以后，衣冠人物，纷纷聚会，它的盛况更非从前可比。水堤一带，尽排着贵宦人家的宅第，湖山上面，也都是梵刹琳宫点缀着；黄昏时候，只看见湖里的画楫轻舫，如穿梭似的来来去去；大大小小的船只，只只精巧绝伦，至于豪富的人家，更多自造采莲船，船顶上用青色的或是白色的布篷撑着，装饰得格外精致。湖上四时的风景，各不相同，因此游湖的人们，也都觉得西湖的可爱，益发没有尽期了。

杭州的风俗，向来是趋重于奢侈的一方面：住的房子是华好高大，穿的衣服也色色入时。南宋时候，天下太平日久，其时的君主，都抱着"与民同乐"的主义，所以满城的仕女，也渐渐地偷于安逸的习惯；如果遇到佳节良辰，往往灯火迎赛，举市若狂。现在一一叙述在下面：

旧历正月元旦日，男男女女，老的幼的，美的丑的，总都要换着一身新鲜的衣服，于是你到我家来恭喜，我到你家去拜年，熙熙攘攘，络绎于途，一家人们团坐饮宴，或者是游嬉笑语，或者是游玩风景，整整的一天，没有片刻的休息。

正月十五日，是元宵节，路上罗绮如云，只听见一片笙箫鼓笛的热闹，家家点着红亮亮的烛火，照耀得如同白昼一般。街坊上一处一处管弦的声音，夹杂着新奇巧制的灯彩，连亘到十余里之长，真是耳不暇听，目不暇接！这时节满城的仕女们，穿着华丽的新装，彼此互相夸赛，好像是山阴道上，令人来不及应接的一般！

三月初三日，恰好是暮春之初，晋时已经有曲水流觞，唐时更有踏青的故事。杜甫《丽人行》说得好："三月三日天气清，长安水边多丽人。"真是描写得淋漓尽致呢！

清明节前一天叫作寒食节，一家家的门首，都遍插着一条条的柳枝，青翠得令人可爱；有的到郊外去祭扫坟墓，但见百花怒放，车马塞途，杭城的人士，这时候正在春风鼓舞中呢！

四月初八是我佛如来的诞日，凡是寺院里面，都要举行一个浴佛会，铙钹钟鼓的声音，敲得镇天价响；这一日西湖里面，也要举行一个放生会，慈善的男女们，都尽量地把龟鱼螺蚌一类的水栖动物买来，划着小小的船，悉数地把它们放在湖里。

五月初五日为端午节，正是"葵榴斗艳，栀艾争香"的时候；富贵的人家，角黍包金，菖蒲切玉，一家家庆赏佳节；就是贫苦的人家，也都快快活活地及时行乐呢！

七月初七日为七巧节，夕阳下山的时候，小儿女们都换穿新衣，往来嬉戏，极其快乐；中人以上的人家，便在高楼危榭的里面，安排着丰盛的筵会，陈列着各色各样的瓜果，欢天喜地地庆赏这一个良宵。

七月十五日为中元节，杭俗称作鬼节，人们或者在家里祭享祖先，或者到郊外拜扫坟墓，这一天杭城的男女，茹素的居多，屠户也因此罢市一天。

八月十五中秋节，这一夜的月色，格外光明，叫作"月夕"；街头做买卖的小贩，直做到五鼓天明，方才罢歇；赏月的游人们，蹀躞在街头巷口，有的到天晓都还不肯归休。

八月十八日是钱塘江潮水最盛的时期，潮水快要来的时候，有几百个会泅水的小孩，披着头发，手里拿着一面大彩旗，争先鼓勇，迎着潮水赶将上去，出没在鲸波万仞的里面，令人看了咋舌！有钱的看客们，便把钱财赏给他们，鼓励他们的勇敢，这时候江干上下，十几里路以内，但见车如流水马如龙，没有一些空隙的余地。

冬季的时候，如果碰着天降瑞雪，便都开筵饮宴，塑雪狮哟，装雪山哟，极其兴高采烈；比较高尚些的，也都蜡屐出游，或者玩游湖山胜景，啸傲于山水之间，或者咏曲吟诗，清兴尤为不浅。

除夕那一天，家家户户，把门墙粉饰得清清净净，钉起桃符，贴上春联，预备过着新年；一到上灯时分，便把香花供佛，祭祀祖先，爆竹的声音，接二连三地噼啪不绝！

杭州的居民，据最近的调查统计，约有七十五万人口；性和平，从来没有执兵器自卫，或是和别人无端寻衅的事情；做工的，做商的，和生客往来，也都诚实无欺，丝毫没有假诈的举动；他们的性格，向来是看重信用，即使看见路人，也好像自家人们一般，没有半点猜忌的观念的。

杭州从古以来，便以多火灾为患，它的原因，大约有五：第一因为居民稠密，房屋的构造太连紧；第二因为板壁居多，用砖瓦造的房子很少；第三杭州人迷信极深，差不多家家奉佛，户户烧香，堂前点设灯烛，容易引火；第四如遇佳节良宵，便多夜饮无禁，仆婢们辛劳醹倦，以致烛烬乱抛；第五当家的主妇，娇懒的居多，炉灶间有时失于检点。有了以上的五个原因，所以杭州的居家，祝融氏（火神）往往容易逞虐。从前南宋建都，城中大火，竟有二十一次之多，有一次在宁宗嘉泰元年三月二十八日，失火延烧五万二千四百多家，三十多里长的地面，竟变成一片焦土！后来防御渐渐周密，火患也比较减少，现在的杭州市政府成立，对于火患一层，尤其是格外注意呢！

杭州做生意最出名的，有"五杭四昌"。怎样叫五杭呢？就是杭扇、杭线、杭粉、杭烟、杭剪便是。扇店现在要推舒莲记为第一，其次是张子元；线店要推张允升；粉店要推孔凤春；烟店要推宓大昌；剪刀店要推张小泉；此外也就不大闻名了。怎样叫作四昌呢？那就是素负盛名的四大南货店了：一曰顾德昌；二曰胡宏昌；三曰冯仁昌；四曰胡日昌。现在仅有一家胡宏昌，还巍然独存；其余的三家，可惜都先后停闭了！

杭州的地位，恰好扼住钱塘江的咽喉，前清光绪二十一年订立《马关条约》的时候，和江苏省的苏州，同时开作商港。可惜杭州湾离海太远，稍为大些的汽船，不能够进得口来，所以商埠便在城北十里的拱宸桥，跨住大运河的两岸。杭州在南运河的终点，小汽船可以往来于嘉兴、吴兴和江苏的苏州、镇江等处，沪杭铁路直达上海，杭江铁路可达浙西江山。附近一带，物产富饶，可称中国的宝库。城内分作南北中三区：南是上城，中是中城，北是下城。最热闹的要算上城，至于下城，因为曾经洪杨的变难，到如今元气未复，人烟也还极少。每年西湖香泛期内，商情最佳，杭垣一次春香贸易，约有二百万元的收入。省城大半工商，都靠这个时期为一岁的生活。出口货有丝、茶、绸缎为大宗；进口货以火油、白糖、纸烟、肥皂、海味等居多数。

春日游杭记

林语堂

一

由梵王渡上车，乘位并不好，与一个土豪对坐。这时大约九时半。开车后十分钟，土豪叫一盘中国大菜式的西菜。不知是何道理，他叫的比我们常人叫的两倍之多，土豪便大啖大嚼起来，我也便看他大嚼。茶房对他特别恭顺。十时零六分，忽然来一杯烧酒，似乎是五加皮。说也奇怪，十时十一分，杂碎的大菜吃完，接着是白菜烧牛肉，其牛肉至十二片之多。我益发莫名其妙了。十时二十六分，又来吐司五片，奶油一碟。于是我断定，此人五十岁时必死于肝癌。正在思索之时，又来一位满脸而黑的中山装少年。一屁股歪在土豪旁边坐下，一手把我桌上的书报茶杯推开，登时就有茶房给他一杯咖啡，一盘火腿蛋。于是土豪也遭殃了。青年的呢帽一直放在土豪席上位前。我的一杯茶，早已移至土豪面前，此时被这帽子一推，茶也溢了，桌也溢了。我明白这是以礼义自豪之邦应有的现象，所以愿以礼相终始，并不计较。排布定当，于是中山装青年弯下他的油脸，吃他的火腿蛋。我看见他身上徽章，是什么沪杭铁路局的什么员，又吃完便走，乃断定他这碟火腿蛋一定是贿赂。这时土豪牛肉已吃到第九片，怎么忽然不想吃了。于是咳嗽、吐痰、免冠、搔首，颇有余乐之概。十时三十一分茶房来，问可否拿走。土豪毫不迟疑地说"等一会儿"。经此一提醒，土豪又狼吞虎咽起来。这回特别快，竟于十时四十分全碟吃完。翻一翻报，脸看不见有什么感触，过一会儿头向桌上一歪，不五分钟已经酣然入寐了。我方觉得安全。由是一路无聊到杭州。

到杭州，因怕臭虫，决定做高等华人，住西泠饭店，虽然或者因此与西洋浪人为伍，也不为意。车过浣纱路，看见一条小河，有妇人跪在河旁在浣衣，并不是浣纱。因此，想起西施，并了悟她所以成名，因为她是浣纱，尤其因为她跪在河旁浣纱时所必取的姿势。

到西湖时，微雨。拣定一间房间，凭窗远眺，内湖、孤山、长堤、保俶塔、游艇、行人，都一一如画。近窗的树木，雨后特别苍翠，细草茸绿得可爱。雨细蒙蒙的几乎看不见，只听见草叶上及田陌上浑成一片点滴声。村屋五六座，排列山下，屋虽矮陋，而前后簇拥的却是疏朗可爱的高树与错综天然的丛芜、蹊径、草坪。其经营毫不费功夫，而清华朗润，胜于上海愚园路寓公精舍万倍。回想上海居民，家资十万始敢购置一二亩宅地，把草地碾平，松木剪成三角、圆锥、平头等体，花圃砌成几何学怪状，高一五尺假山，七尺鱼池，便有不可一世之概，真要令人痛哭流涕。

二

半夜听西洋浪人及女子高声笑谑，吵得不能成寐。第二天清晨，我们雇一辆汽车游虎跑。路过苏堤，两面湖光潋滟，绿洲葱翠，宛如由水中浮出，倒影明如照镜。其时远处尽为烟霞所掩，绿洲之后，一片茫茫，不复知是山是湖，是人间，是仙界。画画之难，全在画此种气韵，但画气韵最易莫如画湖景，尤莫如画雨中的湖山；能攫得住此波光回影，便能气韵生动。在这一幅天然景物中，只有一座灯塔式的建筑物，丑陋不堪，十分碍目，落在西子湖上，真同美人脸上一点烂疮。我问车夫这是什么东西。他说是展览会纪念塔，世上竟有如此无耻之尤的留学生做此恶孽。我由是立志，何时率领军队打入杭州，必先对准野炮，先把这西子脸上的烂疮，击个粉碎。后人必定有诗为证云：

> 西湖千树影苍苍，
> 独有丑碑陋难当。
> 林子将军气不过，
> 扶来大炮击烂疮。

虎跑在半山上，由山下到寺前的半里山路，佳丽无比。我们由是下车步行。两旁有大树，不知树名，总而言之，就是大树。路旁也有花，也不知花名，但觉得美丽。我们在小学时，学堂不教动植物学，至此吃其亏。将到寺的几百步，路旁有一小涧，湍流而下，过崖石时，自然成小瀑布，水石潺潺之声可爱。我看见一个父亲苦劝他六岁少爷去水旁观瀑布。这位少爷不肯。他说水会喷湿他的长衫马褂，而且泥土很脏。他极力否认瀑布有什么趣味。我于是知道中国非亡不可。

到寺前，心不由主地念声阿弥陀佛，犹如不信耶稣的人，口里也常喊出"O Lord"。虎跑的茶著名，也就想喝茶，觉得甚清高。当时就有一阵男女，一面喝茶，一面照相，倒也十分忙碌。有一位为要照相而作正在举杯的姿势。可是摄后并不看见他喝。但是我知道将来他的照片簿上仍不免题曰"某月日静庐主人虎跑啜茗留影"。这已减少我饮茶的勇气。忽然有小和尚问我要不要买茶叶。于是决心不饮虎跑茶而起。

虎跑有二物，游人不可不看：一、茅厕；二、茶壶，都是和尚的机巧发明。虎跑的茶可不喝，这茶壶却不可不研究。欧洲和尚能酿好酒，难道虎跑的和尚就不能发明个好茶壶？（也许江南本有此种茶壶，但我却未看过。）茶壶是红铜做的，式样与家用茶壶同，不过特大，高二尺，径二尺半，上有两个甚科学式的长囱。壶身中部烧炭，四周便是盛水的水柜。壶耳、壶嘴俱全，只想不出谁能倒得动这笨重茶壶。我由是请教那和尚。和尚拿一白铁锅，由缸里抱点泉水，倒入一长囱，登时有开水由壶嘴流溢出来了。我知道这是物理学所谓水平线作用，凉水下去，开水自然外溢，而且凉水必下沉，热水必上升，但是我真无脸向他讲科学名词了。这种取开水法既极简便，又有出便有入，壶中水常满，真是两全之策。

三

我每回到西湖，必往玉泉观鱼，一半是喜欢看鱼的动作，一半是可怜它们失了优游深潭浚壑的快乐。和尚爱鱼放生，何不把它们放入钱塘江，即使死于非命，还算不负此一生。观鱼虽然清高，总不免假放生之名，行利己之实。

观鱼之时，有和尚来同我谈话。和尚河南口音，出词倒也温文尔雅。我正想素食在理论上虽然卫生，总没看见过一个颜色红润的和尚，大半都是面黄肌瘦，走动迟缓，明系滋养不足。

因此又联想到他们的色欲问题，便问和尚素食是否与戒色有关系。和尚看见同行女人在座，不便应对，我由是打本乡话请女人到对过池畔观鱼，而我们大谈起现代婚姻问题了。因为他很有诚意，所以我想打听一点消息。

"比方那位红衣女子，你们看了动心不动心呢？"

我这粗莽一问，却引起和尚一篇难得的独身主义的伟论。大意与柏拉图所谓哲学家不应娶妻理论相同。

"怎么不动心？"他说，"但是你看佛经，就知道情欲之为害。目前何尝不乐？过后就有许多烦恼。现在多少青年投河自尽，为什么？为恋爱，为女人！现在多少离婚，怎么以前非她不活，现在反要离呢？你看我，一人孤身，要到泰山、妙峰山、普渡、汕头，多么自由！"

我明白，他是保罗、康德、柏拉图的同志。叔本华许多关于女人的妙论，还不是由佛经得来？正想之间，忽然寺中老妈经过，我倒不注意，亏得和尚先来解释："这是因为寺中常有香客家眷来歇，伺候不便，所以雇来跟香客洒扫的。"其实我并不怀疑他，而叔本华、柏拉图向来并不反对女人洒扫。

湖上探春记

清 波

西湖，是中国的名胜地方，也算是世界上有名的所在。这几年，交通便利，逛西湖的人，一年比一年多起来。我也是崇拜西湖的一个信徒，春秋佳日，我总要抽空去朝觐它几次，前天我又去逛了两天。人人逛西湖的，总有几篇游记，记山水之胜，风景之美，我想那是千篇一律的话，也用不着我来絮絮叨叨地说了。我如今只拣我所见所闻西湖上最近的事体，和我对于西湖上新鲜的感想，略写几段，也算是我一个游踪的纪念品，也算是我旅行的报告书。

西湖上最新鲜的事，要算重修岳庙大功告成一件事了。说起这岳庙重修的缘起，很有一点神话趣味，不能不先述它一述。那年还是倪嗣冲做安徽督军的时候，不知怎么倪大帅忽得一梦，说是岳武穆住在一间破房子里面，露出很烦闷的样子。倪大帅走过去，岳武穆竟向他招手，指指破房子，一声也不响。倪大帅的脑筋中，本有岳武穆一种威严忠正的印象。如今见他一招手，不知

117

是祸是福，不免大吃一惊，倪大帅便汗流浃背地醒了。醒了以后，将这梦说与众参谋参详，其中解释各异，吉凶异词。最后有一个伶俐的参谋道："这个梦丝毫没有什么研究的价值。老实说，西湖上岳武穆的坟墓庙宇，年久失修，破败不堪。岳武穆指指房子，大概是要打大帅一个抽丰，请大帅替他修庙修坟的意思罢了。"倪大帅听了，很以为然。便立刻派了一位干练的副官，携带了祭品，赶到西湖，先祭了一祭岳武穆。又将发起修岳庙的意见，和浙江的督军一商量，这种有利无弊的好事，当然赞成。后来算一算改造庙宇、修理坟墓，非几十万元不办。要浙皖两省督军拿出来，数目太巨，未免肉痛，便想出一个通力合作的办法来，请各省督军捐款，以期众擎易举。民国时代的督军，钱是不生问题的，这一声吆喝，顷刻之间，你一万，他二万，没有几天，预定的数目，已募集到了。听说总算一共有二十五六万，内中奉天督军张作霖出的最多。有人说，张大帅出了这笔款子，不上两年，做到东三省巡阅使、蒙疆经略使。升官发财，未尝不是岳武穆的暗中呵护呢！就是那发起修庙的倪大帅，虽解了军权，仍旧是平安无事，坐享余年，没一些风波，也未尝不是岳武穆维护之功，化险为夷呢！这是修岳墓的动机历史。

各省捐款集好以后，由浙江督军派人，特组了一所"重修岳陵事务所"，专办工程事宜。款足权专，不上三年，一座巍峨轮奂的新岳庙，已告成功，那气象雄伟，油饰富丽，比到从前东倒西歪的岳庙，好像上海闸北河浜、江北茅棚，与福州路的新工部局比较，真有天渊之别！岳武穆在天之灵，也应含笑道："人人说军阀不好，我们军阀自身，却不能昧良心说这句话呢！"岳庙的大门口以迄大殿，柱子上挂着许多金碧辉煌簇新的匾额和楹联，好像城里暴发户的士绅家大厅似的。再一看那题楹联和上匾额的人，全是浙江省赫赫现任的官长军阀。有人说：如果谁要查浙江的当道职名，不必去翻同官录、缙绅谱，到岳庙大殿上柱子上查一查，便一目了然，百无一漏。想不到岳庙的柱子倒是大人老爷们露脸子出风头的地方呢！我们平民只好立在柱子下面，背着两只手，仰起头来，一字一字地，恭读大作罢了。

岳坟的前面，跪着秦桧、王氏等四个奸人铁像。向来有一个习惯，男客走到铁像面前，总要向它小便一次，据说回去，可以发财的。其实发财这句话，是有人假托的。不过奖励人对秦桧小便，表示污辱奸人的愤怒意思罢了。秦桧的铁像，自经千万人的尿溺注射，铁像已冲得发黄。如今重修岳庙的人，连带的也将秦桧、王氏等四个铁像石栏杆外边，加上一重木棚，旁边又贴着一张揭示，是"不准小便"。有一个游客笑着说："奸臣秦桧也算修到今日，居然有人保护他，替他加一层岗卫，免得污秽淋头了。"这句话，虽然滑稽，倒还有点风趣呢！

岳坟前面的墙，做成了一种城墙的格式。有人见了不懂。难道岳老爷还怕金兀术来攻打他坟墓，坟前筑这一道很高的城墙，预备安设炮位，防御敌人吗？

广化寺旁边的俞楼，人人晓得是德清俞曲园先生的。俞楼占地虽是狭窄的一小条，可是地位很美，可以坐收里外湖之胜。俞楼从前的建筑，是假山石占了全园十分之八，假山石上几座小亭，一所危楼而已。论到构造的人意匠，大概是纯粹取一种"丘壑主义"，可是不甚适用，而且假山石年久失修，一块一块剥落下来，差不多和崩裂的火山相似，谁也不敢走过去，恐怕岩崖掉下来，打破头颅。所以"俞楼"这一处建筑物，人人心中的观念，将它比作俞曲园先生所著的《经学书》。文学却不能算坏，可是一点趣味没有，无人敢去问津。危楼一角，因此无代价地租给野狐山鸟栖息了约莫有二三十年。如今旧式的俞楼忽然改造了，所有内中旧有的山石花木，粪除一清，推翻得干干净净，腾出地盘却造了一座方方正正四面开窗的洋楼。这改造的计划，和改造的经济，并不是曲园先生后裔的主张担任，却是曲园先生一位贤外孙许引之一手办理的。许引之又是谁呢？也是杭州人，从前做过多年山东和浙江的烟酒公卖局长，如今洗手不做，替他外祖改造园林，真是一件风雅的事。不过俞曲园先生想不到身后数十年，他那皱瘦透的俞楼，会变作西洋式的建筑物。不晓得俞先生魂兮归来，是否发生一种"用夷变夏"的感慨？

清波门外，净慈寺前，那几块湖中的淤滩，从前远远望过去，仿佛是几座荒岛，今年已全没有了。全给工程局的挖泥机器挖去，湖面因此阔了好些。游船向西湖的西北角上去，没有胶滞的障碍，也便当许多。这一件事，我们游客，和爱西湖的人，不能不向官厅表示一种感谢的态度。

里湖里面，背着公园，朝北的一片山地，如今忽然添出了几座簇新高大的私家坟墓。在孝子顺孙，埋他先人的遗骸，在山水名胜、风景优美的地方，他那意思，却不能批评他一个不是。可是西湖有限，湖滨的好地方更有限。仗着金钱势力，竟一块一块割据起来筑坟墓，夺生人的山水窟，做朽骨的贮藏所，未免可惜。这样巧取豪夺起来，西湖简直要变作"鬼湖"了！苏小小墓，在西泠桥旁。去年警察厅修筑沿堤马路，规划路线的时候，觉得这座坟亭，在桥下转角，很为交通的障碍，要想将它拆去，那时候苏小小的西湖上的位置，真岌岌可危。后来有许多人不答应，据理和官厅去抗辩，叫它妥为保存。我去年游湖的时候，亲眼看见苏小小的坟已动工拆毁。我特为去凭吊一番，我心里想着明年再来时，香冢一定要夷为平地了。此番我舟过西泠桥，看见苏小小坟仍旧巍然存在，不过因桥工路线的关系，将地位略移动些。孤亭照水，抔土埋香，不减年时胜概。我因此发生了一种感想，西湖上有许多赫赫大名人物的栗主坟墓，被人一占再占，一迁再迁，忽而发还，忽而充公（如刘果敏及盛宣怀祠之类），不知凡几。中间还要经多少的诉讼争执人情关说，不如这苏小小一个妓女的孤坟，至今存在。她也并没有什么后裔子孙出头保管，可是阅尽兴亡，几经鼎革，竟推翻它不了，可想一个人的传与不传，起后人的爱惜与否，原不必靠着政治上的权威。靠着政治威权所占下的势力，难免要有失败的时候，所以大官之墓，不及妓女之坟！

杭州土做一种手杖，以细竹为之，两头包着白铜，轻灵便捷。游山逛湖的客人，不论男女，都喜欢买一根。它第一受买主的欢迎，就是价值便宜，每根只售两角小洋（至贵者三角）。所以它的销路很畅旺。有人说，这司狄克的竹子，从前就是旱烟管的材料。近年纸烟盛行，旱烟淘汰，旱烟管当然也无人过问，不想一变而为司狄克。于是美人名士、娇娃政客，都喜欢和它亲近，认它做一个游山的隽侣，这也算是"竹"的幸运。倘若它仍旧做旱烟管，终身不过伴着乡下老农，尝那田园的风味罢了。

西湖上装摩托的游艇，渐渐地多了。新新旅馆已备了四艘，专预备游客雇用。可是价值很贵，每天要七八元。遇着外国人，还要敲一竹杠，加倍索取。比较人力的游艇，要贵到十分之八，可是比较上海租汽车兜风，五块洋钱一点钟，似乎价廉物美了。

湖心亭就在水中央，论到风景，可算不恶，可惜它地位太小，一览无余，加之西湖上好山好水的地方太多，湖心亭便不算什么胜境，从前很坍塌得不成样子。民国六年的时候，有一位两浙运使胡思义，捐廉了几百块钱，将湖心亭大大修理，四周围起木栅，门首又竖起一座木牌楼，上题着"湖心平眺"四个字，边上题着胡运使的职名，也算他游宦浙中，小小地留个纪念。谁知我昨天舟过湖心亭，那四周的木栅，已拉杂摧烧了，那座木牌楼，已拆掉不知去向，那湖心亭仍渐渐地回复它坍败的地位，我诧问怎样变得如此？摇船的道："胡运使早已交卸走了，他建的牌楼，自然也没人保护照管了。"我听了这句话，又不免起了些感想，这是一件风雅的事，没一些政治臭味，为什么也有"人亡政息"的那种恶劣的现象呢！

超山的梅花

郁达夫

　　凡到杭州来游的人，因为交通的便利，和时间的经济的关系，总只在西湖一带，登山望水，漫游两三日，便买些土产，如竹篮纸伞之类，匆匆回去；以为雅兴已尽，尘土已经涤去，杭州的山水佳处，都曾享受过了。所以古往今来，一般人只知道三竺六桥，九溪十八涧，或西湖十景，苏小岳王；而离杭城三五十里稍东偏北的一带山水，现在简直是很少有人去玩，并且也不大有人提起的样子。

　　在古代可不同；至少至少，在清朝的乾嘉道光，去今百余年前，杭州人的好游的，总没有一个不留恋西溪，也没有一个不披蓑戴笠去看半山（即皋亭山）的桃花，超山的香雪的。原因是那时候杭州和外埠的交通，所取的路径都是水道；从嘉兴、上海等处来往杭州，运河是必经之路。舟入塘栖，两岸就看得到山影；到这里，自杭州夫他处的人，渐有离乡去国之感，自外埠到杭州来的人，方看得到山明水秀的一个外廓；因而塘栖镇和超山、独山等处，便成了一般旅游之人对杭州的记忆的中心。

超山是在塘栖镇南，旧日仁和县（现在并入杭县了）东北六十里的永和乡的，据说高有五十余丈，周二十里（咸淳《临安志》作三十七丈），因其山超然出于皋亭、疸黄鹤之外，故名。

从前去游超山，是要从湖墅或拱宸桥下船，向东向北向西向南，曲折回环，冲破菱荇水藻而去的；现在汽车路已经开通，自清泰门向东直驶，至乔司站落北更向西，抄过临平镇，由临平山西北，再驰十余里，就可以到了；"小红唱曲我吹箫"的船行雅处，现在虽则要被汽车的机器油破坏得丝缕无余，但坐船和坐汽车的时间的比例，却有五与一的大差。

汽车走过的临平镇，是以释道潜的一首"风蒲猎猎弄轻柔，欲立蜻蜓不自由。五月临平山下路，藕花无数满汀洲"的绝句出名；而超山北面的塘栖镇，又以南宋的隐士，明末清初的田园别墅出名；介于塘栖与超山之间的丁山湖，更以水光山色，鱼虾果木出名；也无怪乎从前的文人骚客，都要向杭州的东面跑，而超山、皋亭山的名字每散见于诸名士的歌咏里了。

超山脚下，塘栖附近的居民，因为住近水乡，阡陌不广之故，所靠以谋生的完全是果木的栽培。自春历夏，以及秋冬，梅子、樱桃、枇杷、杏子、甘蔗之类的出产，一年总有百万元内外。所以超山一带的梅林，成千成万；由我们过路的外乡人看来，只以为是乡民趣味的高尚，个个都在学林和靖的终身不娶，殊不知实际上他们却是正在靠此而养活妻孥的哩！

超山的梅花，向来是开在立春前后的；梅干极粗极大，枝杈离披四散，五步一丛，十步一坂，每个梅林，总有千株内外，一株的花朵，又有万棵左右；故而开的时候，香气远传到十里之外的临平山麓，登高而远望下来，自然自成一个雪海；近年来虽说梅株减少了一点，但我想比到罗浮的仙境，总也只有过之，不会不及。

从杭州到超山去的汽车路上，过临平山后，两旁已经有一处一处的梅林在迎送了，而汇聚得最多，游人所必到的看梅胜地，大抵总在汽车站西南，超山东北麓，报慈寺大明堂（亦称大明寺）前头，梅花丛里有一个周梦坡筑的宋梅亭在那里的周围五六里地的一圈地方。

报慈寺里的大殿（大约就是大明堂了罢），前几年被寺的仇人毁坏了，当时还烧死了一位当家和尚在殿东一块石碑之下。但殿后的一块刻有吴道子画的大士像的石碑，还好好地镶在壁里，丝毫也没有动。去年我去的时候，寺僧刚在募化重修大殿；殿外面的东头，并且已经盖好了三间厢房在作客室。后面高一段的三间后殿，火烧时也不曾烧去，和尚手指着立在殿后壁里的那一块石刻大士像碑说，"这都是这位大慈大悲救苦救难广大灵感观世音菩萨的福佑！"

在何春渚删成的《塘栖志略》里，说大明寺前有一口井，井水甘洌！旁树石碣，刻有"一人堂堂，二曜重光，泉深尺一，点去冰旁；二人相连，不欠一边，三梁四柱烈火燃，添却双钩两日全"之碑铭，不识何意等语。但我去大明堂（寺）的时候，却既不见井，也不见碑；而这条碑铭，我从前是曾在一部笔记叫作《桂苑丛谈》的书里看到过一次的。这书记载着："令狐相公出镇淮海日，支使班蒙，与从事诸人，俱游大明寺之西廊，忽睹前壁，题有此铭，诸宾皆莫能辨，独班支使曰：'得非大明寺水，天下无此八字乎？'众皆恍然。"从此看来，《塘栖志略》里所说的大明寺井碑，应是抄来的文章，而编者所谓不识何意者，还是他在故弄玄虚。当然，寺在山麓，地又近水，寺前寺后，井是当然有一口的；井里的泉，也当然是清冽的；不过此碑此铭，却总有点儿可疑。

大明寺前的所谓宋梅，是一棵曲屈苍老，根脚边只剩了两条树皮围拱，中间空心，上面枝干四杈的梅树。因为怕有人折，树外面全部是用一铁丝网罩住的。树当然是一株老树，起码也要比我的年纪大一两倍，但究竟是不是宋梅，我却不敢断定。去年秋天，曾在天台山国清寺的伽蓝殿前，看见过一株所谓隋梅；前年冬天，也曾在临平山下安隐寺里看见过一枝所谓唐梅；但所谓隋，所谓唐，所谓宋等等，我想也不过"所谓"而已，究竟如何，还得去问问植物考古的专家才行。

出大明堂，从梅花林里穿过，西面从吴昌硕的坟旁一条石砌路上攀登上去，是上超山顶去的大路了。一路上有许多同梦也似的疏林，一株两株如被遗忘了似的红白梅花，不少的坟园，在招你上山，到了半山的竹林边的真武殿（俗称中圣殿）外，超山之所以为超，就有点感觉得到了；从这里向东西北的三面望去，是汪洋的湖水，曲折的河身，无数的果树，不断的低岗，还有塘的两面的点点的人家；这便算是塘栖一带的水乡全景的鸟瞰。

从中圣殿再沿石级上去，走过黑龙潭，更走二里，就可以到山顶，第一要使你骇一跳的，是没有到上圣殿之先的那一座天然石筑的天门。到了这里，你才晓得超山的奇特，才晓得志上所说的"山有石鱼石笋等，他石多异形，如人兽状"诸记载的不虚。实实在在，超山的好处，是在山头一堆石，山下万梅花，至若东瞻大海，南眺钱江，田畴如井，河道如肠，桑麻遍地，云树连天等形容词，则凡在杭州东面的高处，如临平山黄鹤峰上都用得着的，并非是超山独一无二的绝景。

你若到了超山之后，则北去超山七里地外的塘栖镇上，不可不去一趟。在那些河流里坐坐船，果树下跑跑路，趣味实在是好不过。两岸人家，中夹一水；走过丁山湖时，向西面看看独山，向东首看看马鞍龟背，想象想象南宋垂亡，福王在庄（至今其地还叫作福王庄）上所过的醉生梦死脂香粉腻的生涯，以及明清之际，诸大老的园亭别墅，台榭楼堂，或康熙乾隆等数度的临幸，包管你会起一种像读《芜城赋》似的感慨。

又说到了南宋，关于塘栖，还有好几宗故事，值得一提。第一，卓氏家乘《唐栖考》里说："唐栖者，唐隐士所栖也；隐士名珏，字玉潜，宋末会稽人。少孤，以明经教授乡里子弟而养其母，至元戊寅，浮图总统杨琏真伽，利宋攒宫金玉，故为妖言惑主听，发掘之。珏怀愤，乃货家具，召诸恶少，收他骨易遗骸，瘗兰亭山后，而树冬青树识焉。珏后隐居唐栖，人义之，遂名其地为唐栖。"这镇名的来历说，原是人各不同的，但这也岂不是一件极有趣的故实吗？还有塘栖西龙河圩，相传有宋宫人墓；昔有士子，秋夜凭栏对月，忽闻有环珮之声，不寐听之，歌一绝云："淡淡春山抹未浓，偶然还记旧行踪。自从一入朱门去，便隔人间几万重。"闻之酸鼻。这当然也是一篇绝哀艳的鬼国文章。

塘栖镇跨在一条水的两岸，水南属杭州，水北属德清；商市的繁盛，酒家的众多，虽说只是一个小小的镇集，但比起有些县城来，怕还要闹热几分。所以游过超山，不愿在山上吃冷豆腐黄米饭的人，尽可以上塘栖镇上去痛饮大嚼；从山脚下走回汽车路去坐汽车上塘栖，原也很便，但这一段路，总以走走路坐坐船更为合适。

杭州的八月

郁达夫

　　杭州的废历八月，也是一个极热闹的月份。自七月半起，就有桂花栗子上市了，一入八月，栗子更多，而满觉陇南高峰翁家山一带的桂花，更开得来香气醉人。八月之名桂月，要身入到满觉陇去过一次后，才领会得到这名字的相称。

　　除了这八月里的桂花，和中国一般的八月半的中秋佳节之外，在杭州还有一个八月十八的钱塘江的潮汛。

　　钱塘的秋潮，老早就有名了，传说就以为是吴王夫差杀伍子胥沉之于江，子胥不平，鬼在作怪之故。《论衡》里有一段文章驳斥这事，说得很有理由："儒书言，'吴王夫差杀伍子胥，煮之于镬，盛于囊，投之于江，子胥恚恨，临水为涛，溺杀人。'夫言吴王杀伍子胥，投之于江，实也；言其恨恚，临水为涛者，虚也。且卫菹子路，而汉烹彭越，子胥勇猛，不过子路彭越，然二子不能发怒于鼎镬之中，子胥亦然，自先人鼎镬，后乃入江，在镬之时其神岂怯而勇于江水哉？何其怒气前后不相副也？"可是《论

128

衡》的理由虽则充足，但传说的力量，究竟十分伟大，至今不但是钱塘江头，就是庐州城内淝河岸边，以及江苏、福建等滨海傍湖之处，仍旧还看得见塑着白马素车的伍大夫庙。

钱塘江的潮，在古代一定比现时还要来得大。这从《高僧传》唐灵隐寺释宝达，诵咒咒之，江潮方不至激射湖上诸山的一点，以及南宋高宗看潮，只在江干候潮门外搭高台的一点看来，就可以明白。现在则非要东去海宁，或五堡八堡，才看得见银海潮头一线来了。这事情从阮元的《揅经室集·浙江图考》里，也可以看得到一些理由，而江身沙涨，总之是潮不远上的一个最大原因。

还有梁开平四年，钱武肃王为筑捍海塘，而命强弩数百射涛头，也只在候潮通江门外。至今海宁江边一带的铁牛镇铸，显然是师武肃王的遗意，后人造作的东西。（我记得铁牛铸成的年份，是在清顺治年间，牛身上印在那里的文字，还隐约辨得出来。）

沧桑的变革，实在厉害得很，可是杭州的住民，直到现在，在靠这一次秋潮而发点小财，做些买卖的，为数却还不少哩！

杭州之秋

傅东华

　　从前谢灵运游山，"伐木取径，……从者数百人"，以致被人疑为山贼。现在人在火车上看风景，虽不至像康乐会那样煞风景，但在那种主张策杖独步而将自己也装进去作山水人物的诗人们，总觉得这样的事情是有伤风雅的。

　　不过，我们如果暂时不谈风雅，那么觉得火车上看风景也有一种特别的风味。

　　风景本是静物，坐在火车上看就变动的了。步行的风景游览家，无论怎样把自己当作一具摇头摄影器，他的视域能有多阔呢？又无论他怎样健步，无论视察点移得怎样多，他目前的景象总不过有限几套。若在火车上看，那风景就会移步换形，供给你一套连续不断的不同景象，使你在数小时之内就能获得数百里风景的轮廓。"火车风景"（如果许我铸造一个名词的话）就是活动的影片，就是一部以自然美作题材的小说，它是有情节的，有布局的——有开场，有 Climax，也有大团圆的。

新辟的杭江铁路从去年春天通车到兰溪，我们的自然文坛就又新出版了一部这样的小说。批评家的赞美声早已传到我耳朵里，但我直到秋天才有工夫去读它。然而秋天是多么幸运的一个日子啊！我竟于无意之中得见杭江风景最美的表现。

"火车风景"是有个性的。平浦路上多黄沙，沪杭路上多殡屋。京沪路只北端稍觉雄健，其余部分也和沪杭路一样平凡。总之，这几条路给我们一个共同的印象——就是单调。它们都是差不多一个图案贯彻到底的。你在这段看是这样，换了一段看也仍是这样——一律是平畴，平畴之外就是地平线了。偶然也有一两块山替那平畴作背景，但都单调得多么寒碜啊！

秋是老的了，天又下着蒙蒙雨，正是读好书的时节。从江边开行以后，我就凝神地准备着——准备着尽情赏鉴一番，准备着一幅幅的画图连续映照在两边玻璃窗上。

萧山站过去了，临浦站过去了，这样差不多一个多钟头，只偶然瞥见一两点遥远的山影，大部分还是沪杭路上那种紧接地平线的平畴，我便开始有点觉得失望。于是到了尖山站，你瞧，来了——山来了。

山来了，平畴突然被山吞下去了。我们夹进了山的行列，山作我们前面的仪仗了。那是重叠的山，"自然"号里加料特制的山。你决不会感着单薄，你决不会疑心制造时减料偷工。

有时你伸出手去差不多就可摸着山壁，但是大部分地方山的倾斜都极大。你虽在两面山脚的缝里走，离开山的本峰仍旧还很远，因而使你有相当的角度可以窥见山的全形。但是哪一块山肯把它的全形给你看呢？哪一块山都和她的同伴们或者并肩，或者交臂，或者搂抱，或者叠股。有的从她伙伴们的肩膊缝里露出半个罩着面幕的容颜，有的从她姊妹们的云鬓边透出一弯轻扫淡妆的眉黛。浓妆的居于前列，随着你行程的弯曲献媚呈妍；淡妆的躲在后边，目送你忍心奔驰而前，有若依依不舍的态度。

这样使我们左顾右盼地应接不暇了二三十分钟，这才又像日月食后恢复期间的状态，平畴慢慢地吐出来了。但是地平线终于不能恢复。那逐渐开展的平畴随处都有山影作镶缏；山影的浓淡就和平畴的阔狭成了反比例。有几处的平畴似乎是一望无际的，但仍有饱蘸着水的花青笔在它的边缘上轻轻一抹。

于是过了湄池，便又换了一幕。突然间，我们车上的光线失掉均衡了。突然间，有一道黑影闯入我们的右侧。急忙抬头看时，原来是一列重叠的山嶂从烟雾弥漫中慢慢地遮上前来。这一列山嶂和前段看见的那些对峙山峦又不同。它们是朦胧的，分不出它们的层叠，看不清它们的轮廓，上面和天空浑无界线，下面和平地不辨根基，只如大理石里隐约透露的青纹，究不知起自何方，也难辨迄于何处。

那时我们在左侧本是一片平旷，但不知怎么一转，山嶂忽然移到左侧来，平旷忽然搬到右侧去。如是者交互着搬动了数回，便又左右都有山嶂，只不如从前那么夹紧，而左右各有一段平畴作缓冲了。

这时最奇的景象，就是左右两侧山容明暗之不一。你向左看时，山的轮廓很暧昧，向右看时，却如几何图画一般的分明。你以为这当然是"秋雨隔田塍"的现象所致，但是走过几分钟之后，暧昧和分明的方向忽然互换了，而我们却是明明按直线走的。谁能解释这种神秘呢？

到直埠了。从此神秘剧就告结束，而浓艳的中古浪漫剧开幕了。幕开之后，就见两旁竖着不断的围屏，地上铺着一条广漠的厚毯。围屏一律是浓绿色的，地毯则由黄、红、绿三种彩色构成。黄的是未割的缓稻，红的是荞麦，绿的是菜蔬。可是谁管它什么是什么呢？我们目不暇接了。这三种彩色构成了平面几何的一切图形，织成了波斯毯、荷兰毯、纬成绸、云霞缎……上一切人类所能想象的花样。且因我们自己如飞的奔驰，那三种基本色素就起了三色板的作用，在向后飞驰的过程中化成一切可能的彩色。浓艳极了，富丽极了！我们领略着文艺复兴期的荷兰的画图，我们身入了《天方夜谭》的苏丹的宫殿。

这样使我们的胃口腻得化不开了一回，于是突然又变了。那是在过了诸暨牌头站之后。以前，山势虽然重叠，虽然复杂，但只能见其深，见其远，而未尝见其奇，见其险。以前，山容无论暧昧，无论分明，总都载着厚厚一层肉，至此，山才挺出嶙峋的瘦骨来。山势也渐兀突了，不像以前那样停匀了。有的额头上怒挺出铁色的巉岩，有的半腰里横撑出骇人的刀戟。我们从它旁边擦过去，头顶的悬崖威胁着要压碎我们。就是离开稍远的山岩，也像铁罗汉般踞坐着对我们怒视。如此，我们方离了肉感的奢华，便进入幽人的绝域。

但是调剂又来了。热一阵，冷一阵，闹一阵，静一阵，终于又到不热亦不冷、不闹亦不静的郑家坞了。山还是那么兀突，但是山头偶有几株苍翠欲滴的古松，将山骨完全遮没，狰狞之势也因而减杀。于是我们于刚劲肃杀中复得领略柔和的秀气。那样的秀，那样的翠，我生平只在宋人的古画里看见过。从前见古人画中用石绿，往往疑心自然界没有这种颜色，这番看见郑家坞的松，才相信古人着色并非杜撰。

而且水也出来了。一路来我们也曾见过许多水，但都不是构成风景的因素。过了郑家坞之后，才见有曲折澄莹的山涧山溪，随山势的迂回共同构成了旋律。杭江路的风景到郑家坞而后山水备。

于是我们转了一个弯，就要和杭江秋景最精彩的部分对面了——就要达到我们的 Climax 了。

苏溪——就是这个名字也像具有几分的魅惑，但已不属出产西施的诸暨境了。我们那个弯一转过来，眼前便见烧野火般的一阵红，——满山满坞的红，满坑满谷的红。这不是枫叶的红，乃是柏子叶的红。柏子叶的隙中又有荞麦的连篇红秆弥补着，于是一切都被一袭红锦制成的无缝天衣罩着了。

但若这幅红锦是四方形的、长方形的、菱形的、等边三角形的、不等边三角形的、圆形的、椭圆形的，或任何其他几何图形的，那就不算奇，也就不能这般有趣。因为既有定形，就有尽处，有尽处就单调了。即使你的活动的视角可使那幅红锦忽而方，忽而圆，忽而三角，忽而菱形，那也总不过那么几套，变尽也就尽了。不，这地方的奇不在这样的变，而在你觉得它变，却又不知它怎样变。这叫我怎么形容呢？总之，你站在这个地方，你是要对几何学的本身也发生怀疑的。你如果尝试说：在某一瞬间，我前面有一条路，左手有一座山，右手有一条水。不，不对，决没有这样整齐。事实上，你前面是没有路的，最多也不过几码的路，就又被山挡住，然而你的火车仍可开过去，路自然出来了。你说山在左手，也许它实在在你的背后；你说水在右手，也许它实在在你的面前。因为一切几何学的图形都被打破了。你这一瞬间是在这样畸形的一个圈子里，过了一瞬间就换了一个圈子，仍旧是畸形的，却已完全不同了。这样，你的火车不知直线呢或是曲线地走了数十分钟，你的意识里面始终不会抓住那些山、水、溪滩的部位，就只觉红、红、红，无间断的红，不成形的红，使得你迷离惝恍，连自己立脚的地点也要发生疑惑。

寻常，风景是由山水两种要素构成的，平畴不是风景的因素。所以山水画者大都由水畔起山，山脚带水，断没有把一片平畴画入山水之间的。在这一带，有山，有水，有溪滩，却也有平畴，但都布置得那么错落，支配得那么调和，并不因有平畴而破坏了山水自然的结构，这就又是这最精彩部分的风景的一个特色。

此后将近义乌县城一带，自然的美就不得不让步给人类更平凡的需要了，山水退为田畴了，红叶也渐稀疏了。再下去就可以"自郐无讥"。不过，我们这部小说现在尚未完成，其余三分之一的回目不知究竟怎样，将来的大团圆只好听下回分解了。

真所谓"文章本天成，妙手偶得之"。自古造铁路的计划何曾有把风景作参考的呢？然而杭江路居然成了风景的杰作！

不过以上所记只是我个人一时得的印象。如果不是细雨蒙蒙红叶遍山的时节，当然你所得的印象不会相同。你将来如果"查与事实不符"，千万莫怪我有心夸饰！

冬 天

朱自清

说起冬天，忽然想到豆腐。是一"小洋锅"（铝锅）白煮豆腐，热腾腾的。水滚着，像好些鱼眼睛，一小块一小块豆腐养在里面，嫩而滑，仿佛反穿的白狐大衣。锅在"洋炉子"（煤油不打气炉）上，和炉子都熏得乌黑乌黑，越显出豆腐的白。这是晚上，屋子老了，虽点着"洋灯"，也还是阴暗。围着桌子坐的是父亲跟我们哥儿三个。"洋炉子"太高了，父亲得常常站起来，微微地仰着脸，觑着眼睛，从氤氲的热气里伸进筷子，夹起豆腐，——地放在我们的酱油碟里。我们有时也自己动手，但炉子实在太高了，总还是坐享其成的多。这并不是吃饭，只是玩儿。父亲说晚上冷，吃了大家暖和些。我们都喜欢这种白水豆腐，一上桌就眼巴巴望着那锅，等着那热气，等着热气里从父亲筷子上掉下来的豆腐。

又是冬天，记得是阴历十一月十六晚上，跟 S 君 P 君在西湖里坐小划子。S 君刚到杭州教书，事先来信说："我们要游西湖，不管它是冬天。"那晚月色真好，现在想起来还像照在身上。本来

136

前一晚是"月当头";也许十一月的月亮真有些特别吧。那时九点多了，湖上似乎只有我们一只划子。有点风，月光照着软软的水波；当间那一溜儿反光，像新所的银子。湖上的山只剩了淡淡的影子。山下偶尔有一两星灯火。S君口占两句诗道："数星灯火认渔村，淡墨轻描远黛痕。"我们都不大说话，只有均匀的桨声。我渐渐地快睡着了。P君"喂"了一下，才抬起眼皮，看见他在微笑。船夫问要不要上净寺去；是阿弥陀佛生日，那边蛮热闹的。到了寺里，殿上灯烛辉煌，满是佛婆念佛的声音，好像醒了一场梦。这已是十多年前的事了，S君还常常通着信，P君听说转变了好几次，在一个特税局里收特税了，以后便没有消息。

在台州过了一个冬天，一家四口子。台州是个山城，可以说在一个大谷里。只有一条二里长的大街。别的路上白天简直不大见人；晚上一片漆黑。偶尔人家窗户里透出一点灯光，还有走路的拿着的火把；但那是少极了。我们住在山脚下。有的是山上松林里的风声，跟天上一只两只的鸟影。夏末到那里，春初便走，却好像老在过着冬天似的；可是即便真冬天也并不冷。我们住在楼上，书房临着大路，路上有人说话，可以清清楚楚地听见。但因为走路的人太少了，间或有点说话的声音，听起来还只当远风送来的，想不到就在窗外。我们是外路人，除上学校去之外，常只在家里坐着。妻也惯了那寂寞，只和我们爷儿们守着。外边虽老是冬天，家里却老是春天。有一回我上街去，回来的时候，楼下厨房的大方窗开着，并排地挨着她们母子三个；三张脸都带着天真微笑地向着我。似乎台州空空的，只有我们四人；天地空空的，也只有我们四人。那时是民国十年，妻刚从家里出来，满自在。她死了快四年了，我却还老记着她那微笑的影子。无论怎么冷，大风大雪，想到这些，我心上总是温暖的。

钱塘旧事

第三辑

五十年前之杭州府狱

周作人

　　一八九六年，即前清光绪二十二年九月，先君去世，我才十二岁。其时祖父以科场事系杭州府狱，原来有姨太太和小儿子随侍，那即是我的叔父，却比我只大得两三岁。这年他决定往南京进水师学堂去，祖父便叫我去补他的缺，我遂于次年的正月到了杭州。我跟了祖父的姨太太，住在花牌楼的寓里，这是墙门内一楼一底的房屋，楼上下都用板壁隔开，作为两间，后面有一间坡屋，用作厨房，一个小天井中间隔着竹笆，与东邻公分一半。姨太太住在楼上前间，靠窗东首有一张铺床，便是我的安歇处；后间楼梯口住着台州的老妈子。男仆阮元甫在楼下歇宿，他是专门伺候祖父的，一早出门去，给祖父预备早点，随即上市买菜，在狱中小厨房里做好了之后，送一份到寓里来（寓中只管煮饭）。等祖父吃过了午饭，他便又飘然去上佑圣观坐茶馆，顺便买些杂物，直到傍晚才回去备晚饭，上灯回寓一径休息。这是他每日的刻板行事。他是一个很漂亮、能干而又很忠实的人，家在浙后东海边，只可惜在

140

祖父出狱以后，一直不曾再见到他，也没有得到他的消息。

我在杭州的职务，是每隔两三日去陪侍祖父一天之外，平日自己"用功"。楼下板桌固然放着些经书，也有笔砚，三六九还要送什么起讲之类去给祖父批改。但在实在究竟用了什么功，只有神仙知道。自己只记得看了些闲书，倒还有点意思，有石印《阅微草堂笔记》，小本《淞隐漫录》，一直到后来还是不曾忘记。我去看祖父，最初自然是阮元甫带领的，后来认得路径了，就独自前去。走出墙门后往西去，有一条十字街，名叫塔儿头，虽是小街却颇有些店铺，似乎由此往南，不久就是银圆局；此后的道路有点模糊了，但走到杭州府前总之并不远，也不难走。府署当然是朝南的，司狱署在其右首，大概也是南向。我在杭州住了两年，到那里总去过有百余次，可是这署门和大堂的情形如何，却都说不清了，或者根本没有什么大堂也未可知。只记得监狱部分，入门是一重铁栅门，推门进去，门内坐着几个禁卒，因为是认识我的，所以什么也不问，我也一直没有打过招呼。拐过一个弯，又是一个普通的门，通常开着，里边是一个院子，上首朝南大概即是狱神祠，我却未曾去看过，只顾往东边的小门进去，这里面便是祖父所居住的小院落了。门内是一条长天井，南边是墙，北边是一排白木圆柱的栅栏，栅栏内有狭长的廊，廊下并排一列开着些木门，这都是一间间的监房。大概一排有四间吧，但那里只有西头的一间里祖父住着，隔壁住了一个禁卒，名叫邹玉，是个长厚的老头儿，其余的都空着没有人住。房间四壁都用白木圆柱做成，向南一面上半长短圆柱相间，留出空隙以通风日，用代窗户，房屋宽可一丈半，深约二丈半，卜铺地板，左边三分之二的地面用厚板铺成炕状，很大的一片，以供坐卧之用。祖父的房间里的布置是对着门口放了一张板桌和椅子，板床上靠北安置棕棚，上挂蚊帐，旁边放着衣箱。中间板桌对过的地方是几叠书和零用什物，我的坐处便在这台上书堆与南窗之间。这几堆书中，我记得有广百宋斋的四史，木板《纲鉴易知录》，五种遗规，《明季南略》《北略》《明季稗史汇编》《徐灵胎》四种，其中只有一卷道情可以懂得。我在那里坐上一日，除了遇见廊下炭炉上炖着的水开了，拿来给祖父冲茶，或是因为临时加添了我一个人使用，便壶早满了，提出去往小天井的尽头倒在地上之外，总是坐着翻翻书看，颠来倒去地就是翻弄那些，只有四史不敢下手罢了。祖父有时也坐下看书，可是总是在室外走动的时候居多，我亦不知道是否在狱神祠闲坐，总之出去时间很久，大概是同禁卒们谈笑，或者还同强盗们谈谈。他平常很喜欢骂人，自呆皇帝、昏太君（即是光绪和西太后）起头一直骂到亲族中的后辈，但是我却不曾听见他骂过强盗或是牢头禁子。他常讲骂人的笑话，大半是他自己编造的，我还记得一则讲教书先生的苦况，云有人问西席，听说贵东家多有珍宝，先生谅必看到一二，答说我只知道有三件宝贝，是豆腐山一座，吐血鸡一只，能言牛一头。他并没有给富家坐过馆，所以不是自己的经验，这只是替别人不平而已。

杭州府狱中强盗等人的生活如何，我没有看到，所以无可说，只是在室内时常可以听见脚镣声响，得以想象一二而已。有一回，听见很响亮的镣声，又有人高声念佛，向外边出去了。不一会儿听禁卒们传说，这是台州的大盗提出去处决；他们知道他的身世、个人性格，大概都了解他，刚才我所听得的这阵声响，似乎也使他们很感到一种感伤或是寂寞。这是一件事实，颇足以证明祖父骂旁人而不骂强盗或禁卒，虽然有点怪僻，却并不是没有道理的了。在这两三年之后，我在故乡一个夏天趁早凉时上大街去，走到古轩亭口，即是后来清政府杀秋瑾女士的地方，店铺未开门，行人也还很稀少，我见地上有两个覆卧的人，上面盖着破草席，只露出两只脚在外，——可以想见上边是没有头的，此乃是强盗的脚，是在清早处决的。我看这脚的后跟都是皲裂的，是一般老百姓的脚。我这时候就又记起台州大盗的事来。我有一个老友，是专攻伦理学，也就是所谓人生哲学的，他有一句诗云"盗贼渐可亲"，上句却已不记得，觉得他的这种心情我可以了解得几分，实在是很可悲的。这里所说的盗贼与《水浒传》里的不同，水浒的英雄们原来都是有饭吃的，可是被逼上梁山，搞起一套事业来，小小的做可以占得一个山寨，大大的则可以弄到一座江山，刘季、朱温都是一例。至于小盗贼，只是饥寒交迫的老百姓，铤而走险，他们搞的不是事业而是生活，结果这条路也走不下去，却被领到"清波门头"（这是说在杭州的话），简单地解决了他的生活的困难。清末革命运动中，浙江曾经出了一个奇人，姓陶号焕卿，在民国初年为蒋介石所暗杀了。据说他家在乡下本来开着一间瓦铺，可是他专爱读书与革命运动，不曾经营店务，连石灰里的梗灰与市灰的区别，都不知道。他的父亲便问他说，你搞那什么革命，那么为的是啥呢？他答说，为的要使得个个人有饭吃。他父亲听了这话，便不再叫管店，由他去流浪做革命运动去了，曾对人家说明道，他要使得个个都有饭吃，这个我怎好去阻挡他？这真是一个革命佳话。我想我的老友一定也有此种感想，只是有点趋于消极，所以我说很可悲的，不过如不消极，那或者于他又可能是有点可危了吧。

记风雨茅庐

郁达夫

自家想有一所房子的心愿，已经起了好几年了；明明知道创造欲是好、所有欲是坏的事情，但一轮到了自己的头上，总觉得衣食住行四件大事之中的最低限度的享有，是不可以不保住的。我衣并不要锦绣，食也自甘于藜藿，可是住的房子、代步的车子，或者至少也必须一双袜子与鞋子的限度，总得有了才能说话。况且从前曾有一位朋友劝过我说，一个人既生下了地，一块地却不可以没有，活着可以住住立立，或者睡睡坐坐，死了便可以挖一个洞，将己身来埋葬；当然这还是没有火葬、没有公墓以前的时代的话。

自搬到杭州来住后，于不意之中，承友人之情，居然弄到了一块地，从此葬的问题总算解决了；但是住呢，占据的还是别人家的房子。去年春季，写了一篇短短的应景而不希望有什么结果的文章，说自己只想有一所小小的住宅；可是发表了不久，就来了一个回响。一位做建筑事业的朋友先来说："你若要造房子，我们可以完全效劳。"一位有一点钱的朋友也说:"若通融得少一点,或者还可以想法。"四面一凑,于是起造一个风雨茅庐的计划即便成熟到了百分之八十,不知我者谓我有了钱,深知我者谓我冒了险,但是有钱也罢,冒险也罢,入秋以后,总之把这笑话勉强弄成了事实,在现在的寓所之旁,也竟丁丁笃笃地动起了工,造起了房子。这也许是我的 Folly,这也许是朋友们对于我的过信,不过从今以后,那些破旧的书籍,以及行军床、旧马子之类,却总可以不再去周游列国,学夫子的栖栖一代了,在这些地方,所有欲原也有它的好处。

本来是空手做的大事,希望当然不能过高;起初我只打算以茅草来代瓦,以涂泥来作壁,起它五间不大不小的平房,聊以过过自己有一所住宅的瘾的;但偶尔在亲戚家一谈,却谈出来了事情。他说:"你要造房屋,也得拣一个日,看一看方向;古代的《周易》,现代的天文地理,却实在是有至理存在那里的呢!"言下他还接连举出了好几个很有征验的实例说给我听,而在座的其他三四位朋友,并且还同时做了填具脚踏手印的见证人。更奇怪的,是他们所说的这一位具有通天入地眼的奇迹创造者,也是同我们一样,读过哀皮西提,演过代数几何,受过现代高等教育的学校毕业生。经这位亲戚的一介绍,经我的一相信,当初的计划就变了卦,茅庐变作了瓦屋,五开间的一排营房似的平居,拆作了三开间两开间的两座小蜗庐。中间又起了一座墙,墙上更挖了一个洞;住屋的两旁,也添了许多间的无名的小房间。这么一来,房屋原多了不少,可同时债台也已经筑得比我的风火围墙还高了几尺。这一座高台基石的奠基者郭相经先生,并且还在劝我说:"东南角的龙手太空,要好,还得造一间南向的门楼,楼上面再做上一层水泥的平台才行。"他的这一句话，又恰巧打中了我的下意识里的一个痛处：在这只空角上，我实在也在打算盖起一座塔样的楼来，楼名是十五六年前就想好的，叫作"夕阳楼"。现在这一座塔楼，虽则还没有盖起，可是只打算避避风雨的茅庐一所，却也涂上了朱漆，嵌上了水泥，有点像是外国乡镇里的五六等贫民住宅的样子了；自己虽则不懂阳宅的地理，但在光线不甚明亮的清早或薄暮看起来，倒也觉得郭先生的设计，并没有弄什么玄虚和科学的方法，仍旧还是对的。所以一定要在光线不甚明亮的时候看的原因，就因为我的胆子毕竟还小，不敢空口说大话要包工用了最好的材料来造我这一座贫民住宅的缘故。这倒还不在话下，有点儿觉得麻烦的，却是预先想好的那个风雨茅庐的风雅名字与实际的不符。皱眉想了几天，又觉得中国的山人并不入山，儿子的小犬也不是狗的玩意儿，原早已有人在干了，我这样小小的再说一个并不害人的谎，总也不至于有死罪。况且西湖上的那间巍巍乎有点像先施、永安的堆栈似的高大洋楼之以××草舍作名称，也不曾听见说有人去干涉过。多一事不如少一事，九九归原，还是照最初的样子，把我的这间贫民住宅，仍旧叫作了避风雨的茅庐。横额一块，却是因马君武先生这次来杭之便，硬要他伸了风痛的右手，替我写上的。

杭州湖楼话雨

黄炎培

杭州到了。在一大堆迎接人们中间，夹着吾的儿子敬武，刚才吾妻送我，看见妻的时候，子在哪里？看见了子，妻又在哪里？忽然想起老杜诗句"却看妻，子愁何在？"吾得了这句的新读法了。

雨越发大了。天冷得不堪。时间已过午后三点钟了。还有一两个钟头，怎样使过去呢？总得消遣一下才好。林语堂、潘光旦等都在那里嚷。吾说："吾们到西泠印社去。"

到了西泠印社，登四照阁，把三面窗子打开了一望，湖里的水，和环湖的山峰，抹成一种颜色，就是灰色。山脚下还有几十株桃，花开得不少了。在那灰色的云雾里，哭不出、笑不出地挣扎着。

话匣打开了。在座光旦、语堂，还有全增嘏。你发一句，我接一句，敬武在旁边听。说些什么问题呢？说：吾们中国的先圣昔贤，历来是提倡中和的。提倡中和，就是反对极端。这点影响于民族性很不小。自古以来，产生不出很大的大英雄，就是很大的大奸恶也没有。像那西洋的亚历山大、恺撒、拿破仑、林肯，连那东方的成吉思汗等等，且不论他们好和坏，吾们汉族中哪一个及得上。就因为一种主张，才倾向这边，便有人拉到那边去；才倾向那边，又便有人拉到这边来。永远不会到极端，就永远不会有极端好和极端坏，就永远不会有极端厉害的人。

这时四照阁里散坐吃茶，不假思索、随随便便地闲谈，要是文人或画家描写起来，倒是一场很风雅的"湖楼话雨"。

依吾想来，虽似近乎嚼蛆，其中却有些道理。吾们汉族的崇拜中和，倒是很古的。一部《虞书》，至少总可以说是代表三千年以前思想的了。皋陶和禹讲到用人的难处，提出九德做标准，就是"宽而栗，柔而立，愿而恭，乱而敬，扰而毅，直而温，简而廉，刚而塞，强而义"，意思是既要宽大，又要精密；既要和平，又要强硬；既要……，又要……，料不到那时候就有这般复杂的心理。吾们汉族思想成熟得这般早呀，孔老先生称赞舜的政治手腕"执其两端，用其中于民"，这不都是三千年以前很早提倡中和的证据么？

还有一个有力的证据，孟子说："杨子取为我，拔一毛而利天下，不为也。墨子兼爱，摩顶放踵利天下，为之。子莫执中。"杨墨二人，各走极端，不必说了。子莫执中，总算好了么？孟子还以为不对，他说："执中为近之，执中无权，犹执一也。"孟子的意思，执定了中心不动，还是不行。须得或左或右或中，随时移动才行。孟子的反对极端论，真正尖锐化。

魏晋以后，释道两家竞争很烈。斗法的把戏，不一而足。但不久就有顾欢出来，著一篇《夷夏论》，明僧绍著一篇《二教论》，孟景翼著一篇《正一论》，张融著一篇《门律》，他们都说，两教各有各的妙用。张融更妙哩，临死的时候，左手拿着一本《孝经》和一本《老子》，右手拿着一本小品《法华经》，表示他一生努力于三教调和工作。在两种学说对抗的时候，立刻产生出调和论来，因此永不会有极端精深的贡献。这也是一例罢。

天公真无赖，归途忽然下起雪来。那一夜，浙江建设厅假西湖边上中行别业招餐，建厅秘书汪英宾代表建厅说明浙江、江苏、江西、安徽、福建合组一个东南五省交通周览会，不久要成立。先请诸位分组去游览游览赐吾们一点作品。又说了许多欢迎的话。大众推我致答词。吾就把奉宪游山，怕不会有好作品贡献，并且天气来得坏，照这样子，怕写生摄影，任何英雄都没有用武之地，应先切实声明，免致失望等话说了一下。接下来，众推林语堂，他立刻拿出幽默家的风度，说：浙江建设厅招待吾们好，吾们说些好话；要使招待得不好，吾们骂他一顿。惹得哄堂大笑。大家又推郁达夫讲，到底没有肯。

岁暮还乡记

倪贻德

有谁对于归返故乡这件事不感到欢慰喜悦的么？故乡有美丽的田园，故乡有亲爱的人儿，故乡有儿时旧游的踪迹，故乡即使是一草一木之微也是值得恋慕的。

但是我近来对于故乡却生了一种畏惧之念，故乡好像已经没有什么足以引起我怀念的地方了。杭州，是拥有西湖钱江之胜，东南的和平安乐之乡，而且距离上海又那样的近，然而我自从一九三一年的冬天暂时收起了我远游的倦足，重回到上海居住以来，已经有两个年头的久长了，这期间，却是一次也没有回去过。

其实说杭州是我的故乡，已经有点勉强了。所谓故乡，第一应当有一个家，一个可以永久安居的家。但是我的家又在哪里？十年之前，我还有一个可爱的家，但这十年以来的变幻竟使我们家破人散，母亲死了，姊妹嫁了，到如今，我和我的弟弟各自漂泊在外面，剩下年老的父亲和病弱的二姊寄住在亲戚的家里。啊，我的家又在哪里呢？第二，所谓故乡，应当有许多儿时的伴侣、

150

值得依恋的人儿。但是自从我十八岁的时候离开了故乡之后，其间回去的时间，很少很少，所以即使有几个儿时的友朋，疏远的疏远了，离散的离散了。那么我回去又去和谁叙欢话旧呢？所以，我近来对于怀乡的情绪一天一天地淡薄起来，我好像已经成为一个没有故乡的人了。

北风把马路两旁的街树都吹尽了，层层的密云停留在都市的上空，一年又到尽头了。人们都忙着预备过新年，而我每逢这时候总要感到极度的无聊。恰巧在这时候，父亲来信要我回去，他说他的年纪老了，希望能够多见我几面，还有许多家庭里的问题要待我去解决，今年冬天无论如何要我回去一次。家庭的问题，不是一时所能够解决的，也不是谈几句话所能解决的，但是，长久不见的老父，我是应当去看看他的了，我的可怜的病姊，也应当去探望探望她的了。

而且，近来我对于风景画正感着极大的兴味，时常想得到一个机会来试试我理想中新领悟到的表现法，但自从秋暮虞山归来以后，还没有作过一幅。现在正好趁这残冬无事的时候，去试练试练我的技巧。湖山的冬景，定有一种静寂冷落的情调，那南北高峰上也许还剩有皑皑的白雪吧。

由这样的一种兴趣，更增加了还乡的勇气，这次，我决定要回去走一遭了。但是我所怕的是寂寞，尤其在这灰色的残冬，回到故乡去，感到更深的寂寞是可想而知的。但正当我整理行装预备动身的时候，一位健谈而好作豪语的朋友L君来看我了。

"你要到什么地方去啊？"他惊奇似的问我。

"我是回杭州去，你不知道么？"

"杭州，我也很想去玩几天呢，可惜一点也没有准备，否则今天可以和你同去了。"

"我看你不必迟疑，和我同去吧，一切都由我来负责好了。"

本来不过是对他说着玩的，但他想了一想，就认真地对我说：

"好，去吧，但是你带的钱够不够呢？"

"你真的去吗？钱，大约还够，你放心好了。时间不早了，我们得动身了。"

L的这样的痛快的性格，实在是可爱的。他的滔滔的雄辩也常常使我的精神兴奋起来。这一次有他同去，大可以减少我旅途的寂寞了。

车窗外，天空老是沉沉的灰色，北风呼呼地吹着，一幅一幅枯黄了的田野的冬景，接连着向后飞奔过去。我们雄踞在三等列车的一角，L总是那一副精神抖擞的英雄姿态，我的心境也暂时充满了旅行的轻快。

"L，你真是一个痛快的人，你的处境也真自由啊。"

"前几天我和某某去游无锡，想不到今天又会到杭州去了，哈哈。"L得意地笑着。

"但是，你不告而行，明天你的许多朋友，怕要因你的失踪而惊惶起来吧？"

"管他，失踪也好。一个人是常要做些出人意料之外的事情，否则是太平凡了。"

"但这也是因为你现在没有牵累的缘故。我们的许多以前很有趣味的友朋，现在有了家室，不是多很拘束了么？"

"所以，我说还是像我们这样的好，你现在不是也很自由了么？"

"你的 × 呢？她近来还有信给你吗？"

提起了 ×，L 的面色立刻有些不自然起来，苦笑着说：

"她的信，也许快来了吧。"

"对不起，我觉得 × 对你实在并不忠实，你又何必对她那样痴心呢？"

"但是不知道什么缘故，我真的给她迷住了。"说到这里，L 忽而感慨似的说："不必再提起她了。恋爱，我现在也冷淡了，我们重要的是干事业。"

这样，他就和我谈了许多将来的计划，谈到文艺界的近况，谈到政治的现象，更谈到许多朋友们的故事，把这四五个钟点的长长的旅途，很快地消磨过去了。

到杭州车站已经是将晚的薄暮。本来回到了故乡应当住到自己家里去，但我已是一个无家可归的人，所以就要预备寄宿逆旅。我的寄宿逆旅的另一种解释是为了要作画。既然为了要作画，那么就应当住到接近风景区的地方去。所以我和 L 就选择了湖滨的一家某某旅馆。

这家旅馆，虽比不上里湖一带的西泠饭店和新新旅馆，但在杭州也可以算是第二流的了。从那建筑设计的尚不庸俗，规模的宏大和房间里布置的精雅，可以知道在春光明媚的时候，是门庭如市的。但现在正值残年暮冬，游人绝迹，实在觉得萧条冷落，但房价也特别减低了，这样，我们倒可以在这里享乐几天了。

从我们所住的房间外面的长廊中斜望出去，在冬天的星空下，可以隐约看得见湖山的一角，静静地瑟伏在寒冷的冬天的黑夜下。湖边的那一块空地，大约是公共体育场的场址吧。马路两旁的列树中，间以一盏两盏的蛋壳形的街灯，在发着微白的光芒，显出风景区这所特有的情调。

我和 L 到旗下的马路上去走了一转，冬的杭州市面，是这样的萧条，不到九点钟，各家店铺都已上起了排门，行人也很稀少了，所以感觉不到怎样的兴趣，而且身体也都有点感到疲倦，就回到旅馆里去安息了。L，他毫无一点挂虑似的，倒在床上就呼呼地睡着了。我虽然身体觉得十分疲倦，而神经却是兴奋得很。一个人，初回到了多久不见的故乡，无论如何不能不起一些感情的变化吧。童年时代的往事，因为时间隔得远了，倒不容易回忆起来，只是最近几年来的许多遭遇的断片，在这静寂的深夜里，交乱错杂地盘旋在我的脑际，而最使我感到痛心的便是母亲的病逝。

——啊，母亲，你离开我们也有五六年了。现在，你的倦游的儿子已经回到了故乡，你也知道么？

——母亲在未老的中年而突然早死，大部分的原因还在于我吧。要是我没有一点野心，就不会漂流到远方去，你也不至于因了思子情切而神经上受了极度的刺激吧。听说你的病是从神经衰弱而起的。

——当我回国的日子，你的病已经到了不可救药的地步，等到我得到惊耗，赶回家来，已经不能见你最后的一面了。啊，母亲，你竟把你五十多年痛苦的生涯结束了。

——自从母亲亡故之后，我又开始走上远游的征途，南国的行脚，长江上游的亡命，我是没有一天安定过，我自己以为尽了我最大的努力了，但是所得到的是什么？母亲所希望于我的又有一点什么实现了呢？

——啊，我忏悔了，母亲，我今后要怎样才能报答你呢？

接着我又想起了我的父亲，明天就要见面的年老的父亲。

想起父亲，我实在有点怨恨他。他从小生活长大在优裕的家庭里，养成了懦弱无能的性格，他没有特殊的优越的才能，他更没有和周围的人群斗争的力量，他在社会上可说完全是一个好好先生，然而他对于家庭却是一位严厉的暴君。他虐待着母亲，虐待着儿女，甚至朋友们资助我的求学，他也要反对阻止。现在，他年老了，谋生的力量更薄弱了，每天只知道写信向儿子要钱。啊，父亲，我实在有点怨恨他。

接着我又转而想到那流徙到西蜀去的大姊，那永居在穷乡僻壤间的四妹，那可怜病弱的二姊。她们的愁苦的面容，都一个一个浮到我的眼前来。最后我又想起了在这故乡的城市里，还有一个因了我的婚变而终身不嫁的老处女，啊，我真对不起她，实在我是无颜再回到故乡来了……

为这样的思虑苦了大半夜，不知道在什么时候竟蒙眬地睡着了，第二天醒来，当然是颓唐得很，但是我只得振作起精神去看父亲了。还带有一点孩子气的L，定要跟了我同去，我却婉言拒绝了他，一个人走上街去。本来对于故乡的街道不很熟悉的我，现在更荒疏了，而且我父亲新近又搬了地方，经过了许多时候才把那地方找到。父亲好像已经等待了我很久了，微笑地迎了出来。出乎我意料，我因了昨晚的失眠，生怕父亲又要说我消瘦多了，但他却说我近来比较以前丰满了一点，这很使我感到自慰。但他的面容，却衰老得多了，本来是生得很矮的身体，现在似乎更缩短了。而且他的看了我回去的那种欣慰的表情，他对于我的那种客气的态度，使我一向对他的怨恨之情完全消除，而变为一种怜恤的同情了。

啊，父亲近来的确太可怜了。他已经到了衰老的暮年，自从母亲去世之后，我们又都离散在四方，他的生活是如何的孤独而寂寞，陪伴他的只有病弱的二姊，又如何有能力照顾他呢？他对我说：现在是不同了，什么事情都是自己做了，但这样也可以借此把身体活动活动，所以近来精神倒还好，但再过几年，恐怕连这一点也不能做了。他唯一的希望就是把一个离散了的家庭再重新组织起来。

二姊，近来却健康了一点，但是她的眼睛更近于盲目了，拿什么东西总像在摸索似的。她虽然已到了中年，但她的心情却仍是充满着纯朴的天真。她看见我回去，更有说不出的欢愉，一刻儿忙着这样，一刻儿忙着那样，又告诉了我许多别人待她的委屈。父亲，他特地为我烧了几样小菜来接待我，就像接待一个远方的客人一般。但我想起了父亲往日的优裕的生活，而现在住在这两间低矮的平房内自己操作的情形，我又哪能吃得下去呢？

回到故乡以后只能增加我的伤感的情绪。我唯有借描写风景来忘情于一切吧。果然，提起了笔来，又恢复我平时的傲然自得的态度了。我所描写的，就是从旅馆的走廊中所望出去的那幅风景。西湖的风景，前前后后来画过不知道多少次，哪里有一株树，哪里有一座桥，我都可以闭了眼睛想象得出来。这里湖上的景色，因为画的人太多，已成为平凡而庸俗，而且在暮冬时节，一个人背了画具出去，未免太冷清孤寂了。所以这次我并不想作湖上之游，而只想画些这旅馆附近的市街风景而已。从走廊的栏杆旁俯视下去，恰恰是一条有透视线的街道，两旁的家屋，渐渐地消灭过去。一带连山远远地做成很有变化的背景。近的地方，一间警察的站岗所以极有趣味的样式建在马路旁的步道上，几株街树都只剩了枯了的枝干。马路上，疏疏落落地有几个行人和车辆，他们都像是回到乡间去的样子，在寒风里瑟缩地走着。淡的薄阳光，无力地照在大地上。

描写冬景，在技法上略有一点特殊的地方。因为冬天的景色，既没有春天的新鲜，也没有秋季的娇艳，却是带了一种黄赭、茶绿、青灰的色调。这种色彩，很容易现出枯燥而死灭的感觉，但如能巧妙地使用，却有朴素优雅的美。枯了的枝干，那种弯曲而苍劲的线条，也很不容易画得好。这如果取法一点现代法国的风景画家于德里罗（Utlirro）的画法，倒是很好，而国画上的用笔，有时也可采取。至于街道上的点景人物，我以为最好是显出一点龙钟紧缩的表情。这样，冬天的情调，可以很充分地表现出来了。

从走廊的另一方面俯瞰下去，那街景是比较热闹了。路是交错而分歧的，这就显出富于曲线的变化。两旁的街屋，大约都是旅馆茶楼，规模比较地大，样式也比较地美。那时正是一个晴快的冬日的早晨，阳光可爱地照遍了一切。人们都在街道上熙来攘往，有早起卖报的青年，有赶往工厂里去的工人，有踱到茶馆里去的有闲阶级的人，警察威严地立在街心，船夫们闲散地曝在冬日的阳光下……所以在这幅画上，我是特别注重在点景人物上。许多人以为点景人物不过是画面上空处的补白，这是错误的。点景人物应当成为画面的必要的部分。譬如描写街景，若是没有点景人物，使人看了会起像遭过兵灾以后那样的荒凉感。而如能适当地加几个人物的速写，是能增加风景的生动活泼的。但所谓人物也不能随便乱点，在简单的描写中，要表现出人的姿态、动作来，还要和周围有密切的关系。

L到了杭州，就像一个毫无思虑的孩子一般，每天总是自由自在地到外面去游山玩水，但他几天之后似乎就感到厌倦而先回上海去了。

　　L去了之后，我更觉得寂寞，每天除了作画之外，就是回家去和父亲谈谈。但是一回到家里，总是使我唤起怀旧的情绪，这儿不论是一把茶壶，一只火炉，对于我都有一种历史的意义。而这种怀旧情绪，却能使我起一种凄切的快感。我和父亲谈话的主题，也常常偏重到这一方面去。有一天下午，我为了想尽情地尝一尝这样的滋味，就索性把堆在我父亲床边的几只破旧的箱子也都翻开来了。那里，我发现了几件用薄棉花包了的瓷的花瓶、古铜的香炉等物件，我就像探得了宝山一般的欢欣地问父亲说：

　　"还剩了这许多啊？"

　　"就是这一点了，都是不值钱的。"父亲感慨似的说。

　　"好一点的呢？都卖完了吗？……"

　　"嗯嗯，真是可惜。你不记得了么？都陆陆续续地卖完了。"

　　这样，我又想起了可怜的母亲当年把我祖父留下来的仅有的遗产，一件一件地廉价卖给收旧货的商人，来维持一家生活的情形。我的脸几乎不敢再抬起来看父亲一眼了。

　　但是我再探寻下去，却又有了新的发现，那是一卷国画的立轴，原来就是祖父的遗作。

　　因为我生得太晚，竟没有看见过祖父的一面。但是记得小的时候，常听见母亲说起，在我的想象里，大约是一个豪放不羁、风流倜傥的才子派人物。而他的书画也正具有潇洒飘逸的文人画的作风，深得云林石谷的韵致。

　　"啊啊，这是祖父的遗墨哟！记得还有很多吧。"我又欣然问起父亲来了。

　　"恐怕也只剩有这一幅了。这几年来时常搬家，不知道散失到什么地方去了。"

然而只此一幅，就已经很可以看出祖父的书画的作风了。照画题上说，这画是抚石谷的层峦，而补以万竿丛竹。疏松轻逸的用笔，加上一层淡雅素朴的色彩，那种高古清旷之气，使人想起前代诗人的遗风来。在画面上部一个印章上刻着"云林家法"四个字，可以知道对于吾家远祖的倪高士是怎样崇拜敬慕，而从右面一个印章上所刻的"钱塘苏小乡亲"六个字上看来，又可以知道他当年是怎样的一个风流人物了。我不禁欣喜若狂地向父亲说：

"啊，这幅画真好极了，我要把它带到上海去。"

"你带去也好，放在这里横竖没有什么用。不过，你祖父的遗作只剩有这一幅了，你要好好地保存着。"父亲恳切地说。

过了几天，我也就回上海来了。在回沪的途上，我坐在车中独自想着：这一次的回乡，可说是非常满意了。父亲、二姊，他们给我的印象都很好，而且我对父亲多年来的隔膜，从此也都完全谅解了。除了我自己作了几幅油画风景之外，还带回一幅祖父的遗作。这幅画，我将视为珍贵的家宝而悬挂在我的小小的卧室里。

一个追忆

夏丏尊

这是四五年前的事。

钱塘江江心忽然涨起了一条长长的土埂，有三四里路阔，把江面划分为二。杭州西兴之间，往来的人要摆两次渡，先渡到土埂，再走三四里路，或坐三四里路的黄包车，到土埂尽头，再上渡船到彼岸去。这情形继续了大半年，据说是百年来从未有过的奇观。

不会忘记：那是废历九月十八的一天。我从白马湖到上海来，因为杭州方面有点事情，就不走宁波，打杭州转。在曹娥到西兴的长途中，有许多人谈起钱塘江中的土埂；什么"世界两样了，西湖搬进了城里，钱塘江有了两条了"咧，"据说长毛以前，江里也起过块，不过没有这样长久，怪不得现在世界又不太平"咧，我已有许久不渡钱塘江了，只是有趣味地听着。

到西兴江边已下午四时光景，果然望见江心有土埂突出在那里，还有许多行人和黄包车在跑动。下渡船后，忽然记得今天是九月十八，依照从前八月十八看潮的经验，下午四五时之间是有潮的。"如果不凑巧，在土埂上行走着的当儿碰见潮来，将怎样呢？"不觉暗自担心起来。旅客之中，也有几个人提起潮的，大家相约："看情形再说，如果潮要来了，就不上土埂，停在渡船里。待潮过了再走。"

渡船到土埂时，几十个黄包车夫来兜生意，说："潮快来了，快坐车子去！"大部分的旅客都跳上了岸。我方才相约慢走的几位，也一个个地管自乘车去了。渡船中除我以外，只剩了二三个人。四五部黄包车向我们总攻击，他们打着萧山话，有的说"拉到渡船头尚来得及"，有的说"这几天即使有潮也是小小的，我们日日在这里，难道不晓得？"我和留着的几位结果也都身不由主地上了黄包车。

坐在黄包车上担心着遇见潮，恨不得快到前方的渡头。哪里知道拉到一半路程的时候，前方的渡船已把跳板抽起，要开行了。江心的设渡是临时的，只有渡船没有趸船。前方已没有船可乘，四边有人喊"潮要到了"！不坐人的黄包车都在远远地向浅滩逃奔，土埂上只剩了我们三四部有人的车子。结果只有向后转，回到方才来的原渡船去。幸而那只渡船载着从杭州到西兴去的旅客还未开行。

四围寂无人声，隆隆的潮声已听到了。车夫一面飞奔，一面喊"救命"。我们也喊："救命！""放下跳板来！"

逃上跳板的时候，潮头已望得见。船上的旅客们把跳板再放下一块，拼得阔阔的，协力将黄包车也拉了上来。潮头就到船下了，潮意外地大，船一高一低地颠簸得很凶，可是我在这瞬间却忘了波涛的险恶，深深地感到生命的欢喜和人间的同情。

潮过以后，船开到西兴去，我们这几个人好像学校落第生似的再从西兴重新渡到杭州。天已快晚，隐约中望得见隔江的灯火；潮水把土埂涨没，钱塘江已化零为整；船可直驶杭州渡头，不必再在江心坐黄包车了。船行到江心土埂的时候，我们困难之交中有一位，走到船头，把篙子插到水里去看有多深，居然一篙子还不到底。

"险啊！如果浸在潮里，我们现在不知怎样了！"他放好篙子说，把舌头伸出得长长的。

"想不得了，还是不去想它好。"一个患难之交说。

我觉得他们的话都有道理。

我在西湖出家的经过

弘 一

杭州这个地方，实堪称为佛地；因为那边寺庙之多，约有两千余所，可想见杭州佛法之盛了。

最近越风社要出关于"西湖"的增刊，由黄居士来函要我做一篇西湖与佛教之因缘，我觉得这个题目的范围太广泛了，而且又无参考书在手，于短期间内是不能做成的。

所以现在就将我从前在西湖居住时，把那些值得追味的几件零碎的事情来说一说，也算是纪念我出家的经过。

我第一次到杭州，是光绪二十八年，七月。（本篇所记的年月，皆依旧历。）

在杭州住了约莫一个月光景，但是并没有到寺院里去过。只记得有一次到涌金门外去吃过一回茶而已，而同时也就把西湖的风景，稍微看了一下子。

第二次到杭州时，那是民国元年的七月里，这回到杭州倒住得很久，一直住了近十年，可以说是很久的了。

我的住处在钱塘门内，离西湖很近，只两里路光景。在钱塘门外，靠西湖边，有一所小茶馆，名景春园，我常常一个人出门，独自到景春园的楼上去吃茶。当民国初年的时候，西湖那边的情形，完全与现在两样；那时候还有城墙及很多柳树，都是很好看的。除了春秋两季的香会之外，西湖边的人总是很少，而钱塘门外，更是冷静了。

在景春园的楼下，有许多的茶客，都是那些摇船抬轿的劳动者居多。而在楼上吃茶的就只有我一个人了，所以我常常一个人在上面吃茶，同时还凭栏看看西湖的风景。

在茶馆的附近，就是那有名的大寺院——昭庆寺了。我吃茶之后，也常常顺便地到那里去看一看。

当民国二年夏天的时候，我曾在西湖的广化寺里面住了好几天，但是住的地方，却不是在出家人的范围之内，那是在该寺的旁边，有一所叫作痘神祠楼上的。

痘神祠是广化寺专门为着要给那些在家的客人住的，当时我住在里面的时候，有时也曾到出家人所住的地方去看看，心里却感觉得很有意思呢！

记得那时我亦常常坐船到湖心亭去吃茶。

曾有一次，学校里有一位名人来演讲，那时，我和夏丏尊居士两人，却出门躲避，而到湖心亭上去吃茶呢！

当时夏丏尊曾对我说：

"像我们这种人，出家做和尚倒是很好的！"

那时候我听到这句话，就觉得很有意思，这可以说是我后来出家的一个原因了。

到了民国五年的夏天，我因为看到日本杂志中，有说及关于断食方法的，谓断食可以治疗各种疾病。当时我就起了一种好奇心，想来断食一下，因为我那个时候，患有神经衰弱症，若实行断食后，或者可以痊愈亦未可知。要行断食时，须于寒冷的季候方宜，所以我便预定十一月来作断食的时间。

至于断食的地点呢？总须先想一想，及考虑一下，似觉总要有个很幽静的地方才好。当时我就和西泠印社的叶品三君来商量，结果他说在西湖附近的地方，有一所虎跑寺，可作为断食的地点。

那么我就问他，既要到虎跑寺去，总要有人来介绍才对，究竟要请谁呢？他说有一位丁辅之，是虎跑的大护法，可以请他去说一说。于是他便写信请丁辅之代为介绍了。

因为从前那个时候的虎跑，不是像现在这样热闹的；而是游客很少，且十分冷静的地方啊！若用来作为我断食的地点，可以说是最相宜的了。

到了十一月的时候，我还不曾亲自到过，于是我便托人到虎跑寺那边去走一趟，看看在哪一间房里住好。

回来后，他说在方丈楼下的地方，倒很幽静的；因为那边的房子很多，且平常的时候都是关起来，客人是不能走进去的，而在方丈楼上则只有一位出家人住着而已，此外并没有什么人居住。

等到十一月底，我到了虎跑寺，就住在方丈楼下的那间屋子里了。

我住进去以后，常常看见一位出家人在我的窗前经过，即是住在楼上的那一位，我看到他却十分地欢喜呢！因此就时常和他来谈话，同时他也拿佛经来给我看。

我以前虽然从五岁时，即时常和出家人见面，时常看见出家人到我的家里念经及拜忏，而于十二三岁时，也曾学了放焰口，可是并没有和有道德的出家人住在一起，同时也不知道寺院中的内容是怎样，以及出家人的生活又是如何。

这回到虎跑去住，看到他们那种生活，却很欢喜而且羡慕起来了！

我虽然在那边只住了半个多月，但心里头却十分愉快，而且对于他们所吃的菜蔬，更是欢喜吃，及回到了学校，以后我就请用人依照他们那样的菜煮来吃。

这一次，我之到虎跑寺去断食，可以说是我出家的近因了。到了民国六年的下半年，我就发心吃素了。

在冬天的时候，即请了许多的经，如《普贤行愿品》《楞严经》及《大乘起信论》等很多的佛经，而于自己的房里，也供起佛像来，如地藏菩萨、观世音菩萨等的像，于是亦天天烧香了。

到了这一年放年假的时候，我并没有回家去，而到虎跑寺里面去过年。我仍旧住在方丈楼下，那个时候，则更感觉得有兴味了。于是就发心出家，同时就想拜那位住在方丈楼上的出家人作师父。他的名字是弘详师，可是他不肯我去拜他，而介绍我拜他的师父。

他的师父是在松木场护国寺里面居住的，于是他就请他的师父回到虎跑寺来，而我也就于民国七年正月十五日受三皈依了。

我打算于此年的暑假来入山，而预先在寺里面住了一年后，然后再实行出家的。当这个时候，我就做了一件海青，及学习两堂功课。

在二月初五日那天，是我的母亲的忌日，于是我就先于两天以前到虎跑去，在那边背诵了三天的地藏经，为我的母亲回向。到了五月底的时候，我就提前先考试，而于考试之后，即到虎跑寺入山了。

到了寺中一日以后，即穿出家人的衣裳，而预备转年再剃度的。及至七月初的时候，夏丏尊居士来，他看到我穿出家人的衣裳但还未出家，他就对我说，既住在寺里面，并且穿了出家人的衣裳，而不出家，那是没有什么意思的，所以还是赶紧剃度好。

我本来是想转年再出家的，但是承他的劝，于是就赶紧出家了。七月十三日那一天，相传是大势至菩萨的圣诞，所以就在那天落发。

落发以后，仍须受戒的。于是由林同庄君的介绍，而到灵隐寺去受戒了。

灵隐寺是杭州规模最大的寺院，我一向是对着它很欢喜的，我出家了以后曾到各处的大寺院看过，但是总没有像灵隐寺那么的好！八月底，我就到灵隐寺去，寺中的方丈和尚却很客气，叫我住在客堂后面芸香阁的楼上。

当时是由慧明法师作大师父的，有一天我在客堂里遇到这位法师了。他看到我时，就说起既系来受戒的，为什么不进戒堂呢？虽然你在家的时候是读书人，但是读书人就能这样地随便吗？就是在家时是一个皇帝，我也是一样看待的。那时方丈和尚仍是要我住在客堂楼上，而于戒堂里面有了紧要的佛事时，方命我去参加一两回的。

那时候我虽然不能和慧明法师时常见面，但是看到他那种的忠厚、笃实，却是令我佩服不已的。

受戒以后，我就住在虎跑寺内。到了十二月，即搬到玉泉寺去住，此后即常常到别处去，没有久住在西湖了。

曾记得在民国十二年夏天的时候，我曾到杭州去过一回。那时正是慧明法师在灵隐寺讲楞严经的时候。

开讲的那一天，我去听他说法，因为好几年没有看到他，觉得他已苍老了不少，头发且已斑白，牙齿也大半脱落。我当时大为感动，于拜他的时候，不由泪落不止！

听说以后没有经过几年工夫，慧明法师就圆寂了。

关于慧明法师一生的事迹，出家人中晓得的很多，现在我且举几样事情，来说一说。

慧明法师是福建的汀州人。他穿的衣服却不考究，看起来很不像法师的样子，但他待人是很平等的。无论你是大好佬或是苦恼子，他都是一样地看待。所以凡是出家在家的上中下各色各样的人物，对于慧明法师是没有一个不佩服的。

他老人家一生所做的事情固然很多，但是最奇特的，就是能教化"马溜子"（马溜子是出家流氓的称呼）了。

寺院里是不准这班马溜子居住的。他们总是住在凉亭里的时候为多，听到各处的寺院有人打斋的时候，他们就会集了赶斋去（吃白饭）。在杭州这一带地方，马溜子是特别来得多。一般人总不把他们当人看待，而他们亦自暴自弃，无所不为的。但是慧明法师却能够教化马溜子呢！

那些马溜子常到灵隐寺去看慧明法师，而他老人家却待他们很客气，并且布施他们种种好饮食、好衣服等。他们要什么就给什么，而慧明法师也有时对他们说几句佛法。

慧明法师的腿是有毛病的。出来入去的时候，总是坐轿子居多。有一次他从外面坐轿回灵隐时，下了轿后，旁人看到慧明法师是没有穿裤子的，他们都觉得很奇怪，于是就问他道："法师为什么不穿裤子呢？"他说他在外面碰到了马溜子，因为向他要裤子，所以他连忙把裤子脱给他了。

关于慧明法师教化马溜子的事，外边的传说很多很多，我不过略举了这几样而已。

不单那些马溜子对于慧明法师有很深的钦佩和信仰，即其他一般出家人，亦无不佩服的。

因为多年没有到杭州去了。西湖边上的马路、洋房也渐渐修筑得很多，而汽车也一天比一天地增加，回想到我以前在西湖边上居住时，那种闲静幽雅的生活，真是如同隔世，现在只能托之于梦想了。

湖楼小撷

俞平伯

一　春晨

这是我们初入居湖楼后的第一个春晨。昨儿乍来，便整整下了半宵潺湲的雨。今儿醒后，从疏疏朗朗的白罗帐里，窥见山上绛桃花的繁蕊，斗然的明艳欲流。因她尽迷离于醒睡之间，我只得独自抽身而起。

今朝待醒的时光，耳际再不闻沉厉的厂笛和慌忙的校钟，唯有聒碎妙闲的鸟声一片，密接着恋枕依衾的甜梦。人说"鸟啼惊梦"，其实这样说，梦未免太不坚牢，而鸟语也未免太响亮些了。我只以为梦的惺忪破后，始则耳有所闻，继则目有所见。这倒是较真确的呢。

记得我们来时，桃枝上犹满缀以绛紫色的小蕊，不料夜来过了一场雨，便有半株绯赤的繁英了。"小楼一夜听春雨，深巷明朝卖杏花。"可见自来春光虽半是冉冉而来，却也尽有翩翩而集的。

来时且不免如此的匆匆；涉想它的去时，即使万幸不再添几分的局促，也总是一例的了。此何必待委地沾泥，方始怅惜绯红的妖冶尽成虚掷了呢？谁都得感怅惘与珍重之两无是处，只是山后桃花似乎没有觉得，冒着肥雨欣然半开了。我独瞅着这一树绯桃，在方桥内彷徨着。即如此，度过湖楼小住的第一个春晨。

二　绯桃花下的轻阴

轻阴和绯桃直是湖上春来时的双美。桃花仿佛茜红色的嫁衣裳，轻阴仿佛碾珠作尘的柔幕。它们固各有可独立之美，但是合拢来却另见一种新生的韶秀。桃花的粉霞妆被薄阴梳拢上了，无论浓也罢，淡也罢，总像无有不恰好的。姿媚横溢全在离合之间，这不但耐看而已，简直是腻人去想。但亦自知这种迷眩的神情，终究不会在我笔下舌端留余其万一的。反正今天，桃花犹开着，春阴也未消散，不妨自去领略它们悄默中的言说。再说一句，即使今年春尽，还有来年哩。"青山不改，绿水长流。"湖上春光来时的双美，将永永和"孩子们"追嬉觅笑。尊贵的先生们，请千万不要厌弃这个称呼哟！虽说有限的酣恣，亦是有限的酸辛；但酸辛滋味毕竟要长哩。正在春阴里的，正在桃花下的孩子们，你们自珍重，你们自爱惜！否则春阴中恐不免要夹着飘洒萧疏的泪雨，而桃树下将有成阵的残红了。你们如真不信，你们且觑着罢。春归一度，已少了一度。明年春阴挽着桃花姊妹们的赪红的手重来湖上，你们可不是今年的你们了，它们自然也不是今年的它们了。一切全都是新的。唯我的心一味地怯怯无归，垂垂地待老了。

三　楼头一瞬

住杭州近五年了，与西湖已不算新交。我也不自知为什么老是这样"惜墨如金"。在往年曾有一首《孤山听雨》，以后便又好像哑子。即在那时，也一半看着雨的面子方才写的。原来西湖是久享盛名的湖山，在南宋曾被号为"销金锅"，又是白居易、苏东坡、林和靖他们的钓游旧地，岂稀罕渺如尘芥的我之一言呢？像我这样开头就抱了一阵狂歉，未免夸诞得好笑。湖山有灵，能勿齿冷？所以我的装哑，倒不消辩解得，一辩解可是真糟。说是由于才尽，已算谦退到十二分；但我本未尝有才，又何尽之有？岂非仍是变相的浮夸？一匹锦，一支彩笔，在我梦中吗？也没有见，只是昏沉地睡。睡醒了起来，到晚上还依旧这么睡啊。

迁入湖楼的第一个早晨，心想今儿应当早早地起来，不要再学往常那么傻睡了。我住楼上，其上之重楼旁有小台。我就登临一望。啊！这一望呀……

> 我们的湖山，姿容变幻：
>
> 春之花，秋之月，
>
> 朝生晖，暮留霭；
>
> 水上拖一件惨绿的年少裙衫，
>
> 山前横一抹浓青的婵娟秀黛。
>
> 游人们齐说："去来，去来。"
>
> 我也道："去来，去来。"
>
> 双桨打呀打的，
>
> 打不破这弱浅漪澜；

划儿动啊动的，

支不住这销魂重载。

仪态万方的春光晨光，

备具于一瞬眼的楼头望。

只有和谐，

只有变换，

只有饱满。

创世者精灵的团凝，

又何用咱们的赞叹。

　　赞颂不当，继之以描摹；描摹不出，又回头赞颂一番：这正是鼯鼠技穷的实况。强自解嘲地说，以湖山别无超感觉外之本相，故你我他所见的俱是本相，亦俱非本相。它因一切所感所受的殊异而幻现其色相，至于亿万千千无穷的蓄变。它可又不像《西游记》上孙猴子的金箍棒，"以一化千千化万"的叫声"变"，回头还是一根。如捏着本体这意念，则它非一非多，将无所在；如解释得圆融些，它即一即多，无所不在。佛陀的经典上每每说"作如是观"，实在是句顶聪明的话语。你不当问我及他："我将看见什么？"你应当问你自己："我要怎样看法？"你一得了这个方便，从污泥中可以挺莲花，从猪圈里可以见净土；（自然，我没有劝你闭着眼去否认事实，千万不可缠夹了。）何况以西湖的清嘉，时留稠叠的娇倩影子在你我他的心眼里的呢？

　　从右看去，葛岭兀然南向。点翠的底子渲染上丹紫黑黄的异彩，俨如一块织锦屏风。楼阁数重停峙山半。绝顶上停停当当立着一座怪俏皮、怪玲珑、怪端正的初阳台，仿佛是件小摆设，只消一个小指头就可以挑得起来的。岭麓西迄于西泠。迤西及北，门巷人家繁密整齐。桥上卧着黄绛色的坦平驰道。道旁有几丛芳草，芊绵地绿。走着的，踱着的，徘徊着的，笑语着的，成群搭淘的烧香客人。身上穿的大半是青莲毛蓝的布衫，项下挂的大半是深红老黄的布袋。桥塥以外，见苏堤六桥之第六名曰跨虹，作双曲线的弧拱。第五桥亦可望见。这儿更偏南了，上也有行人，只是远了，只见成为一桁，蚁似的往来。桑芽未生呢，所以望去也还了了。不栽桃柳只栽桑的六条桥，总伤于过朴过黯。但借着堤旁的绿的草黄的菜花，看它横陈在碧波心窝里，真是不多不少，一条一头宽一头窄、黄绿蒙茸的腰带。新绿片段地挽接着，以堤尽而亦尽，已极我目了。草色入目，越远便越清新，越娇俏，越耐看的。从前人曾说什么"芳草天涯"，到身历此境，方信这绝非浪饰浮词，恰好能写出他在当年所感。"更行更远还生"，满眼的春光尽数寄在凭栏人的一望了。

从粗疏的轮廓固可窥见美人的容姿，但美人的美毕竟还全在丰神；丰神自无离容姿而独在之理，但包皮外相毕竟算不得骨子。泥胎、木刻、石琢的像即使完全无缺，超越世上一切所有的美，却总归不是肉的，人间的，我们的。它美极了，却和我有什么相干呢？故论西湖的美，单说湖山，不如说湖光山色，更不如说寒暄阴晴中的湖光山色，尤不如说你我他在寒暄阴晴中所感的湖光山色。湖的深广，山的远近，堤的宽窄，屋的多少……快则百十年，迟则千万年而一变。变迁之后，尚有记载可以稽考，有图画可以追寻。这是西湖在人人心目中的所谓"大同"。或早或晚，或阴或晴，或春夏，或秋冬，或见欢愉，或映酸辛；因是光的明晦，色的浓淡，情感的紧弛，形成亿万重叠的差别相，竟没有同时同地同感这么一回事。这是西湖在人人心目中的所谓"小异"。"同"究竟是不是大，"异"究竟是不是小，我也一概不知。我只知道，同中求异是描摹一切形相者的本等。真实如果指的是不重现而言，那么，作者一旦逼近了片段的真实的时候（即使程度极其些微），自能够使他的作品光景常新，自能够使光景常新的作品确成为他的而非你我所能劫夺的。

景光在一瞬中是何等的饱满，何等的谐整。现在却畸零地东岔一言，西凑一句，以追挽它已去的影。这不知有多傻！若说新生一境绝非重现，岂不将与造化同功？此可行于天才，万不可施之我辈的。只是文章通例，未完待续。我只得大着胆再往下写。

曹魏时的子建写"洛灵感焉"的姿致，用了"神光离合乍阴乍阳"这样八个字。即此一端，才思恐决不止八斗。但我若一字不易地以移赠西湖，则连一厘一毫的才思也未必有人相许的。同是一句话，初说是新闻，再说是赘语了。（从前报登科的，二报三报，不嫌其多，这何等的有趣；可惜鬼子们进来以后，此法久已失传了。）我之所以拿定主见，非硬抄他不可，实因西湖那种神情，除此以外实难于形容。你先记住，我遇它时是在春晨，是在雨后的春晨，是在宿云未散、朝雾犹浓、微阳耀着的春晨。阴阳晴雨的异态在某一瞬间弥漫地动，在某一点上断续地变；因此湖上所具诸形相的光辉黯淡，明画朦胧，也是一息一息在全心目中跳荡无休。在这种对象之下，你逼我作静物描写，这不是要我作文，简直是要我的命。敝帚尚且有千金之享，我也不致如此的轻生。

但是一刹那，一地方的写生，我不好意思说不会。就是我好意思说，您也未必肯信的。只望您老别顶真，对付瞧着就得。湖光眩媚极了，绝非一味平铺的绿。（一见勾勒着的水，便拿大绿往上一抹，这总是不很高明的画法。）西湖的绿已被云收去了，已被雾笼住了，已被朝阳蒸散了。近处的水，暗蓝杂黄，如有片段；中央青汪汪白漫漫的，缬射云日的银光；远处乱皱着老紫的条纹。山色恰与湖相称，近山带紫，杂染黄红，远则渐青，太远则现俏蓝了。处处更萦拂以银乳的朝云，为山灵添妆。面前连山作障，腰间共同搭着一绺素练的云光，下披及水面，蒙蒙与朝雾相融。顶上亦有云气盘旋，时开时合，峰尖随之而隐显。南峰独高，坳里横一团鱼状的白云。峰顶庙墙（前年曾登过的）豁然不遮。远山亭亭，在近山缺处，孤峭而小，俏蓝中杂粉，想远在钱塘江边了。

云雾正密搂着，朝阳忽然在其间半露它娇黄的脸，自然要被它们狠狠地瞪着眼。这个情急已欲出，它两个死赖还不走，而轻轻的风便是拨乱其间的小丑。阴晴本是风的意思，但今儿它老人家一点主意也没有，一点力气也没有，好像它特地为着送给我以庭院中的鸡啼、树林中的鸟语、大路上的些许担子声音而来的；又好像故意爱惜船夫的血汗，使大船儿小划子在湖心里，只见挪移而不见动荡。它毫不着力地自吹。春风的心力已软媚到入骨三分，无怪云雾朝阳都是这般妖娆弄姿，亦无怪乍醒的人凭到阑干，便痴然小立了。

四　日本樱花

记得往年到东京，挥汗游上野公园，只见樱树的嫩绿，不见樱花的娇绯。这追想起来，自有来迟之恨。但当时在樱树林下，亦未尝留一撮的徘徊，如往昔诗人的样子。于此见回忆竟是冤人的，又见因袭的癖趣必与外缘和会方才狷獗的。每当曼吟低叹时，我咒诅以往诗娼文丐的潮热潜沸在我待冷的血脉中。

回忆每有很鹘突的，而这次却是例外。今天，很早的早晨，在孤山的顶上，西泠印社中，文泉的南侧，朝阳的明辉里，亲切拜见一树少壮的、正开着的樱花；遂涉想到昔年海外相逢，已伤迟暮的它的成年眷属来。我在湖上看樱花，此非初次；但独独这一次心上留痕。想是它的靓妆，我的恣醉，都已有"十分光"了。

柔条之与老干，含苞之与落英，未始不姿态万千，各成馨逸；可是如日方中的，如月方圆的，如春水方潋沦着的所谓"盛年"，毕竟最可贵哩！毕竟最可爱哩！婴儿和迟暮，在人间所勾惹的情怀无非第一味是珍惜，第二味是惆怅罢了，终究算不得抵不得真正的爱和贵。恕我譬喻得这样俗陋，浅绯深绛即妖冶极了，堂皇富丽总归要让还大红的。肯定一切，否定一切，我又何敢？只是今晨所见，春山之顶，清泉之旁，朝阳光影中这一株日本绯樱，树正在盛年，花正在盛年；我虽不知所以赞叹，我亦唯有赞叹了。我于此体验到完全的美、爱和贵重是个什么样子的；顿然全身俯仰都不自如起来，一心瑟瑟地颤着，微微地欹着，轻轻地踯躅着，在洞彻圆明、娇繁盛满的绯赤光气之中央。

其时文泉之侧，除一树樱花一个我以外，只见有园丁在花下扫着疏落的残红，既不低眉凝注，也不昂首痴瞻，俯仰自如，心眼手足无不闲适；可证他才真是伴花爱花的人，像我这般竟无殊于强暴了。我蓦地如有所惊觉，在低徊中怅然自去。

也还有一桩要供诉的事。同在泉旁，距樱花西五七尺许，有一株倚水的野桃，已零落了；褪红的小瓣，紫色的繁须，前几天曾卖弄过一番的，今朝竟遮不住老丑了。我瞟了它一眼，绝不爱

惜它。盛年之可贵如此！至少在强暴者的世界中心目中，盛年之
可贵有如此！

五　西泠桥上卖甘蔗

《儒林外史》上杜慎卿说："菜佣酒保都有六朝烟水气。"这每
令我悠然神往于负着历史重载的石头城。虽然，南京也去过三两
次，所谓烟花金粉的本地风光已大半销沉于无何有了。幸而后湖
的新荷、台城的芜绿、秦淮的桨声灯影以及其余的，尚可仿佛惝
恍地仰寻六代的流风遗韵。繁华虽随着年光云散烟消了，但它的
薄痕倩影和与它曾相映发的湖山之美，毕竟留得几分，以新来游
屐的因缘而隐约约悄沉沉地一页一页地重现了。至于说到人物的
风流，我敢明证杜十七先生的话真是冤我们的——至少，今非昔
比。他们的狡诈贪庸差不多和其他都市里的人合用过一个模子的，
一点看不出什么叫作"六朝烟水气"。从煤渣里掏换出钻石，世间
即有人会干，但决不是我。我失望了！

倒是这一次西泠桥上所见虽说不上什么"六代风流"，但总使
人觉得身在江南。这天是四月三日的午前，天气很晴朗，我们携
着姑苏，从我们那座小楼向岳坟走去。紫砂铺平的路上，鞋底擦
擦地碎响着。略行几十步便转了一个弯，身上微觉燥热起来。坦
坦平平的桥陂迤逦向北偏西，这是西泠了。桥顶，西石栏旁放着
一担甘蔗，有刨了皮切成段的，也有未去青皮留整枝的，还有一
只水碗，一把帚是备洒水用的。最惹目的，担子旁不见挑担的人，
仅有一条小板凳，一个稚嫩的小女孩坐着。——卖甘蔗？

看她光景不过五六岁，脸皮黄黄儿的，脸盘圆圆儿的，蓬松

细发结垂着小辫。春深了，但她穿得"厚裹罗哆"的，一点没有衣架子，倒活像个老员外。淡蓝条子的布袄，青莲条子的坎肩，半新旧且很有些脏。下边还系着开裆裤呢。她端端正正地坐着。右手捏一节蔗根放在嘴边使劲地咬，咬下了一块仍然捏着——淋漓的蔗汁在手上想是怪黏的。左手执一枝尺许高、醉杨妃色的野桃，花开得有十分了。因为左手没得空，右手更不得劲，而蔗根的咀嚼把持愈觉其费力了。

你曾见野桃花吗？（想你没有不看见过的。）它虽不是群芳中的华贵，但当芳年，也是一时之秀。花瓣如晕脂的靥，绿叶如插鬓的翠钗，绛须又如钗上的流苏坠子。可笑它一到小小的小女孩手中，便规规矩矩的，倒学会一种娇憨了。

至她并执桃蔗，得何意境？蔗根可嚼，桃花何用呢？何处相逢？何时抛弃？……这些是我们所能揣知的吗？你只看她那翦水双瞳，不离不着，乍注即释，痴慧躁静了无所见，即证此感邻于浑然，断断容不得多少回旋奔放的。你我且安分些罢。

我们想走过去买根甘蔗，看她怎样做买卖。后一转念，这是心理学者在试验室中对付猴鼠的态度，岂是我们应当对她的吗？我们也分明携抱着个小孩呢。所以尽管姑苏的眼睛，巴巴地直盯着这一担甘蔗，我们到底哄了他，走下了桥。

在岳坟溜达了一趟，有半点来钟。时已近午，我们循原路回走，从西塆上桥，只见道旁有被抛掷的桃枝和一些零零星星的蔗屑。那个小女孩已过西泠南塆，傍孤山之阴，蹒跚地独自摸回家去。背影越远越小，我痴望着……

走过一个八九岁的男孩——她的哥？——轻轻把被掷的桃花又捡起来，耍了一回，带笑地喊："要不要？要不要？"其时作障

179

的群青，成罗的一绿，都不言语了。他见没有应声，便随手一扬。一枝轻盈婀娜刚开到十分的桃花顿然飞坠于石栏干外。

　　我似醒了。正午骄阳下，悄峙着葱碧的孤山。妻和小孩早都已回家了，我也懒懒地自走回去。一路闲闲地听自己鞋底擦沙的声响，又闲闲地想："卖甘蔗的老吃甘蔗，一定要折本！孩子……孩子……"

湖上庄屋

阮毅成

    杭州西湖，多私人别墅，称为某庄某庄。其在南山者，集中于苏堤之端，定香桥畔。曰高庄，曰廉庄，曰刘庄。

    高庄，系杭州双陈巷高姓所建。西湖的庄屋，多属于他省或他县人氏，只有高庄，是真正杭州人的产业。高氏以经营茶叶起家，遂在苏堤之西，定香桥"花港观鱼"原址之后，于满清光绪丁未年，建成别墅，名为红栎山庄，亦称豁庐，俗称高庄。园广十五六亩，前含山色，后挹湖光。布置精雅，引人入胜。万竿丛竹，尤饶娴静。临湖红楼，架为水阁。五色文窗，至为雅致。有一楼曰鸥渡，俯瞰园景，历落在目。俞曲园（樾）曾为高庄书联，谓：

        选胜到里湖，过苏堤第二桥，距花港不数武；
        维舟登小榭，有奇峰四五朵，又老树两三行。

高庄主人爱鹤，豢于庭中，不加樊笼。客至，则侧睨长鸣。其后鹤死，即于庭中立一鹤冢，由吴昌硕书碑。高庄之旁，有自然居，出售酒菜。

廉庄，与高庄望门而居，系廉南湖所建，名小万柳堂。后以负债，售于蒋氏，遂改名春晖别业，俗称为蒋庄。亭台位置，一仍其旧。有夕照亭，正对雷峰古塔。亭下长桥，跨水数十丈。另有西楼，为吴芝瑛大人写经处。吴善写瘦金体，得者皆视同拱璧。庄旁为陈老莲的藕花居故址，后亦并入庄内。小楼一角，仍为旧状。抗战胜利之后，国立西湖艺术专校借庄屋为教授宿舍。诗人画家，聚居其中，遂成为湖上雅集之地。

刘庄在丁家山下，园名水竹居。系广东人刘问刍（学询）于民前三年（1909）建成，大厅曰恩荣堂。刘曾自撰联，谓：

五月荔枝香，千里乡心归未得；

六桥杨柳绿，两家春色共平分。

查良镛亦有题刘庄联：

先生何许人？天半朱霞，云中白鹤；

君言不得意，风情张日，霜气横秋。

刘以豪赌起家，曾在满清政府捐得候补道，二品顶戴。后亦以赌倾家，其所有之上海沧州饭店，与刘庄之半，皆售予他人。刘有姜十二人，乃在园中置一大坟庄，以其本人之墓居中，并为十二姜筑十二生坊环绕之。待刘失败，除第十二姜外，皆纷纷散去。刘本人既逝，杭州市政府禁止在西湖中营葬。因之，其大坟庄乃皆为空穴，徒供游客之谈助而已。

另有宋庄与汪庄，亦皆著名。宋庄在里六桥金沙港口，原为杭州清河坊四拐角孔凤春香粉店的产业。建筑年代，与高庄同时。高庄豢鹤，宋庄乃蓄孔雀，此为杭州当时所不易常见者。宋庄占湖面极广，而楼台紧凑，花木局促。后售于郭姓，乃改名为汾阳别业。

汪庄在南屏净慈寺附近，原名清白山庄，系旅沪安徽茶商汪姓所建，其时当在民国十一二年间。汪在上海所设之茶叶店，名汪裕泰。汪庄在建筑时，侵占西湖湖面甚多，杭人讼之于官，汪允俟其百年之后，将庄屋捐赠地方政府，作为公用，始免拆除。汪庄主人好琴，特在庄内建精室数楹，名曰琴堂。并雇琴工制琴，名曰汪琴。民国十七年六月二十二日，我夫妇第一次游汪庄，曾见有古琴多张。迨抗战时期，杭州沦陷。日寇在庄内驻军，并作为马厩。胜利之后，我军接驻，迭有换防，仍行养马。古琴早已无存，某日，琴堂正梁忽然折断，屋顶亦圮。原因是年久失修，以致梁木腐坏。幸未有人在屋中，未曾伤人。汪庄在战前，并以莳菊著名。山阪石隙，皆为菊花所布满，不知几千万盆。沦陷期中，悉遭陵夷。

至西湖庄屋之在北山者，则自钱塘门外始。为九芝小筑，为余姚旅沪商人黄楚九之产业，俗名黄庄。为徐庄，系海盐旅沪徐姓之别墅。临湖数亩，屋少而精。为中行别业，原为王克敏第九妹之私产，因负债而归于杭州中国银行。占地不多，精致殊甚。为青莲精舍，为吴兴南浔刘氏所建。依山面水，极见匠心。山上多奇草，且植有何首乌。叶如爬墙虎，幽香若兰蕙。为秋水山庄，为上海名报人史量才之别业。我在以上各庄屋中，曾见有集句一联："近水楼台先得月，落花时节又逢君。"但已记不起是哪一家了。为葛荫山庄，已在里西湖，与孤山隔湖相对，主人为洞庭葛氏。门临大道，双环常掩，往来均由湖道。盖荷花深处，刺艇相迎，其中另有佳趣。为杨庄，乃杨味春在清末所建。其在路右者，为孤云草舍，系吴兴刘梯青的产业。屋系砖造的红色五层洋式楼房，因建筑较高，故在湖滨就可以望到。民国二十六年，朱骝先（家骅）先生任浙江省政府主席，以与屋主是同乡，故借住在其中。抗战发生后，许多重要的会议，也在此屋举行。我当时曾笑说既非草舍，也不是孤云，屋主题名，未免不实。朱先生说：孤云系因隔水与孤山相对，而山上有"孤山一片云"五字石刻。至曰草舍，乃属谦辞。

杨庄与葛荫山庄，均系中国式庭园建筑。回廊曲院，布局不凡。在陷敌时期，湖上庄屋，均曾住日军，因之悉遭破坏。抗战胜利，浙江省通志馆由余樾园（绍宋）氏任馆长，馆系在战时于云和成立，复员之后，亟待有一馆址。且其所收集之文献资料甚多，亦需有一宽敞而安静之处所，以便庋藏整理。我乃征得杨庄主人同意，由省府拨款修理，以为该馆办公地址。次年，接周惺甫（钟岳）先生信，谓吾浙大儒马一浮先生创办之复性书院，拟自四川迁杭，请洽借院址。乃与葛荫山庄主人商洽，即获其同意。自是馆院相邻，图史互校。余马二老，亦相得极欢，成为浙江学派复兴之地。

马先生原名福田，晚年又自称蠲叟，浙江省嵊县人。嵊县马氏，以"福遵其初导正昭平"八字为世系，周而复始。马先生属福字辈，在当世辈分中为甚高。马氏后人有迁居杭州者，有迁居湖州者。但其谱名均仍照世系，可一望而知其辈分。我于马先生之经学造就，固久所景仰，但至书院迁杭，始得亲聆其教益。

民国十六年夏季，浙江省司法厅同人假葛荫山庄公宴先君，我得随侍。时值黄昏，在庭院中，忽为黄蜂所袭。一时惊动多人，未得入席，先行送医。复性书院迁入之前，我忆及二十年前旧时，特嘱工友检视树木，见有蜂巢，咸为除去。在杭之日，我常于晚衙散后，或休沐之晨，往访二老。小舟初系，二老已煮茗相候。于是背倚葛岭，面对孤山，文史纵谈，杂以笑谑。加之窗外柳色，湖上荷香，拂面者清风，照影者新月，每致忘归。唯某次，刘百闵兄由上海到杭，住在复性书院。我晚间往访，由大门进入。未曾注意门内台阶较马路为低，以致倾跌，虽幸而未伤筋骨，但已需跛行，良久始得恢复，百闵兄至表不安。所巧者，我两次在葛荫山庄，遭遇意外，时间相隔，前后达二十年。

西湖上的庄屋，经常对游客开放。任何人往游，侍者必奉香茗。勾留久暂，皆无不可。而庄屋的主人，经年难得一至，至亦未必久居。真正做到观皆自得，兴与人同的境界。

移家琐记

郁达夫

一

流水不腐，这是中国人的俗话，Stagnant Pond，这是外国人形容固定的颓毁状态的一个名词。在一处羁住久了，精神上习惯上，自然会生出许多霉烂的斑点来。更何况洋场米贵，狭巷人多，以我这一个穷汉，夹杂在三百六十万上海市民的中间，非但汽车、洋房、跳舞、美酒等文明的洪福享受不到，就连吸一口新鲜空气，也得走十几里路。移家的心愿，早就有了；这一回却因朋友之介，偶尔在杭城东隅租着了一所适当的闲房，筹谋计算，也张罗拢了二三百块洋钱，于是这很不容易成就的戈戈私愿，竟也猫猫虎虎地实现了。小人无大志，蜗角亦乾坤，触蛮鼎定，先让我来谢天谢地。

搬来的那一天，是春雨霏微的星期二的早上，为计时日的正确，只好把一段日记抄在下面：

一九三三年四月廿五（阴历四月初一），星期二。晨五点起床，窗外下着蒙蒙的时雨，料理行装等件，赶赴北站，衣帽尽湿。携女人、儿子及一仆妇登车，在不断的雨丝中，向西进发。野景正妍，除白桃花、菜花、棋盘花外，田野里只一片嫩绿，浅淡尚带鹅黄。此番因自上海移居杭州，故行李较多，视孟东野稍为富有，沿途上落，被无产同胞的搬运夫，敲刮去了不少。午后一点到杭州城站，雨势正盛，在车上蒸干之衣帽，又涔涔湿矣。

新居在浙江图书馆侧面的一堆土山旁边，虽只东倒西斜的三间旧屋，但比起上海的一楼一底的弄堂洋房来，究竟宽敞得多了，所以一到寓居，就开始做室内装饰的工作。沙发是没有的，镜屏是没有的，红木器具，壁画纱灯，一概没有。几张板桌，一捆旧书，在上海时，塞来塞去，只觉得没地方塞的这些破铜烂铁，一到了杭州，向三间连通的矮厅上一摆，看起来竟空空洞洞，像煞是沧海中间的几颗粟米了。最后装上壁去的，却是上海八云装饰设计公司送我的一块石膏圆面。塑制者是江山徐葆蓝氏，面上刻出的是圣经里马利马格大伦的故事。看来看去，在我这间黝黯矮阔的大厅陈设之中，觉得有一点生气的，就只是这一块同深山白雪似的小小的石膏。

二

向晚雨歇，电灯来了。灯光灰暗不明，问先搬来此地住的王母以"何不用个亮一点的灯球？"方才知道朝市而今虽不是秦，但杭州一隅，也决不是世外的桃源，这样要捐，那样要税，居民的负担，简直比世界哪一国的首都，都加重了；即以电灯一项来说，每一个字，在最近也无法地加上了好几成的特捐。"烽火满天殍满地，儒生何处可逃秦？"这是几年前做过的叠秦韵的两句山歌，我听了这些话后，嘴上虽则不念出来，但心里却也私私地转想了好几次。腹诽若要加刑，则我这一篇琐记，又是自己招认的供状了，罪过罪过。

三更人静，门外的巷里，忽传来了些笃笃笃笃的敲小竹梆的哀音。问是什么？说是卖馄饨圆子的小贩营生。往年这些担头很少，现在却冷街僻巷，都有人来卖到天明了，百业的凋敝，城市的萧条，这总也是民不聊生的一点点的实证罢？

新居落寞，第一晚睡在床上，翻来覆去总睡不着觉。夜半挑灯，就只好拿出一本新出版的《两地书》来细读。有一位批评家说，作者的私记，我们没有阅读的义务。当时我对这话，倒也佩服得五体投地，所以书店来要我出书简集的时候，我就坚决地谢绝了，并且还想将一本为无钱过活之故而拿去出卖的日记都教他们毁版，以为这些东西，是只好于死后，让他人来替我印行的；但这次将鲁迅先生和密斯许的书简集来一读，则非但对那位批评家的信念完全失掉，并且还在这一部两人的私记里，看出了许多许多平时不容易看到的社会黑暗面来。至如鲁迅先生的诙谐愤俗的气概，许女士的诚实庄严的风度，还是在长书短简里自然流露的余音，由我们熟悉他们的人看来，当然更是味中有味，言外有情，可以不必提起，我想就是绝对不认识他们的人，读了这书，至少也可以得到几多的教训。私记私记，义务云乎哉？

从半夜读到天明，将这《两地书》读完之后，神经觉得愈兴奋了，六点敲过，就率性走到楼下去洗了一洗手脸，换了一身衣服，踏出大门，打算去把这杭城东隅的侵晨朝景，看他一个明白。

三

夜来的雨，是完全止住了，可是外貌像马加弹姆式的沙石马路上，还满涨着淤泥，天上也还浮罩着一层明灰的云幕。路上行人稀少，老远老远，只看得见一部慢慢在向前拖走的人力车的后形。从狭巷里转出东街，两旁的店家，也只开了一半，连挑了菜担在沿街赶早市的农民，都像是没有灌气的橡皮玩具。四周一看，萧条复萧条，衰落又衰落，中国的农村，果然是破产了，但没有实业生产机关，没有和平保障的像杭州一样的小都市，又何尝不在破产的威胁下战栗着待毙呢？中国目下的情形，大抵总是农村及小都市的有产者，集中到大都会去。在大都会的帝国主义保护之下变成殖民地的新资本家，或变成军阀官僚的附属品的少数者，总算是找着了出路。他们的货财，会愈积而愈多，同时为他们所牺牲的同胞，当然也要加速度地倍加起来。结果就变成这样的一个公式：农村中的有产者集中小都市，小都市的有产者集中大都会，等到资产化尽，而生财无道的时候，则这些素有恒产的候鸟就又得倒转来从大都会而小都市而仍返农村去做贫民。辗转循环，丝毫不爽，这情形已经继续了二三十年了，再过五年十年之后的社会状态，自然可以不卜而知了啦，社会的症结究竟在哪里？唯一的出路究竟在哪里？难道大家还不明白么？空喊着抗日抗日，又有什么用处？

一个人在大街上踱着想着，我的脚步却于不知不觉的中间，开了倒车，几个弯儿一绕，竟又将我自己的身体，搬到了大学近旁的一条路上来了。向前面看过去，又是一堆土山。山下是平平的泥路和浅浅的池塘。这附近一带，我儿时原也来过的。二十几年前头，我有一位亲戚曾在报国寺里当过军官，更有一位哥哥，曾在陆军小学堂里当过学生。既然已经回到了寓居的附近，那就爬上山去看它一看吧，好在昨晚没有睡觉，头脑还有点儿糊涂，登高望望四境，也未始不是一帖清凉的妙药。

天气也渐渐开朗起来了，东南半角，居然已经露出了几点青天和一丝白日。土山虽则不高，但眺望倒也不坏。湖上的群山，环绕在西北的一带，再北是空间，更北是湖州境内发祥的青山了。东面迢迢，看得见的，是临平山、皋亭山、黄鹤山之类的连峰叠嶂。再偏东北处，大约是唐栖镇上的超山山影，看去虽则不远，但走走怕也有半日好走哩。在土山上环视了一周，由远及近，用大量观察法来一算，我才明白了这附近的地理。原来我那新寓，是在军装局的北方，而三面的土山，系遥接着城墙，围绕在军装局的框外的。怪不得今天破晓的时候，还听见了一阵喇叭的吹唱，怪不得走出新寓的时候，还看见了一名荷枪直立的守卫士兵。

"好得很！好得很！……"我心里在想，"前有图书，后有武库，文武之道，备于此矣！"我心里虽在这样的自作有趣，但一种没落的感觉，一种不能再在大都会里插足的哀思，竟渐渐地渐渐地溶浸了我的全身。

涌金门外谈旧

陈蝶仙

曩在光绪中叶，游湖必出涌金门，经望湖居，至三雅园而止。买舟放棹，则自问水亭解缆，先至净慈寺、白云庵、高庄，而后三潭印月、湖心亭、外行宫、蒋公祠、俞楼，饭于楼外楼或两宜楼，泊舟于跨虹桥畔，乃至岳坟、刘公祠、凤林寺、苏小墓前下船，入西泠桥，至冯小青墓前上岸。登孤山放鹤亭，谒林和靖墓，绕出平湖秋月，顺道至苏白二公祠及照胆台，乃复乘舟至断桥，入昭庆寺，顺道至张公祠游览，经响水闸而循钱塘门外之王庄一带，自北而东，仍沿三雅园之湖壖而归问水亭原址。

城楼之上，例燃一烛，烛烬，则城闭矣。唯六月十八日夜，因抚藩臬三大宪，须在黎明时赴天竺拈香，故一府两县，佐杂贰甲，均须先期到寺站班。故十门之中，唯涌金门于是夜不闭，因而得泛夜湖，以观三潭印月之胜景。三潭之上，各有一浮屠灯塔，状如鼎足，每一塔有四圆孔，燃烛其中，外蒙以纸，水中幻为月影，数凡十二，伴以水中之月，适合闰年月数。是夜，画船如鲫，笙歌满湖，有放荷花灯之举，彻夜不绝。直至十九日之晨，始如鸟兽散去。

游西湖者有"到码头上吃碗茶去"之口号，即以三雅园茶居为目的地，而望湖居不与焉。盖文人雅士，多在三雅园临湖啜茗，旧楹联云：山雅水雅人雅，雅兴无穷，真真可谓三雅；下联是：风来雨来月来，来者不拒，日日何妨一来。而在望湖居啜茗者，都为武人力士，兽禽满楹，哗噪如梅花碑之茶店一般。而舟子麇集于其门，见有衫裙周整之士女，姗姗过石桥来者，绕之三匝，劝买其舟，尾随而至三雅园，则已到尽头，知其目的地只在临湖啜茗而已，亦即掉头而去。故凡游人步入三雅园之木架门楣中，即觉耳根心境一清。唯有执破油纸扇以当拍板，引吭而歌之哨遍老生，时来一唱近乎麒派之高调，向座客乞取一文钱耳。香茗之价不一，入门处为码头桌子，每四五人一桌，则喊一红一绿一开水，合计不过五分，即三十五文，以七百文为一两也。独享则雨前红梅任择其一，不过二分，即十四文。如为二三知己围坐清谈，则镶红一开，不过三分，即二十一文。所谓镶红，则以雨前红梅混合为一，所谓一开，则菊花也，均用小盖之碗，当面冲泡。所执之壶，状如东坡铫而喙特长，执者具有专技，左手捧碗累累如塔，攲于肘腋之间，右手执壶，握其外向之耳柄，每一茗碗，例有一盖一船，伴一开杯，置碗于中，位置略如饭菜一般，置杯于座客之前，略如酒杯而大，临时去盖，一一以壶水下冲，作凤凰三点头状，仍覆其盖，水溢于船，则为格外讨好加意奉承之表示，其目的在小账钱，则亦不过五文十文而已。

内堂较为体面，茶桌为金漆四仙台，非若外堂之粗板桌也。坐凳为骨牌式，非若外堂之双人木条凳也。茶船为铜制，非若外堂之残缺瓷船也。手巾为白色高丽布，非若外堂之蓝印花者。水烟袋为黄铜二马车，黄条、净丝，任从客选，煤头纸草，插满于堂倌之右耳轮上，任客拔取。外堂则唯卖水烟者，以鹅颈式之大马车，燃青条烟，可以供吸，每三筒取五文钱，虽比内堂每盒卅文之价为廉，但其香臭不同。再进其内，则为雅座，湘帘斐几，茶具尤为精致，磁子式之瓜棱盖碗，附带茶船，连及开杯，俱为全白。茶则每碗五分，开水仍只七文。壁间书画，大都雅隽可观，陈设但取淡冶，不尚奢侈。直至光绪之辛卯，予表兄顾紫笙辈于望湖三雅之间，建一湖房，榜曰藕香居者，始觉琳琅满目。陈设几椅，俱为紫檀云石，玻窗五色，略似今之刘庄。中悬九子塔灯，四檐则为彩瓷灯球，均非市肆所有。盖紫笙为胡雪岩氏第四女婿，取自甥馆中，来为湖上点缀也。其时予年才十三岁，犹忆塾师为陆莲诗太史，为拟楹联云：红也藕花，白也藕花，真个花花成世界；风来水面，月来水面，尽教面面吸湖光。

"藕香居"三字为杨春浦丈戏招隐语，颇属滑稽。盖其地为二贤祠畔之某姓家庵，只肯租借而不肯卖，仍留一室，为自修之所，每当清晨薄暮，木鱼声如煮粥状，扰人不绝。在建筑时，尚未定名，春浦丈日必过此，闻木鱼声心辄恶之。一日，适与紫笙同在庵中午膳，乞题榜额，凶题"藕香居"二字，而吃吃自笑不已。问何以笑，则曰吾以此戏之耳。问何取，曰，取谐音也，试以拆字法读之，则藕字为万来，香字为千人日，居字为尸古。初犹不得其解，春浦笑曰，来字当移在日字上读，试读之。紫笙如法而读，尼竟大骂，而春浦大笑。悬榜之日，尼哭诉于邑侯，然亦无法禁止。此一段笑史，似亦足供喷饭者也。别有一联云：欲把西湖比西子，从来佳茗胜佳人。亦为春浦所撰。佳人即指某尼也。

其左邻为关帝庙，即问水亭之遗址，其右邻为二我轩。时予长兄蓉伯，长予十岁，因罗仲良与谢蓉城拆股，怂恿设一照相馆于西湖，将与吴山之"芙蓉镜"一赛其技。芙蓉镜即蓉城所设，而仲良附有小股份者。吾兄好弄，遂请先学其技。于是购一十二寸镜箱，即在余家试行传习，取吾母之金首饰以盐酸溶化为金水银水，更以丝绸代为哥罗弟恩。至今思之，罗仲良实一理化专家，盖其所用为摄影者系自装之温片，而用为晒相者则自装之蛋纸也。

俞杏初之母舅秦某，时为予家司缝纫。杏初年长于予，时来予家，遂从罗仲良习艺，居然能为吾母摄得满意之肖像，谓比王馥笙之写照尤佳，遂以二千金假与秦某，设肆于湖滨，仲良为其伙，而题"二我轩"者亦春浦也。予长兄更为借一爱克司光镜来，用资吸引游客。其镜与今不同，系一方匣，上有毛玻璃一方，下有回光镜一面，匣之四周，有一圈之长形小电灯泡，发光甚烈，略如现今之霓虹灯状。匣置暗室中，伸手于毛玻片下，则见骨节而不见肉，置香烟匣于回光镜上，则毛玻片上但见乱草，而不见铁匣与纸，由今思之，其器实比家庭工业社新购用于齿科院者为优。盖于毛玻片上覆一温片，可以印成六寸照片，尚可以放大也。放大照相，在初只有芙蓉镜一家，至此则有二我轩矣。所用器具，实即现今学校中之幻灯而已。其后始有李庚伯之"镜花缘"，设于梅花碑之"鸣琴轩"对门，经其后，则有俞熙人之"镜中天"，设于佑圣观之庙中。大抵五六年来，只此四家照相，而西湖风景片之摄取，则为予长兄购得软片而后，因其便于携带，乃与杏初排日提箱，登山涉水，以收远近之景。全湖一幅，则以十二张底片接合而成，罗仲良与杏初之功也。"活佛"照相，为后来之冠，灵隐风景，多为所摄。初设于水亭址学宫东首花园中，园主人姓氏已忘之，所种水蜜桃，即为陈四丰之仁圃滥觞。予尝日至其处，买插瓶花以奉吾母为佛前之供。今则奉化水蜜桃转盛于吾杭，其种实由陈四丰移植于其故乡者。吾杭产桃多处，本为桃源岭下之洪春桥一带，但多虫蛀，故杭谚有云"十桃九蛀"，不足为奇。直至民元以后，徐执信氏于双峰插云之御碑亭外，辟地三十余亩，为东海花园，始有仁圃一般之水蜜桃产出。初亦不免虫蛀，有人告以用无敌牌牙粉之空袋，套于桃实之上，可以辟蛀，居然硕大而无虫孔，颇以为奇。其实效用只在油墨之气味，一经道破，始知不必订购牙粉，即任何报纸皆可用也。今此一样，殆已尽人皆知。唯杭人多懒，不如甬人之勤，正不独一水蜜桃为然。

昔日湖边茶座中，尚有剥刺菱之小儿女，颇觉勤敏可爱。每当初秋，手提筐篮，满堆刺菱，状青菱而小，临时以小刀剖取白肉，盛白瓷小碟中，以饷座客。小手莹洁，体态清妍，大都垂髫做伴，通力而合作。初不论价，任人给予，大抵每碟十文而已。"三雅园"之茶干，素著盛名，最为入味，藕香居不如。盖调味与火候，实由心得，不可以皮相也。"西悦来"继起于后，介乎藕香居与二我轩之中，系就二贤祠基地建筑，其目的不在卖茶而在卖菜。三雅园与藕香居虽亦卖菜，但不过鱼生、醉虾、醋熘鱼、莼菜之属。一专取就地风光，一则尝烹新鲜之味。西悦来则仿城内"缪同和"京菜馆之式，鱼炒煎炸，鸡鸭牛羊，亦兼有之。今在新市场之西悦来，即从前在西湖码头上之西悦来，可谓硕果仅存。新市场之二我轩亦即俞杏初之迁都世业，今虽作古，其子尚能克绍箕裘。藕香居遗址尚存，三雅园则完全消灭，已为吾友黄文叔之别墅矣。涌金门外，堤岸犹昨，而风物全非。

曩时头号船有名水月楼者，内容四席，阔六丈，长五丈，头尾皆方，殆与不系园相似，今梦中犹见其影耳。二号船如云舫、鹤舫，亦早变为柴薪。三号船如杏初之雀舫，四号船如俞曲园之四不像，亦复幻灭消沉。唯予襟弟姚澹愚之访仙槎尚在。西湖博览会时，予改装为香雪舫，是皆当年之四不像也。

吾友赵侃伯于三十年前，尝有句云："欲把西湖比西子，于今西子改西衣。"当时所谓四不像者，盖取姜子牙坐骑之名，用为嘲笑。若在今日，则以瑞士比西湖，亦自有其美妙之处。西子西装，正合美化，又何用其沧海桑田之感也耶。越风社索稿，拉杂书此应之。

杭城当清季，沿西湖之门三：南曰清波，中曰涌金，北曰钱塘。（从前涌金、清波之间，尚有钱湖门，后塞。）然游湖者多出涌金门。盖自清初画圈旗营以来，今新市场一带，为八旗兵丁驻防所在，钱塘门逼近旗营，游者为之裹足，且自白堤至岳坟，胡儿驰骤于此，稍不当意，辄易肇祸，故北山路以钱塘门为起点。而杭人游湖，每多自涌金泛舟，不敢徜徉于白堤间者，盖于历史上有余痛焉。清波门为南山路起点，学士港风景，在《清波小志》言之綦详。然当时其地为刑人之所（地在今勾山里侧，昔有城坳，凡死囚请军令者，率决于此），且出城厝葬累累，无异行丛冢间。游者既视为不祥，于是洪杨以还至清末，涌金城外遂为游湖码头，春秋佳日，士女如云焉。

当南宋时，游湖亦出钱塘、涌金两门为多。盖清波逼近大内也，故其时清波门外，市肆虽直达长桥，自学士桥南行，又有所谓头条巷、二条巷、三条巷诸住宅区。然游人以禁地相近，率多取道涌金门，《武林旧事》诸书，述三桥子一带元宵热闹，又述朝士游湖者，多聚于此，以其地为涌金门通衢也。涌金门有瓮城，出瓮城，则路三岔，北沿城脚，可抵钱塘门。然有黑亭子，为囚犯之请王命者处决所在。是以虽通北山路，而行者绝少，南沿城脚可抵清波门，亦须经过刑场。当清光绪之季，西安闹教戕官案，衢绅十余人，骈首就戮于此。其时笔者寓涌金门侧斗阁中，五更闻人马声，推窗窥视，则正处决者列跪而前。然视死如归，尚有相互问答者，其地盖即出瓮城南十余步，一仄弄中。此一页惨痛史，时萦脑海。于涌金门近六十年之往事中，不无可纪者。出瓮城西门，有小街市，过此即为湖唇一角。此小街市今尚存，不过热闹迥不如前耳。

涌金门外湖岸停泊大小游船百余艘，自望湖楼前起，迄藕香居止，均栉比而泊。舟子或巡岸侧，或守坐船上，绝无今日大声叫嚣之恶习。湖唇大茶肆，初止藕香居、三雅园。藕香居不靠湖，傍荷塘而筑榭，内有"茶熟香温"一匾，为精室所在，即个中所谓里堂子者。面塘开窗，花时红裳翠盖，亭亭宜人，如清晨倚槛品茗，则幽香沁人心脾，无异棹舟藕荷深处也。今藕香居遗址犹存，而荷塘淤填，不胜煮鹤焚琴之慨。三雅园在湖堤尽处，外堂三楹，内堂面湖，开轩则全湖在目，南山屏列几案间。余最爱其轩前小角，有垂柳大可合抱，此间容茶桌一，吸光饮渌，绝饶佳处。学士大夫，均集于三雅园内堂，间亦有闺秀名媛，由湖船起岸，在此品茗者。壁间悬楹帖一，犹忆其句云："为公忙，为私忙，忙里偷闲，吃碗茶去；求名苦，求利苦，苦中作乐，拿壶酒来。"为海宁人汪次闲所补书，语颇警惕，不知其原撰者为何氏也。此外尚有园一，位置稍里，面荷花塘，有楼可供远眺，后改为西悦来。此三茶园，均售酒菜，有煮茶干，为西湖茶店特品。菜以醋鱼、虾仁为常，醋鱼售价钱二分（合制钱八十四文），虾仁售价钱六分（合制钱一百一十四文），高脚碗盛。酒以高粱为常，置小锡瓶中，盏如小核桃大，每瓶至多三分。点心如肉丝炒面、藕粉，取价均廉，亦可见当时生活俭约之一斑也。犹忆儿时考书院童卷，得上取膏火五百余文，即可约同窗友三四人，在三雅园请客，今则不足两人餐一碗面矣。民国元二年，新市场未开辟完整，涌金门外尚热闹，此时饮食之风渐渐奢靡，茶店中各色小吃均备，而价亦大昂，每当下午三四时，快轿停歇岸侧，几至不便行路，已不若清季游客之安步当车矣。

访康有为故宅

张天畴

在一个春寒料峭的下午，我从金沙港金氏修养堂用过午膳出来，折而向南，走过了那条跨在港上的小桥，一直向郭庄（就是从前的宋庄）那面走去，行行重行行，约莫有两里左右的路程，经过卧龙桥，绕过几处湖田，抬头一看，康庄在望，终于到了丁家山的山脚下。

丁家山在西湖的山川志里是一座不大有名的小山，其所以不出名的原因是没有以往的名胜古迹，若是和里湖的孤山比较起来，自然免不了有上下床之别。我以为湖上的山川林泉也和人一样地要讲命运，假使里湖的孤山没有宋隐士林和靖诛茅于此，有过以梅为妻将鹤作子的韵事，和清乾隆皇帝在山之南麓起造着巍峨的行宫，以及冯小青的艳冢，薄命诗僧苏曼殊的骸骨也埋葬在那儿，则其名之湮没无闻，恐怕也和现今的丁家山差不了多少哩！

然而这是废话，与本文无关宏旨。

丁家山兀立在南湖西南隅的尽头，它的形势与体态并不怎样高大，论面积，恐怕还不及孤山的三分之一。在我看来，与其说它是座山，还不如称它作坟起的高岗来得适当些。它在《钱塘县志》里所记载着的是："瀙湖水影山光，上下相接。"只不过如是而已。

上这座小山的路径倒有两处，一是由东北角上的"蕉石鸣琴"，一是由北面的山背，前者是大道，后者是小径。我因为贪省脚力，就在这山背间的小径上爬了上去。

很费了一点气力，终于爬到了小山顶。所谓康庄，三间朝着南向的洋式平屋，就整个地呈露在我眼前了，可是从侧门间走了进去，四面一望，空洞得一无所有，连字画都不剩半幅，想不到这一代名人的故宅，竟衰废到这等模样，说一句头巾气的话，未免有点"人琴俱亡"之叹！但是据说这位圣人在世时的康庄（又名人天庐），文酒高会，几无虚日，不但杭州的文士如孙康和、宋翰卿、杨见心等都做过他的好友，就是那时浙江的当道卢子嘉、夏定侯、孙馨远辈也和他通过声气，莫不以为他文章经世，以天南的遗老目之。且也，当每次内战酝酿之先，卢子嘉、孙馨远为巩固割据形势计，常暗中央他到洛阳吴秀才那儿去说情，以保全浙江的地盘；这样一来，大有"翩然一只林间鹤，飞去飞来宰相衙"的神气。可是过不了几年，这位戊戌政变的有名人物，晚节末路，为了生活，竟附丽军阀而长逝了。他的这所别墅，也因为他生前有着反动的嫌疑，革命以后，推人及屋，便收归市府管理了。

虽然康庄里面的摆设一无所有，像是空着的马厩，但阶前的园林倒并不见得怎样荒芜，还有一些往日的气概，当我来时，几株梅树和山茶花正吐着红艳的花朵，冷香可爱，倒不以它宅主的变迁而自损其颜色。下了阶坡，去看那阶前的"康山"和"潜岩"，在岩石的上面，犹存他镌刻在那里的字迹，书法之佳妙，笔力之遒劲，论他的渊源，在六朝以上，而洒脱过之。若无临池数十年，读碑帖数千种的功夫，决不能写到如此的古拙。间常与友人论康有为的书法，他写的字，犹如老树着花，别饶风韵。惜乎他的书法和海藏楼主郑孝胥那样为生平出处所累，不无"字以人轻"之憾！

康庄有两块天生的山石被认为是名迹的：一块叫作蝙蝠石，形似蝙蝠，偃卧地上；另外离蝙蝠石不远的一块叫作鲤鱼石，有头有尾，跃出地面，颇觉形似。但这块鲤鱼石因为年久风化的缘故，已经中断了！我想：如果此老还活在世上，还做着康庄的主人翁，坐拥湖山，看到鲤鱼石的夭殇，不知又要感慨系之似的赋诗若干首了。

在丁家山上面匆匆地游览了一转，便改道由"蕉石鸣琴"（此四字亦为康南海所书）的那条石级上下山。在半途中，看到路旁一块大的地坪砖（现在是改作游人们憩息的石凳了），这无疑的，当此老在日，定在那块石上做过不少临池的功夫，然而现在是把它弃置在路旁，煮鹤焚琴这类事，看来今古如此！

照康庄建筑物的价值估计起来，虽则并不十分的富丽，但是在一座荒山顶上，诛茅垦地，莳花植树，铺砌石级，建造房屋，少说似乎非四五万金莫办。一个失了势的政客，哪有这笔闲钱来起造这所别墅，故在人天庐起造的当时，有人说这笔建筑费的大部分是吴子玉与卢子嘉馈送的。至于是否实在，那只有起圣人于地下而问之，笔者不便代他肯定。可是这所人天庐的基地，确为前浙江省省长夏定侯（超）所赠予。关于这块基地的赠予，中间还发生过一桩有趣的纠纷。

基地纠纷的事实是如此的。本来丁家山是块无主的公产，在人天庐未造之前，有一位刘庄的管门人徐永泉，不知怎的，去认从前内河水警厅厅长徐则恂为族兄，把这块丁家山冒认为自己的私产，送给徐则恂，作为投认官亲的礼物，而徐则恂也不问来历，便提粮过户地收下了。及至夏定侯把这块山地送给康有为之后，刚要动手开山，徐则恂便出来阻挠，说他侵占人家的地产，几乎要以法律解决，幸而这块山地是夏定侯所送的，康有为便把这事的曲折始终原原本本去告诉了夏定侯。那时夏定侯的政治势力固然比徐则恂来得强，但也不好意思为了这桩小事情破脸，遂暗中转托孙康和去斡旋，向徐说明这块地是公地，如果徐则恂要告康有为侵占人家的地产，恐怕日后水落石出，徐则恂也免不了担负盗占公地的罪名。况当时的康有为和卢子嘉颇臭味相投，纵不卖夏定侯的面子，难道连卢大帅的友谊都不顾？经过这番说辞，徐则恂就软化了，不但把粮串户折去转送康有为，而且还亲自坐了轿到丁家山去道歉，彼此解释误会，自认晦气而已。

因为康有为给杭州人士的印象太恶劣了，当康氏在筑人天庐的时候，舆论纷纭，群起责难，碍于夏定侯之势，虽不敢明言其侵占公地，但说他侵占"蕉石鸣琴"的古迹，众口啾啾，几有鸣鼓而攻的样子。后来幸亏圣人的靠山有力，公事公办，一查了事，而康圣人的人天庐便安然出现于丁家山顶了。

中国的文人不论今古，总免不了要带几分名士的习气，自然咱们的康圣人也没有例外，他在人天庐颐养天年的时候，大概不耐鳏居的寂寞，竟闹出了一段桃色的佳话。一位年近古稀的老古董，居然垂青了一位妙龄的榜人妹，就是近年来寄居在郭庄的所谓七姨太太。这位七姨太太的娘家是姓张，榜人张毛头之妹也，据熟稔七姨太的人云，其貌并不娟秀，粗花大叶，不过那时有几分稚气的美罢了。与康结缡以后，迎居别墅，梨花海棠，相映成趣，间亦白发红袖，徜徉于湖中山水间，不知者疑为一祖父携一孙女以共游也。及至圣人归道山后，女亦矢志守节，以报此老之情爱于泉壤。古井无波，颇称难得；闻此女之年龄，今已四十矣，回想前情，能不如梦。

也许因为康庄收归市府管理的关系，这位七姨太太便寄居在郭庄，据说郭庄的主人是康有为的朋友，所以念及亡友来照顾他的孤孀。至于她的生活费用，是靠茅山的几十亩租田来过活的，旁的并没有出息。笔者在游了康庄回来的辰光，路过郭庄，很想去见见那位七姨太太，可是事不凑巧，她在去年腊尾到上海去了，迄今未返；而我的这篇小文，也只好止于此矣。

白云庵中的革命典故

冬　藏

水榭竹亭确是定情私语的胜地

在净慈寺前面，南屏山脚边，雷峰塔遗址之下，有一所幽雅的古庵。那里面的石桥虽已断了栏杆，但桥下的清流依然有着美丽的涟漪；庭院纵说荒芜得凄清，但前后的古树仍旧保持着孤傲而雄迈的风姿。每逢春秋佳日，或是玉轮高照的夜半，总有无数青年男女在这古庵中徘徊。古庵所给予他们的是甜蜜，是快慰，是诗一般的情趣。这就是被称为"漪园""白云庵"的"月下老人祠"。只要是到过西湖的人，想来谁都知道有这么个地方的。可是大家对于它的认识，总以为这是专给青年男女定情私语的地方，无多大意义。殊不知在二十五年前，此地却是个侠义热肠，冒艰险，拼性命，推翻胡清的浙江革命党秘密总机关呢！那当儿，全浙的青年爱国志士，都在这里集合了，商讨着流血复国的大计，如现任考试院院长戴季陶，先烈陈英士、秋瑾、陶焕卿等，皆在黑夜中驾着轻舟，来这善良的月老前参加过紧急会议。

白云庵门首有两株高逾墙垣三倍的大树，像华盖似的浓荫掩过湖面里许的地位，半圆的青石门圈上长满了斑斑的青苔，上面写着"漪园"两字，笔力苍劲，一望而知是出于名家之手的。这儿在宋朝时候，名"翠芳园"，又因为地处南屏山麓，所以也叫作"屏山园"。贾似道当政之日，尝偕僚属整日里笙歌宴乐，泛舟湖上，"翠芳园"是盛极一时过的。不说别的，单是亭子一项，里面已有五个之多，如"五花亭""八面亭""一片湖山"等。这个误国的宰相，他拥着艳妾妖姬，在那些亭子里饮酒作乐，不知有过多少轻狂巧笑、浪漫放荡的故事存留其间。自成吉思汗的部臣统治浙江以后，这红极一时过的"翠芳园"也跟着汉人的气运一样衰落了下去，及至明末，始改称白云庵。清初，邑人汪献斥巨资加以修葺，更名曰"慈云"。他又在庵里建筑了许多亭子；亭子的左右又栽了无数丛篁，沿堤一带，植以杨柳桃梅，这样一来，顿复旧观了。等到乾隆皇帝南巡至西湖，"慈云"的名称又给取消，御笔题为"漪园"。

丁松生复兴白云庵
落第书生造化月老

太平军进占杭州的那一年里，这乾隆皇帝题名为"漪园"的白云庵，全给炮火毁完啦！但那时候的白云庵，可还没有月下老人的踪迹。直等太平军退出杭州城，这满目荒凉的古址上，忽然来了一个苦修的和尚，他在焦土中盖了三间茅棚，单身在茅棚里拜佛参禅。这和尚名叫仁果，据说头发巷的浙江藏书大家丁松生先生，不知和他有点什么因缘，竟能使丁先生念其笃志励行，看他这三间低矮的茅棚不胜其风雨飘摇之苦，于是发了愿心，为其建殿屋。过不多久，果然给募化了好些银钱，便大兴土木，鸠工建筑起来。这是光绪十二三年时的事情。

　　第二次的漪园落成以后，因为看看房屋有余，所以才塑奉起一尊月老来点缀点缀。不道正在雕塑月老的时候，门外忽地来了一个衣衫褴褛的书生，要求仁果和尚准他在庵中暂住几天。叩以身世，知是安徽人，因赴京会试落第，无颜返里，想在杭州访友谋事。和尚听了他的话，很同情于他，就让他在庵中住下，且还供给膳食。这落第的举子在庵中住了半年，家里来了急信，说父亲病重，叫他速回，临走的时候，他捧了五十五条签诗出来交给和尚，说在这里白住白吃了你半年，心里真过不去，临行无以为报，只有这五十五条签诗相赠。他又说原来是打算作一百条的，现在可不成了。不过将来若有机会重到杭州，我一定要补足这一百条的数目。想不到如今白云庵之成为湖上男女求爱定情的胜地，就是这落第举子所弄的玄虚。而月下老人这一尊冷角落里的神道，能在世界闻名的西湖中占一地位，也是这落第举子作为房饭金的五十五条寓意隽永、作风古雅之签诗的来头。

五十五条签诗寓意隽永
不知颠倒多少痴男怨女

　　签诗中，如"落霞与孤鹜齐飞，秋水共长天一色""逾东家墙而搂其处子则得妻，不搂则不得妻""期我乎桑中，要我乎上宫，送我乎淇之上矣""一则以喜，一则以惧""不有祝鲩之佞，而有宋朝之美""意中人，人中意，则那些无情花鸟也情痴！一般的解结，双头学并栖""非独内德茂也，盖亦有外戚之助也""只一点故情留，直似春蚕到死尚把丝抽""妻也者，亲之主也""夜静水寒鱼不饵，笑满船空载明月""可妻也""求则得之，舍则失之""成也是你萧何，败也是你萧何""后生可畏，焉知来者之不如今也""或十年，或七八年，或五六年，或三四年""风动竹声，只道金佩响；月移花影，疑是玉人来"等句。

这五十五条签诗，都是做得那么隽永玄妙而不知所指的。可是在有心事的人看来，就认为此中大有道理了。

月老殿，在庵之里进左手的一间四面厅中，明窗净几，前后天井内有古柏桂点缀其中，分外显出这小厅的幽雅了。在明媚的春光里，在皎洁的月光下，不知有多少青年男女到那儿去祈祷月老，叩求签诗。签诗的代价是每条铜圆四十枚，据说最好的日子一天能有四百多枚铜圆收入。不过这种日子，在一年中是不可多得的。据庵里的一个小和尚说，每逢星期，他们这里求签的人总特别多，像学堂里的那班女学生，她们一来就是十个八个，一求就是十张八张；她们有的红着脸儿低头不语，有的拍着雪白的手掌哈哈大笑，有的偷偷地把所求得的一张签向袋里一塞，默默无语……至于两个人来的，那又有一番光景了。

月下老人除主宰人间的配偶，同时也能预卜功名的前途，当科举时代，一班应试的举子都会到这里来求几支的。这里有一个叫作于君彦的闽籍翰林，他题有一副对联，曰"科名草定三生果，香火长留一拜缘"。原来他在未中以前，曾到此求过一次签，及归

207

去，居然榜上有名。如今科举早废，求功名的人亦已绝迹，月老自也省去了不少麻烦，掉了这个兼差。如今他可说是专门主持婚姻的事情了。

住持意周在禅房深处
娓娓话当年革命轶事

宣统二三年的时候，白云庵住持得山和他的徒弟意周，都是辛亥革命时浙江方面的主要分子。得山和尚功成身退，隐居海宁一座古庙里度他的清闲岁月，而把白云庵的事情交给意周。意周和尚今年也将近五十岁了，他目光炯炯，瞧了很使人不易忘记。这个人现在的生活，倒也非常有趣。现在庵里只有两个人，他自己之外，就是那个十岁的小和尚儿，师徒两人，挑水煮饭，垦地种竹，把廿五年前任侠行义的豪气全消磨于湖光山色之间。在禅房深处，我们喝着香茗，望着窗外的婆娑老树，听和尚的娓娓清谈，真有说不出的一种愉快。他告诉我们当年革命的情形，如陈英士先生怎样在庵里避难，苏曼殊怎样来去无踪地玄妙莫测，总理怎样在月光下悄悄地自刘庄驾舟而来……

白云庵这地方，早先每逢五、六、七、八这四月里，总有许多人跑去歇夏，盖那时湖上既无旅馆，又没有可以供人住宿的庄子，然而一到热天，大家都想去西湖避暑，像钱王祠、三潭印月、平湖秋月、湖心亭等处，都是当时给人避暑歇夏的胜地。光绪二十七年，有本省革命党重要分子陶焕卿、龚未生二人在白云庵避暑，他们饮食茶水，都托庵里代办，所以得山师徒，也就将他们当作熟朋友一样看待。到晚上，大家一块儿坐在沿湖的石桥上乘凉闲话，闲话中有时自然难免涉及国事；可是一提到国事，彼此都气愤地痛斥清廷的腐败与官吏的庸怯无能、贪污残暴。当时陶龚二人，即随时晓得山师徒以大义，并告现在世界潮流趋势和各省青年有志气的如何热烈勇敢，如何在计划推翻满族，以期实现光复山河的壮举。不久，得山、意周皆被感动，就在光绪二十八年的五月，师徒一齐入了同盟会，这就是白云庵最初与革命发生关系的因缘。自此以后，陶龚二人每年必至白云庵歇夏。到宣统元年，这地方竟成为浙江革命的秘密总机关了，一月之中，时有会议。他们总在深夜集合，与会到天明始散。那时主持浙江革命工作的是顾子才、屈映光、童保暄、俞丹屏诸人；在上海方面，总理又时常派人来指示工作的方针，先烈陈英士和现任考试院院长戴季陶，是当初来白云庵次数最多的两个。每到他们来的时候，参加秘密会议的同志一定比平时要逾数倍，而且大家的神气也更兴奋。为了避免外界的耳目，到庵里来开会的人有些个是化装而来，像屈映光，据说时常扮作和尚；陶焕卿则喜欢赤足戴毡帽作农夫。有的从三潭印月那边坐船而来，有的自清波门、净慈寺一带走来，有的翻雷峰塔下来（在白云庵大殿右首的一所厅后，有一座天然的假山；这假山背后就是雷峰塔，此刻已筑墙隔住，不复有当年那样的自由了）。这中间，还有各县派来的代表。总理也曾到过这庵里两次：一次是宣统二年九月，他来时已夜半，带了一个侍卫，坐了小船；当晚在大刘庄过的夜，第二天早晨就动身了。第二次来是民国二年四月，厅的正中悬着的那块"明禅达义"的匾额，就是第二次来时写下的。陈英士先生交卸沪军都督后，重来湖上，因忆及辛亥革命前浙江革命党人时在白云庵秘密集议、商讨推翻清廷大计，辛亥革命后袁世凯杀戮党人，仇视革命，致有二次革命流血之壮举，党人事之无常，同志之星散，不胜感慨之至。翌日邀宴曩昔在庵与会之一部分留杭同志，重至旧地，摄影以留纪念。

师徒为革命党人奔走四方
南洋粤商汇款接济清寒

宣统二年，白云庵之成为浙江革命党的秘密机关是已经有很多人知道了，其时不论外省以及本县来杭的革命党人，都有到白云庵里报到投宿的，人数最多的时候，据说一天中曾开过八桌饭菜。那时有个南洋群岛一带经商的广东人，可惜姓名记不起了，他先后汇过八百多块钱来，作为接待各地而来的清寒革命党人之用。所以往后不单是供给膳宿，甚至还要兼送川资了。白云庵时代，这班人所干的工作，是运动各地军队脱离清廷，以及搜罗像王金发这样的人作为扰乱满军后方的游击队。这中间，衔命而奔走四方的，就是现在白云庵的住持意周和尚。因为是和尚，行动上可以避人耳目。其师得山，则常留庵负各地通讯之责。那当儿，白云庵后面的净慈寺，还荒僻异常，就说它在临湖的地位，也处于冷落的一角。庵中门闩构制，与众不同，若非素往，决难开启，因此那时这里面纵说时常有人聚首在商量光复全省的大计，可是庸弱无能的清廷官吏，依旧毫不觉察，虽说外面严行捕革命党的风声一天紧过一天了。陈英士先生和白云庵的因缘是很深的，有一年他到杭州来运动浙江的军人革命，不料有侦探从上海一路跟着他，到杭州后，他发觉了，那时侦探以为他定是渡钱塘江往绍兴去的，就派了很多人去三郎庙前守候，他看看风色不对，便出清波门，趋净慈寺，登雷峰塔，自塔后翻至白云庵。其时夜色苍茫，得山师徒正在屋内闲谈，突见一黑影自山背蠕蠕而下，心里都跳了起来，当是来捉他们的侦探。那次英士先生在庵里共住了五天，这五天内庵里就特别热闹起来，趁这机会把在杭州的一部分党人又重新集合了一次。第六天早晨，他往拱宸桥坐船到吴兴，转赴上海。

曼殊和尚来去无踪
新闻记者忧时自尽

在白云庵里住过的人，有一个是近代著名的浪漫诗人苏曼殊，还有一个就是为忧时而死的四川《新中华日报》记者任鸿年。意周和尚告诉我们，他说：曼殊真是怪人，来去无踪，他来是突然的来，去是悄然的去，事前不使人知道一点。你们吃饭的时候，他坐下来，吃完了，顾自己走开。他的态度是那么不拘的，真比在自己家里还来得随便。曼殊的手头似乎常常很窘，他老是向庵里要钱，自然，我们不好问他做什么用，只知道他把钱汇到上海一个妓院里去。过不多天，便有人从上海带来了许多外国糖果和纸烟，于是，他就想不到吃饭了，一人只是躲在楼上吃糖抽烟。他在白云庵住的那年，时候是六月，白天他老是睡，到晚来披着短褂子，赤着足，拖着木屐尽在苏堤、白堤一带跑，不到天亮，是不肯回来的。他在那里跑些什么，有谁知道呢？曼殊的消遣除了吟诗以外，绘画也是他所喜欢的，他爱写山水，在那个时代中他的画纵然不属于第一二流的作品，可是他那独特的风格和卓越的天才的流露，确实与一般专事推仿的画家有显著的不同。他的画，你说是不值钱呢，倒也有之，他画得很多，纸不论优劣，兴之所至，即使手边是一张报纸，他也会拿起笔来涂鸦；不过若有人诚心诚意地去向他求一张，那又是变得非常矜贵的了。不是回答画不好，就说没工夫，其实他画起来并不坏，说到工夫，他有什么事儿呢？他是整天闲着的。有时即使给你画了，而你要他题上下款与盖章，这就很难。他虽说在我们庵里住过两个夏，有上下款和盖章的画，也只得到两张，总之，这人是个怪人——苏曼殊！

为忧国而自杀的任鸿年君，是四川巴县人，家颇富有，为同盟会会员，常典质以助党中军费，后经清廷严缉，东渡赴日。辛亥革命时归国，任南京总统府秘书，不久回到四川主办《新中华日报》，不到一年，又出来了，当时他是想到天津去的，适逢二次革命发生，他就来西湖白云庵寄住。他到庵以后，每天长吁短叹，痛衰逆之反复无常，忧国事之日益悲观，就在民国二年六月三十日那天夜里，投沉于翁家山的葛洪井中不出了。

庵现有长生禄位给他立着，文曰："南北风云不忍见时自尽井中鸿年之位。"他的坟在净慈寺前面，而今蔓草丛生，也快倾废了。

白云庵里，如今已经完全作为一个专给青年男女私定情约会的地方了，除总理写的一块匾额和几张辛亥革命时革命党人的照片外，谁又会知道这儿是二十五年前浙江革命党人朝夕聚首的所在呢！它的地位，在中国革命史上纵轮不到，但在浙江革命史上，想来总可以占一角吧？可是在这大修西湖风景的时候，却单剩下了这革命的白云庵。

当我离开庵时，看到墙上写满着"胡蝶到此求金焰""可怜呵！小生孤衾独宿已三年""来此求签之女人，皆我妻也""月上柳梢头，人约黄昏后""郎情似水妾意正浓"，诸如此类的无聊字句，多得不胜枚举。我想这不但为西湖之污点，亦"革命的白云庵"之污点。

胡雪岩之世系

郑逸梅

　　刘体仁《异辞录》云："清史而立货殖传，则莫胡光墉若。"光墉字雪岩，杭之仁和人。江南大营围太平军于金陵，道路阻滞，光墉于其间操奇赢，使银价旦夕轻重，遂以致富。胡之雄于资，比诸陶朱猗顿，无多让也。关于胡之记述，有李莼客之《越缦堂日记》、汪康年之《庄谐选录》、李伯元之《南亭笔记》、陈云笙之《慎节斋文存》、沙沤之《一叶轩漫笔》、曾纪泽之《使西日记》、左宗棠之《书牍》、费行简之《近代名人小传》、吴趼人之《二十年目睹之怪现状》、徐一士之《一士类稿》，均载胡之遗闻逸事，详略不一。此外更有陈得康之《胡雪岩演义》，则尤属洋洋大观。据予所闻，胡少孤，家贫，习商起家，生有异秉，读书不求甚解，发声如洪钟，且善辩，口若悬河，座客为之折服。貌清秀，凤眼，双颊绛润，似美人桃腮，手掌亦点点作红色，即俗称之朱砂手也。

　　胡生子三人，长楚三，天资颖慧，十六为廪生，十九夭亡。次子缄三，好游山玩水，尝堕马伤足，致不良于行。三子品三，兴风雅，爱蓄虫鱼花鸟，又嗜画，延携李朱梦庐授以六法，大有出蓝之誉，唯不轻作，故流传绝鲜。曾蓄鹦鹉二，一素一碧，能效人言，甚爱之。既而鹦鹉先后死，品三伤之。为慰情计，乃饬工扎纸为鹦鹉二，悬之屋中。未久，品三亦捐馆。有子曰蓴卿，能诗词，著有《虫天草楼集》，惜毁于兵燹中。蓴卿先生现年七十有一，病废于床。子二，曰亚光，曰同光，均以画名。亚光见告，雪岩公之喜神，日前曾于沪上望平街某传神馆中见之，朝冠俨然，翎顶辉煌，亚光欲购之，奈传神馆奇货可居，未能有成。

宣平旅杭学会的过去

潘漠华

本会在本年清明节成立后，时光流水般逝去，倏忽已经半年了。在这过去的半年里，我们因为草创的缘故，须致力于根基的巩固，虽煞费了苦心，去努力完成；但对于会外的贡献，连丝毫也没有，这实在是我们时时纪念着，每纪念着就很愧心的！现在呢，内部的组织，已渐渐就绪了；我们很愿意尽我们的绵力，想替我们爱恋的宣平，谋一点幸福。但又自思：我们这个会，虽有半年的历史，而因为从未曾效力于故乡的缘故，即有了一本《会务报告》的小册子，也因为经费的关系，不过几处奉寄，不能普遍知悉，恐一旦想贡献我们的热心，说不定要因为没有充分了解，反生出许多隔膜和误会。所以我们趁本刊出版第一期的时候，敬把这半年经过的情形，约略作个报告。希望在这篇记述里，你们可以接触着我们的真心。或者也可以由了解而生同情，由同情而赐予援助，那不独我们所欢喜，而且是很希望的了！

宣平的学子，首先来杭州求学的，这年代实在是很远，还在辛亥革命之前。此后则陆陆续续，接连来去，间断的时间是没有，但也没有时间特别兴旺过。那时因为人数的无几，而且初离乡井，同乡的感情极浓厚；既没有组织会之可能，也没有组织会之必要。因为这种原因，就是在民国八、九年本会有少数早已留杭的会员，有时想到组织一个会，也因此不能果行。待到今年，宣平旅杭的学生，已逐渐增加，有了十五个，总算在过来的历史上，这是空前的人数多了。这十五个人，因宣南宣北的隔离，东西的异处，虽说是多数尚连带着同学或亲戚或宗族的关系，而于感情上，总未免有了种种的间隔；在学行的修养上，也急切感着必要彼此互相切磋，互相琢砺；就是想尽我们的心力，替宣平做点事体，那更是感着有集合的必要。这种种自然的趋势，生出种种的欲求，于是这有结合可能的基础上，遂依了有结合的需要，而诞生我们的宣平旅杭学会了。

一九二一年三月廿七日，真是我们很值得纪念的日子；我们的宣平旅杭学会，就是在那天起了雏形的。在那天里，有六位本会会员，互相约定去逛西湖。不料这组织会的念头，遂在绿波漾着的划子里，涌上大家的心头来了。我只记得：我们一伙儿下了船后，起先是指点着雷峰塔、保俶塔，说着西湖的佳话和美妙的景致；后来不知不觉地，也不晓得是谁始头，竟谈到要组织一个同乡会的话上来。当时潘详君述些过去的关于这事的情形：屡次有人来发起，想做这件事，后来大家因为人数实在太少，又且停止了。在那时候，我们很盼望在最近几年里，宣平多来几个在杭州，好早点来干这事；现在总算可以了，不妨来做做看。我们就都附和着，你一句，我一句，说得很热闹，就决定且到蚕校后，会同潘渭君、徐铨君，我们来开一个宣平旅杭学会筹备会吧。我们既决议了，大家就都沉默着：一半儿心，想到组织成功后愉快，我们有了第二的家庭，也可说是第二的学校；一半儿心，则热望蚕校快点到吧。

我们到了蚕校，会着了渭君和铨君，向他俩说起组织学会的事体，他俩也很喜欢。当时我们就杂乱地坐定，推了潘详君做临时主席，交互开谈起来。经过长久的讨论，就决定依照前时在船里的主张，先行成立了一个宣平旅杭学会筹备处，就以今天在座的八位，同为筹备员；面推潘详君总其成，作个筹备的主干。于是宣平旅杭学会的大规模，就于此具了基础了。

我们自那天散会后，就各处去征求各乡兄的意见，都得了完满的答复。后来因为再过不几天，就要是清明节了，在清明日，我们是要去西湖孤山，祭我们所钦佩的詹烈士的。于是遂决定，顺便在那天祭毕后，开我们的宣平旅杭学会成立大会。

一九二一年四月五日，旧历正值是清明节。那天里，天空透出青穹，在白云浮游着的后面，太阳很温和地照着大地上的一切；清明的春风，微微自东方掠过湖面；我们在白堤上走着，衣襟飘飘地飞了。我们既到了孤山，大家小坐在草地上休息。我还记得：在那青软的草褥上，我倚睡在一株高大的柳树脚，头顶的柳条，组成伞样，筛着疏淡稀碎的阳光，落在荫成一片圆圆的阴地的草波上。我话起佑华君回乡时的光景，我说："这个印象，是给我很深了！我现在尤明了地忆起，说詹烈士是在战壕里守候，偶然举起头来瞭望，不料突然飞来一弹，正中了他的眼角，于是在勇敢的'学生军'里，就失了一个最勇敢的'学生兵'了！至于究竟是哪一只眼角呢，我是已记不清楚。"

时候已经九点钟，陆续一共来了十一位：潘详、邹瑄、潘瑾、王德、俞禧、潘渭、潘震球、徐铨、陶城、陈友仁、潘训。我们于是就在墓前一几矩形的石桌上，摆列了祭品：五香的牛肉，洁白的荸荠，三角形的清明馄，两杯芬芳的白玫瑰。香也烧起来，蜡烛也燃起来，坟头飘上了白纸，坟背插上了青柳。潘详君赞礼，我来读祭文，大家恭敬地向墓前行了三鞠躬礼。愤慨的苍凉的气息，此时围绕着我们大家。大家都静默着，眼看烧起的纸灰，飘飘似蝴蝶飞去。

我们祭毕，就齐赴西泠印社的还朴精庐开成立大会。西泠印社的还朴精庐，在春光明媚的当中，正占了西湖孤山上的最高位置，在那里可以看见湖波潋滟的荡漾，游舟自在地去来；也可看见那白堤苏堤的柳，正摇曳彼的柳条，好像来祝宣平旅杭学会的成立；葛岭的梅，也倩春风送了香气来，黄莺也婉转歌在桃树里：我们在这美丽而清华的当中，就成立了我们的宣平旅杭学会。

浙江第一师范回忆录

姜丹书

　　前浙江省立第一师范学校，为过去十余年前的一个寻常中等学校；然这个寻常中等学校，却具有几分"怪杰性"；所以学校虽成过去，而社会人士尚往往纪念着。

　　《越风》编者黄萍荪先生指定这个题目，向我拉稿，我以不文，且又不大好写，所以再三辞，无奈他亦再三拉，拉拉不已，我乃问曰："第一师范的遗老遗少颇多，何以偏要拉着我呢？"他笑而答曰："因为你任职最久，所知较详。"哦！讲到这里，我倒慨然自任，我的确是先第一师范挂招牌而进，后第一师范落招牌而出，一口气十足做了十四年的老饭桶（民国前一年起至民国十三年止），肚皮里不无些小掌故，姑效那唐朝的白发宫娥，闲话这第一师范。

第一师范的前蜕后化

民国元年春间新挂招牌的浙江省立第一师范学校的前身，就是同时新关门的浙江两级师范学堂。这个"堂"字和"校"，便显示着两代学制蜕化的痕迹。（前清各级学校，都称学堂，民国元年始改称学校。且所谓省立国立等字样，亦自民元起才有这个崭新的名目。）当时浙江十一府，各有一所省立师范，此十一之一的第一师范，本无他种特别，不过因得承袭前身所遗下的一笔大家产（两级师范是包含优级初级而言。——前清优级师范即民国学制所改称的高等师范，当时办有数学、理化、史地、博物、体操等专科，至民元易牌为第一师范时，犹带办一班高师图工科，故校舍甚大，各种设备甚富。——两级师范，先为三年制的，后改为五年制，初称完全科，旋改称本科师范），所以校舍特别宏大，设备特别丰富；又因居于省会，且承袭着历朝产出人才的贡院遗址，居然像煞个"大阿哥"的样儿。

可惜这个大阿哥的寿命，共只十二岁。到了民国十二年的下半年，因兴行"中师合并"制，被名叫"第一中学"者一口吞在肚子里。那时尚有正在肄业中半生未熟的几百个分子，就在这赛过晚娘的肚皮孕育而成。

第一师范的校长人物

民元，由前两级师范教务长经亨颐氏改任为第一师范校长，至民八寒假止，教厅改任王更三氏，再四辞未受职。又改任金布氏，未克正式接事。改由陈成仁氏代理一个月。嗣又改任姜琦氏继，至民九暑假止。改任马叙伦氏继，至民十一暑假止，改任何炳松氏继，至民十二暑假止。以后改组为第一中学。

第一师范的人格教育

民二三间，江苏省教育会首倡"职业教育"，浙江省教育会则相对的倡导"人格教育"，其时，浙江省教育会的领袖，即第一师范校长经亨颐氏，他曾以自己的教育主张，实施之于自己所绾的学校，熏陶淬励的结果，颇著一些成效。现在约略追述如下：

（一）校训为"勤慎诚朴"四字，平日训练，即以此四字为归。

（二）经氏自己的性情，殆可称为"刚直不阿，真实无妄"，就此以身作则。——下一些注脚吧：他对于"声色"，非常之端正。他对于"货利"，非常之干净。他对于"事理"，剖析得明白。他对于"用人"，大公无私，既信不疑。他对于"行政"，从大处着眼，先潮流一步，他所认为"是"的或"非"的，主张石硬，别人不易左之右之，所以他有"经钝头"的徽号。

（三）一般教师，都能切实训练学生，学生亦能心悦诚服地受训练。——其最大原因，一般教职员，都是久于其职者，能视校务如家务，爱学生如子弟，故学生的信仰心甚坚。

（四）五年"兵式操"，不弱于三个月"集中训练"。——当时第一师范的中队，练得形式严整，精神壮健，真可上得战场。且所用的是真枪，只要一声口令，不怕前面是泥洼，保管他们"扑"的一声整队困下去了！可惜五四运动以后，受着一般潮流，误信"欧战"结果，到底是"公理胜于强权"，乃从此软化下去了！现在想想，到底如何？

（五）学生一律是和尚头，一律是布制服，一律须自洗碗筷，一律能荷锄浇粪。——此皆今日之所倡导者，第一师范早得风气之先。

（六）尊重学生个性，使得向各方面发展；并不束缚其思想，只是加以适宜的指导。——因此，所成之材，各种都有。除大多数当然服务小学教育界及掌理县市教育行政为其天职外，颇有许多超群的党务人才、政务人才、军务人才、外交官、大学教师、艺术家、新闻记者以及和尚等，都是呱呱叫的。

（七）民七八间，浙江省议会有少数议员，提出自己加薪之议，一般民众敢怒而不敢言，此时一师多数学生联合他校同志，赴会旁听，意在监视，难免冲突，卒以打消，人心大快。其影响及于江苏省议会潜泯此议。——其实此时的学生，是居于民众地位而自动的，然而经氏从此遭忌了。是役也，茶肆清谈，称为"第一师范打省议会"，这个"打"字，似乎说得太严重一点。

（八）民八冬，经氏被解职时，学生信仰甚坚，官厅误会甚深，乃激成一个"大风潮"。初则学生请愿官厅挽留校长，再四不允，继而学生提出继任校长人选希望标准，又不纳，最后学生乃一致团结不散，而对内对外，秩序甚佳。直至民九春季开学后，官厅与学生间激荡已久，卒至官厅派武装军警数十百名，预备黄包车二百辆，武力解散，总以为可以一鼓擒拿，灭此朝食了；不料自鸡哥哥报晓时动手起，一直弄到近午，尚无办法。然而学生有何本领吃得住这个呢？唉！毫无本领，并不将自己也能"操中队"的武力来抵抗，只是一味"不怕死"的"精诚团结"，似乎所谓"无抵抗"的抵抗，这班小孩子，委实可怜而可佩的！其实呢，

223

岂有数十百个武装军警，当真会吃不落一两百个无拳无勇的学生
（寒假后人未到齐）之理吗？不然，不然，实因军警也是人，人心
是肉做的，肉做的人心总有理智及感情的，大约此时的军警，也
不得不发现出"理解力"及"同情心"，不肯过分"意气用事"，
闯出"流血"大祸来，对己对人对上官，三面都不是，所以弄成
相持不下的"围困式"的僵局。起初动手时，人不知，鬼不觉；
既而大门以外的闲杂人等知道了，然只是听得围墙之内，哭声震
天，究竟在内玩什么把戏，还莫名其妙；到后来，各校学生知道
了，乃如潮水般赶到解救，尤其当头炮的女学生，军警未便难为
她们，于是乎围解，哭歇，鲁仲连（值得纪念的中国银行已故行
长蔡谷卿先生）进，滑稽剧料理收场，已是暮色苍茫近黄昏了。
此事在今日看来，只是一副"颜色眼镜"害人而已。

第一师范的新文化运动与经校长下台

新文化运动起于北京大学，人都知道。就浙江说起来，恐怕
要算第一师范首先迎接这个潮流的吧？关于这个，也有一些故事
可谈。

一、四大金刚　当时直接推动文艺思潮者，是四位国文教
师——夏丏尊、陈望道、李次九及故友刘大白，一时有"四大金
刚"之称。喜之者恨不得抬他们上天，嫉之者恨不得打他们入地。
其实自视，仍旧是个"人"，并没成菩萨，也没变鬼！

二、过激党　民七八间，一般人对于党的观念，颠顸得很，
不问他是什么党不党，只要思想或言辞稍为新奇和激烈一些的，
一搭而括之都称他为"过激党"，那么不由你申说，第一师范自然

是个过激党的策源地了吧？

三、非孝　那时，一年级学生施存统，做成了一篇未成熟的白话文，在刊物上发表了，题目干脆叫作"非孝"。这个题目，却是可怕，他的说法，自然也不会健全，他非但是仅仅乎一年级的学生，并且据说他因受特别的刺激，所以如此现身说法的。然而此说一出，全国震惊，这固然是应有的反应；不过所奇者，这个垃圾担子，又硬推到姓经的身上去了！其实经氏非但不会授意，不会同情，而且其人其时正在山西太原出席"全国教育联合会"，做梦也没有想到！

四、独见　"非孝"的反响，就是"独见"。同时，学生之中有名叫凌荣宝者，他一见非孝之说，便立草一文，为有力的反驳，且特出刊物，洋洋数千言，当然是"非非孝"的主张。名此刊物曰"独见"，后来他的名字也就改为独见。这个独见的举动，固然也是凌氏自动的表白，与经氏无关。然而所奇怪者，当时一般流言，只闻以"非孝"的罪名来攻击经氏者，未闻以"非非孝"的令名来将功赎罪，而洗刷经氏或拥护经氏者也。

五、非孝、废孔、公妻、共产　这八个字，是当时攻击经氏最有力的工具。说道经氏是过激党的首领，非孝、废孔、公妻、共产是经氏的政策，此真冤枉极矣！经氏之孝，他的老亲友都知道。废孔吧，直至我走出校门时（民十三夏），那座固有的至圣先师牌位尚在大礼堂的楼上，并未劈开当柴烧。公妻吧，经氏对于男女之间十分端正，老友新友都知道。至于说到共产呢，我只知经氏不贪产，不蓄产，他不共人家的产，也无产可给人家共，如此而已。此皆十八年前的旧话，在今日看起来，真有点儿像"莫须有"云云的。

六、钝头钝到底　前面不是说过有"经钝头"的徽号吗，经氏平日倒是常有倦勤的表示，但至官厅真个要讽他辞职时，他倒反而强硬起来了。当时的督军是卢永祥，省长是齐耀珊，教育厅厅长是夏敬观。卢氏倒没十分成见，齐氏的颜色眼镜戴得最深，意气也最盛。夏氏顶尴尬，对齐氏，却如洋式媳妇见了凶阿婆似的，但对于经氏，又未便以准阿婆自居；况夏老先生是粹然儒者，而当时厅中对于中等学校校长是用聘任制，更不得不客气些，真要叹一声"好教人左右为难"！用尽苦心，面面不讨好。后来固然扪着鼻头，碰着几个钝钉子。

第一个钉子　齐氏嘱使夏氏转令经氏立即开除那非孝的学生，经氏说："该生留在校内，尚可积极地把他教好起来，倘若消极把他开除出去，谁再教他呢？既认为不好，又无人教他好，岂非永为不好的分子，妨害社会吗？"夏氏无以难之。

第二个钉子　齐氏再嘱使夏氏讽经氏辞职，经氏又说："校长我本不要做了，但我如要辞职，当然会自动地辞，不应该出于你的讽，现在我决不辞职，请你撤职罢了！你即刻撤，我即刻走。"

第三个钉子　官场做事，其时很不讲面子，但有时却很讲面子，齐氏视经氏确已如眼中钉，然因为他究竟是个绅士，未便干脆撤职，于是用"调虎离山"之策，嘱使夏氏下令调任经氏为教育厅的最高级职员。（名目已忘记，好像是全省教育咨议或顾问之类，总之名目很好听的。）那件公事上，当然有些戴高帽子的话……台端德高望重……堪以……云云。经氏又辞不受命，说道："本人既是'德高望重'，为什么又要叫我辞职呢？"

如此缠夹不清，难为了夏老先生，好像一个驼子，夹在两块台板之间，弄得啼笑皆非，结果就算是无形免职了事。

经氏交代，早已准备好，确是即日交卸。

接着委王，不受，再接着委金，受而不能视事，于是乎大风潮以起。

第一师范的艺技空气与和尚种子

第一师范的艺术教师，统而计之，不过五人，李叔同、金咨甫、金玉相、周天初及我，我的任期最长，贯彻始终，而且前后出头，所教的是图画工艺。叔同自民元秋起至民七夏止，所教的是图画音乐。叔同入山后，咨甫继其职，后来添一个玉相分任图画，再后来又添一个天初分任图画。

第一师范艺术空气之浓厚，大家都知道的，这个风气之所以造成，自以叔同为首功，我不过追随其旁。其他诸友能继其绪而不坠，一般成绩，大概皆能超出乎寻常，几个天才学生的成绩，真能加入几等，如今日已相当成名者。图画方面，如丰子恺、潘天寿；工艺方面，如何明斋、王隐秋；音乐方面，如刘质平、袁一洪等（高师图工科的专门人才不计），皆成了专家。他们之所以成功，原是由于出校以后的努力居多；然而第一师范总是一个入道之门。

当年之艺术家李叔同，即今日之高僧弘一法师，他已成为将来续高僧传里的一个重要人物了。他真有魔力，他真有神通，他当艺术教师时，能使学生信仰艺术；他做和尚后，又能使具有宿报的学生学他做和尚；第一师范毕业生之做和尚及为居士者，颇有几个呢！弘一法师的成就固多，而毕业生中效法他出家的大愿法师（杭州弥陀寺）、蕴光法师（天台国清寺）等，亦皆有守有为，不同凡僧。

227

第一师范的学生自治与毒案

提到"毒案"二字，我便觉得心跳起来，汗毛孔张起来了。一餐夜饭，六小时以后，两三天之内，死了廿四人，病了一百九十余人。廿四口棺材排队，排在雨天操场内，六口一排，共计四排。后来东窗案发，据说是半瓶砒霜作祟，结果，又囚毙一命，绞死二命，事隔多年，更枪毙一命。

此事之前因后果，大略如下：

民十前后，就流行"学生自治制"，第一师范当然迎合这个潮流，实行开放学校管理权，而实行学生自治。一年级学生有名俞尔衡者，掌管自治会里的经济，因挪用亏空，被全体同学指为"吃铜"，要求校长开除。校长何炳松氏宽厚为怀，不肯逮而开除，只令俞赶紧设法自行弥补，此亦可谓维持调护，不失教育家的态度，其时为民十一年冬，将近放寒假之事也。

不料民十二阴历正月初十外，俞尔衡虽从诸暨家中回杭返校，而仍无钱可以弥补。约于正月十七日春季开学，至正月廿二日，忽起滔天大祸，即是日夜饭，吃者二百余人（初开学，人未到齐，吃者教职员及校役少数，学生大多数），无不腹痛如绞，大吐而特吐，这许多人，集中倒卧在大礼堂及另外几室的地板上，哭的哭，滚的滚，一片惨状，难以形容。及半夜十二点顷，死一人，既而又死一人，既而又死一人，陆续死下去，直至第三天共计死去二十四个活泼鲜跳的小伙子（其中校工二人，学生二十二人）。那时是星期六的晚上，初由校医应付，无何措手，立延几个医生帮忙，仍无所措手。至翌晨，由近及远，传遍杭城，观者如潮，闻者咋舌，真不啻天翻地覆，疑神见鬼。西医自动加入救护者数十

228

人。再翌日，声浪已传至上海，加之校中函电告急，故英美德日各国医生赶至观察及参加解救工作者亦有数人，然而最奇怪者此时解救只管解救，仍不知犯的什么病也。因为事发之后，固将当时剩余之饭，送请医药专校及浙江病院等处化验，然至第三天始得确认饭中有多量砒毒也。

这许多砒毒，果胡为乎来哉？不用说，这个奇事出来之后，负有职责的检察官、侦探员，一齐上学校行使职权。毒既在饭，那自然不管三七二十一，先将烧饭司务捉将官里去再说。于是乎由烧饭司务名叫钱阿利、毕和尚二人供出系学生俞尔衡威吓利诱，唆使他们放的毒药，于是乎俞尔衡亦捉将官里去，后来严讯之下，又知毕业生俞章法亦系从谋，于是乎俞章法也捉将官里去了。

这笔官司，经过多少侦讯，多少辩护，一审，再审，三审，终究判决，俞尔衡、钱阿利、毕和尚皆处死刑（毕和尚先已病死狱中），俞章法等有期徒刑。民国十三年二月十二日执行俞钱二人绞决。俞章法因了数年，迟早本可重见天日，后来又犯了越狱杀人等罪，且已改变姓名逃往四川数年，本又可以隐瞒过去，不知怎样，他忽然回诸暨故里，更作什么活动，被人告密，再被执而枪毙。

凡事每当图始之时总不免有多少牺牲，此牺牲，自然是为了试行"学生自治"初步的颠踬。有些人责备何校长的废弛，其实讲句公道话呢，亦不能深怪何氏。一则此种事变，真是世界少有，即使真有神仙，亦难逆测预防；二则此种事变的近因，固如上述，然以远因而论，岂是一朝一夕之故？不过何氏当年，刚好晦气，遭些冤怨，亦只好忍而受之。况就实情而论，非但为校长者当然心痛，即我等为教员者，亦自谴教导无方，致阶此祸也。

当时曾有一种流言，说是这个举动，具有政治背景的。因俗呼"一师"的名称混同，而下错了毒手！盖当时"第一师范"因缩称"一师"，而第一师范隔邻的"陆军第一师"亦缩称"一师"。这个流言如何解释？究竟有没有道理，恕我非神非仙，不懂不懂。

记载这件奇案之文字，有一本书名叫《浙江省立第一师范学校毒案纪实》，此书系本校出版，撰载当时事实的。其中载有医专校毒物鉴定书及医生宣言等，但出版之时，司法方面尚未判决，故未载及判决书。查第一审判决书载在民十二年八月十六号以后数日的《申报》，第二审判决书载在民十三年五月一号以后数日的《申报》。至于第三审的判决书，已失考。附记于此，以备研究现代教育史家参考。

关于第一师范种种，就我记忆所及，仅止于此了。至于挂漏之处，自然难免；不过大体上总可以说不差了。

杭城情结

第四辑

杭州之得名

钟毓龙

杭州本为秦之钱唐县。故我说杭州之得名，先说钱唐之得名。

钱唐之得名有三说：

一说 《淳祐志》释文云：唐者，途也，所以取途达浙江者。其地有筏氏居之。筏，古"钱"字，因以为名。

一说 《汉书》《晋书》地志皆曰："武林山，武林水所出。"阙骃曰："武林山出泉水，东入海。"所谓武林水，所谓泉水，即今灵隐南北两涧所合之水。秦时西湖，犹为大海之一湾，受潮汐之冲击。居民筑塘以捍之，故曰泉唐。王莽改曰泉亭县，仅改其一字也。唐代避国讳，加土为塘，始作塘。

一说 防海大堤在县东一里。郡议曹华信，议立此塘以防海水。始开募，有能致一斛土者，与钱千。旬日之间，来者云集。塘未成而不复取。于是载土石者皆弃之去，塘因以成。故名钱塘。此说见《钱唐记》，刘宋时刘道真之说也。其所谓钱，则钱币之钱，非泉水之泉矣。又《世说新语》刘孝标注引《钱唐记》曰：

"县近海，为潮漂没。县诸豪姓敛钱雇人，辇土为塘，因以为名。"此则仍是钱币之钱，非泉水之泉，唯筑者非华信耳。

综上三说，《淳祐临安志》之说想必有所本，而疑于附会。华信及豪姓之说，似矣。然秦始皇立县，已名曰泉唐。华信系汉人，何得以后加前？自宜以第二说为是。盖濒江海之民，以土御水，是其常识。灵隐山下之有塘，可能之事。不必俟之华信等始有塘也。华信所筑之塘，亦不在灵隐山下。

至于杭州之得名，则始于隋而在余杭。

余杭为秦始皇所立之县。其得名有两说：

一说 夏禹八年，南巡至此，因名禹杭。杭者，方舟也。禹至此造舟以渡。越人思之，且传其制。后讹禹为余。

一说 禹由此渡会稽，舍其余杭于此，故名。

按以上两说，以后说为直捷。秦时作余杭县，不作禹杭，无所谓讹也。然杭之为舟，则两说皆同。

隋于余杭县置杭州。杭之名取之于县，而即以县为州治所在。后乃移州治于钱塘。唐以后，钱塘遂专杭州之名。

美术的杭州

林风眠

一 释题

我们知道，属于美的，有天然美、人工美，以及创造美之区别。天然美是天生地设不加一些人工而自然美妙动人的；人工美是在天然美之外，加以人工之改造或补充而成的；创造美是完全由人类的力量，在固有的美的对象之外，创造出一种新生的美来的。

这三种美，虽然在质在量各有不同，却差不多到处都有；杭州自也不能例外。本文就是以此三种美的对象为依据，而谈杭州的过去、现在，以及未来的。

我们谈到杭州，就立刻会想到西湖，唐代的白乐天也告诉我们："未能抛得杭州去，一半勾留在此湖。"这因杭州的精髓不在城市，而在西湖。所以我们的题目虽是"美术的杭州"，在我们的心目中，则不期然而然地就成为"美术的西湖"了。

二　美术的杭州之过去

关于杭州的美，明嘉靖间钱塘田叔禾说："杭州内外及湖山之间，唐以前已三百六十寺；及钱氏立国，宋朝南渡，增多四百八十二，海内都会未有加于此者。"为什么海内都会没有比杭州西湖的寺院更多的呢？大凡宗教是离不开艺术的，他们时时想到利用艺术以组织社会人士对于他们的信仰心理，因为信仰宗教是感情的表现，艺术则是最能摇动人类感情的；如果把艺术放在美的环境中，岂不将使艺术的感动力更有力量吗？所以，杭州西湖之寺观林立，正是杭州西湖比别个地方更为富于天然美的明证。

换句话说，西湖也正因为寺观更多于别地，故于天然美的富饶外又增加了一种更多量的人工美与创造美了！

关于西湖之天然美，此地暂且不谈；关于西湖的人工美，也有我们另外的细目；我们此地且先从创造美的过去谈起罢。

西湖，无论一石之微、一亭之小，实在都各有其娓娓动人的掌故。所惜者掌故是属于历史同文艺的；亭台楼阁因用材不出于草木陶土之故，存者不多；大体尚存或整体保存至今，而足以归入于美术品之列者，就只有较有耐久性的雕刻同浮屠了。然而就这一点也尽够我们留恋不舍了！

西湖可归于建筑艺术中的塔，大约尚有六幢。

过去的杭州，我们早就看到了的，是宝石山上的保俶塔。关于此塔的建筑有两说：一说谓吴越王钱镠时，吴延爽请东阳善导和尚舍利，乃建九级浮屠于宝石山巅。到宋咸平年间，僧永保重修导，行人时呼永保为师叔，其塔因称保叔塔。一说谓钱王俶颇得民望，北宋时曾入觐，留京数月，居民因思而建塔，名保俶。

塔原九级，宋元祐至元至正凡再毁，由僧慧炬建，已至七级，现存的为万历二十年所重修。

与保俶塔遥遥相对的原有雷峰塔。这也是吴越王时代的建筑，近年虽塌毁，但在各处我们都可以看到它的遗影。保俶塔挺秀纤丽有美人之目，雷峰塔则作风古朴端庄，故有"老衲"之称。

南高峰原有七级浮屠，建于晋天福年间；北高峰原也有七级之塔一幢，建于唐天宝年间。今俱毁，但留其废址以资凭吊而已。

在灵隐寺飞来峰前龙泓洞口，现在还有一个小塔，原名灵鹫塔，为晋时西僧慧理所建，今名理公塔。该寺大雄宝殿前左右两小塔，为吴越王所建"四石塔"之残存物。此三塔纯以石建，饰以雕刻，尚可考见两晋五代间雕刻之遗风。

矗立于钱塘江边，迤山隔湖而与保俶塔遥相呼应者，厥为宋开宝三年智觉禅师所建之六和塔。此塔原有九级五十余丈，宋宣和中，毁于方腊乱变，绍兴二十二年僧智昙复将其改为七级，至明嘉靖三年又毁，今存者当为嘉靖后之重建品。

西湖之古代雕刻甚多，其尤令人注目者约有三处：烟霞洞石罗汉，相传晋时已有六尊；至吴越王时，又补十二尊，共为十八尊；其洞口千官塔，据《西湖新志》引《定香亭笔谈》云，"吴越千官塔在西湖烟霞洞口，乃就岩石凿成"云云。然此种塔像及罗汉，其作风有远不及洞口近代所刻之观音像者。

于忠肃公谦之墓，在西湖三台山旁。于为明英宗时人，《西湖游览志》谓其祠建于弘治七年（约当西元一四九四年）。于墓前有石人石马各数只，其较久者刻风深沉精练，远为后世不及，不知此物果为明时物否？

西湖雕像最多，精者应推飞来峰。此峰历史颇久，在晋咸和元年，西僧慧理即有："此乃中天竺国灵鹫山之小岭，不知何以飞来？仙灵隐窟，今复尔否？"之语。宋代《临安府志》云："龙泓洞畔有人凿住世罗汉十六尊。"《西湖游览志》云："皆元浮屠杨琏真伽所为也。"盖此处之雕像，宋时已有，而元代亦有补刻者。

三　西湖古代建筑雕刻之保存

西湖的古代美术品，自不止如前节所举之寥寥；如果照最近过去那样的置之不顾，则上举之寥寥数端，恐亦将凋零不能久存了！

飞来峰的雕刻可以说是西湖的精粹，其临灵隐寺之一面，自麓至顶，自表至里，满布以宋元以来的大小雕刻物。过去呢，在洞中的，有些被人凿去了头面，有的被无识的僧侣满涂以金漆；在洞口上者，已为大自然的力量侵凌到几乎渤破的地步；在对灵隐寺天王殿之一面，则满盖了杂树荒草，有些竟因植物根部逐渐膨胀，弄得手裂腹绽！

于墓的石人石马，不论其年代如何，总算是纯中国风的雕刻佳品。过去也因无人保护，有些地方竟旦旦为村儿樵夫所凿毁！

灵隐龙泓洞口之理公塔，过去是善人们焚毁字纸，及清道夫焚烧树叶的处所！

雷峰塔，昔年屡有重建之说，至今仍未见诸事实；如果再有若干年不修，恐连现在尚可常见之原塔摄影也将不可复见了，彼时将何由保持其原有作风呢？

四 现在之西湖整理工作

自赵志游先生掌杭州市政以来，知杭州繁荣系于西湖，而西湖之荒废向为人所不注意，故对西湖整理颇多成绩。其有关于美术者约略有三：

西湖风景固向为人所乐道，唯亦有其缺点。此种缺点之一，是太嫌平坦。湖面自属平坦，其中虽有孤山，亦不过蕞尔一屿，且因其距离葛岭太近，直使人不觉其为水中之屿，但觉其为陆上之山；湖周三面均山，而高度无甚上下，且均多漫坡，绝无奇峰笔立者！因此，南北两峰虽较群山无甚出入，亦为清人视为奇景之一。

能救西湖过于平坦之病者，唯有雷峰顶端之雷峰塔，及宝石山巅之保俶塔。

自雷峰塔坍倒以后，则唯保俶是赖矣！

保俶塔早有补修之议，迄未见诸实行。今已由市政府于前月兴工，预计明年桃花放时，此塔当焕然一新，将与游人相视嫣然而笑！

西湖自汉人建塘，白乐天作函以来，中间屡有修浚。唯自宋王钦若请以西湖为放生池而降，西湖乃日为淤泥所塞！尚忆一九二九年西湖博览会开会时，适值天久不雨，西湖水浅泥出，钱王祠及三潭印月一样，淤泥成屿，鹭凫栖止，时人大有沧海桑田之感。虽旧置有起泥机，亦久抛于净慈寺前，几化为锈铁矣！

自今春以来，前此置而未用之泥机，乃时见橐橐鸣声起于湖中，且亦时见有泥工数百人，日事掀淤泥，捞水草，今则湖水一碧，与天共色，快人眼目不少！

试与凡曾旅居北平者语，动辄赞叹北平不置，问其何为赞叹？则谓除建筑外，几处于有趣之公园中，实有使人流连忘返之意。西湖本身为一大公园，表面上似不必再有公园之设置；然西湖及其山岭固足供人浏览，庙宇及其别墅固足供人憩止，而一则往返需时，再则多少总须破费，三则事为老弱所不能胜，故仍有于居民较近之处，设置公园之必要。

西湖之公园，已有者为孤山下之故行宫，及湖滨路之杭城故基。前者在西湖之内，远不如各项别墅，且到西湖上者亦不必有流连此园之余暇。后者地址适宜，唯面积太狭，不能称为公园。自赵市长来任后，乃将湖滨第五公园之末，就原有大空地上，筑有第六公园，置花畦，建小亭，杂栽花木，广辟通路，使碧草如茵，花荣如锦，广袤虽不甚大，而布置则俨然有与北平各园并驾齐驱之势；特别是从他处移来之石刻数种，矗立草际，点缀其间，颇与西湖全部之感觉相谐和！

他如道路之修筑、湖塘之补整，以及白堤两旁之铺草植花，则其余事。

五 现在之西湖艺术教育

西湖之天然美，固曾为宗教家所利用；西湖之人工美，固曾为有心者所增益；而西湖之创造美，则看西湖国立艺术院成立以来，始见有焕发之气象。

一九二八年之春国立艺术院举行第一次开学典礼时，那时的大学院院长蔡孑民先生，有这样几句话："自然美不能完全满足人的爱美欲望，所以必定要于自然美外有人造美。艺术是创造美的，实现美的。西湖既然有自然美，必定要再加上人造美，所以大学院在此地设立艺术院。"

本校校址现在所占的是罗苑、三贤祠、照胆台、苏白二公祠、朱文公祠、启贤祠、莲池庵、陆宣公祠等处，南面隔湖可望南山诸胜，与湖心亭三潭印月为比邻；东依平湖秋月，右可望第六公园；西趋西泠桥可望北山诸名迹；中夹白堤马路，为游湖者必经之途；北靠孤山，而隔湖可见初阳晓曦及保俶古塔。蔡先生诚不欺我矣！

本校原设有绘画、雕塑及工艺艺术三系，本年秋季添设音乐系，并拟于明年秋季加设建筑系。本校教员均为积学敦品之学者，读者当已于历年本校在上海、南京及日本所举行之展览会中目睹其作品，是非自在人心，固不必作者代为卖弄。本校学生，因为宿舍所限，本年度只有三百余人，唯孜孜于学业之进步，其势殆有不可侮者。

西湖向为沉静之空气所笼罩，益以古人胜迹大有令人玩味不尽者，故办学于此，虽其天然之美足为陶情养性之助，而每有使体魄益柔使精神益萎之可能。因此，本校于艺术之技巧练习与思想表现，时以精悍焕发之风度为旨趋；于体育之提倡，亦不敢后人。读者设曾亲睹本校之展览会，当知本校同学之艺术作风，每现有英明迈进之气；读者设留意杭州体育消息，当知本校同学之体育声誉，骎有驾凌杭州各校之势！

总之，西湖之美，余校无不尽量吸收；西湖之病，余校亦无不尽量纠正。此盖不特艺术教育为然，不特在西湖上之艺术教育为然，各地各种之教育皆应尔耳也。

关于校务，余不欲多言，以免蹈近人铺张扬厉之弊，余固甚望读者能尽量批评之也。

六 对于美的杭州之希望

我们觉得，西湖不论其在历史文化上，不论其在杭州居民生计上，更不论其在古迹保存及艺术教育上，都有加以整理与繁荣的必要。

关于西湖在中国历史上的地位，本刊有《历史的杭州》一文；关于西湖在中国文化上的地位，本刊有《浙派文艺及金石书画》一文，读者尽可看出其不可等闲忽视的价值。

我们知道，杭州市在最近数十年来发展得很迅速，而其所以能很快地发展成为中国不可多见的新都市的原因，大部分要靠着西湖。我们看，杭州的绸缎、茶叶、雨伞、竹筷、纸扇以及其他土产，不是在春秋两季生意销得最多吗？杭州的旅馆、酒菜馆，不是在春秋两季生意最好吗？为什么呢？不是因为在春秋两季是西湖景色最好、游人最多的时候吗？

清代曾把它最得意，也是它对中国文化最大贡献的《四库全书》分配一部在西湖上；古往今来许多有名的著作都是在西湖上写成的；佛教自然利用了西湖的天然美，把它的伽蓝纷纷地建筑在西湖附近；就是儒家的若干学者也都留恋于西湖，这是为什么呢？不是因为西湖的安静舒适，很宜于读书写作吗？

特别是在中国的雕刻方面，西湖确是中国古代雕刻的一个重镇！别处的中国雕刻大半都被毁弃得不像样子，西湖的雕刻虽然也在被弃置之列，究竟还毁得并不如何厉害。

因此，我们希望我们的国家，能略微留意到西湖对于中国之历史的、文化的、经济的、古迹的、美术的以及教育的关系，在最近的将来，至少要办下列诸事：

一、划西湖为文化艺术区，建筑大图书馆、美术博物馆，使中外游人一接触西湖即如已触及中国固有之文化与艺术。

二、以最大的力量清理飞来峰及孤山一带之荒草杂树，使古迹艺术品不致为自然力所侵凌。

三、恢复一切古代的建筑，并增加保护古物之建筑，使西湖成为更伟大之美术博物院。

四、彻底清除湖底积淤，使湖水不致再有污浊之患。

五、鼓励有关西湖之美的文艺描写及文艺表现，使西湖之美借以表扬。

六、加重西湖工程局之职权，并聘请海内外艺术名家，从事于"美的杭州"之设计。

杭游杂感

宋春舫

上有天堂，下有苏杭，从这句话看来，苏州和杭州人的生活，一定是十二分的舒服。

可是这一天，我从杭州回来得到的印象，是至少有一部分人，在杭州，不但不能过舒服日子，而且简直是在地狱里面。

这一部分人是谁呢？便是到杭州去游历而住在杭州各大旅馆中的游客。

白天呢，倒也平平稳稳地过去，同普通人没有多大分别。他们也许逛虎跑寺，入黄龙洞，泛舟西子湖中看不尽山光水色……可是一到晚上，夜阑人静的时候，恶魔即便追踪睡魔而来了。

"恶魔是谁？"有人问，"是不是臭虫？"

……

据最近调查，杭州的私娼，至少有三千多户。

"住了！这三千多户的私娼，难道都是'红粉骷髅'，个个天魔恶煞吗？那还了得！"

咳！这些可怜虫，哪里有做天魔恶煞的资格。她们不过是天魔恶煞的走狗、工具和傀儡罢了。

以下便是我朋友王某告诉我的：

前晚我和内人坐沪杭夜车赴杭，到杭以后，就在旗下某大旅馆内，开了一个房间。

钟鸣十下，我们正想脱衣睡觉，忽听得门外一阵皮鞋声！

"快开门！"

我开门一看，原来是五六个武装巡警。其中有一个，不晓得臂上或者肩上多了几条已经起了乌光的金线，算是个巡官，睁着眼，向我问道：

"那一位是谁？"

"是内人。"

"跟我来！"

于是我跟着那巡官，走到外边一间小屋子里去。

我这里要补充一句话，我的妻子，虽不是续弦，因为我当时抱定男子三十而娶，女子二十而嫁的宗旨，所以她比我年纪轻了十岁；而且她的相貌，也还不差。（这一次，可是文章别人的好，老婆自己的好了。哈哈！）我呢，又格外生得苍老，所以人家常常容易误会我们两人不是正式的夫妇。

"你那位妻子，是几时娶的？"

"已经有五个年头了。"

"有没有儿子？"

"没有。"

"怎么还没有儿子呢？"

"？"

"你今年几岁了？"

"三十五岁。"

"你几岁上娶亲的？"

"三十岁。"

巡官觉得我的"口供"很老练，"无懈可击"。正有些失望了，忽然又说道：

"你老实说，她是不是你的姨太太？"

"我向来是反对纳妾的。"

回到房里，妻子向我抱怨不已。我才知道她也经过一番同样的"优待"。幸亏我们没有丝毫破绽。

"现在我们可以高枕无忧了，睡罢。"我说。

"快开门！"

茶房的声音："这里刚才已经查过的了。"

"不相干，快开门！"

我只好睡眼蒙眬地再披了衣服来开门，眼看着又进来了五六个武装巡警，如法炮制地把我们审问了一番。

不觉钟鸣两下了。

经过此次风浪以后，我们两人，便和衣而睡；果然第三次又来了，接连着第四次、第五次。等到第五次巡警出去以后，窗上渐渐地透出些白光，鸡鸣不已，远寺的钟声，晓风吹着，不断地送进耳鼓里来。——我向妻子说："我们还是上初阳台去看日出罢！"

……

有人听了我朋友的一番叙述，不觉喟然叹道：

"你还是一个比较的幸运儿，居然一毛不拔，被你混过去了。"

钱是小事……但是我是始终以为住在杭州旅馆中的旅客，夜间简直是在地狱里面过日子。你想连眼睛也不许你闭一下，那种侵犯个人自由的举动，真所谓无微不至。只有吾们中国人，肯受这种气。我同时还有以下几种的感想：（一）何以杭州的巡警，这样认真办事？答：因为查到了私娼，便有罚款。（二）杭州每年旅客，何止千万，何以无人起来反对？即不然，何以没有人提议：把公娼制度恢复过来，寻花问柳的人，就可以堂而皇之地宿娼，再没有人敢半夜来干涉了。但是要知道私娼如果绝迹，那笔巨大的罚款，便无形取消。有人说：公娼恢复了以后，便可以将花捐来抵补。但据吾人所得的报告，花捐数目，哪里有罚款那么多！——而且报销起来，花捐是要涓滴归公，罚款是可以随随便便。所以照现在情形看起来，即不高唱禁娼的口号，公娼永没有再见天日的日子，也就是旅客永没有再见天日的日子。而私娼的数目，却一天多如一天了。

又有人说：杭州市政当局，头脑很清，思想很新，岂不知道游客事业直接有裨市政，间接可以发展工商业。譬如瑞士，全仗游人立国；日本游客业的收入，可以抵过海军支出。并且去年年底南京内政部，因为华侨方面有人建议，曾行文到杭州市政府，令其设立游客局。但是我们要知道，杭州市的警察，不隶属于市政府的，游客事业发达，那是市政府的好处，与别人有什么相干。吾们不能因为市政府和地方上工商有益处，便要叫杭州的巡警去喝西北风。

又有人说：市政府方面提倡游客事业，巡警方面拼命地和旅客过不去，这岂不是自杀政策吗？咳！自相矛盾之处，中国正多着呢；到处都有，杭州既非化外区域，安有例外？

　　但是谈到例外，杭州本城就有。——何以一班巡警，从未光顾西泠旅社及新新旅馆呢？莫不是因为他们远在里西湖吗？非也，中国人只要有钱可拿，南非洲猪崽都肯去干，那一些路算什么？西泠旅社中人告诉我："对于旅客，一切不合规则的运动，我们的旅馆是负责的。"真好大的胆量！实际上因为那两个旅馆内，有的是碧眼黄髯儿，罚款拿不到手，还是小事，反而引起国际交涉。中国人何等聪明，偷鸡不着，掷了一把米的事，是向来不干的。

杭 州

曹聚仁

　　我说过："杭州是我的永久怀念，不仅是第二故乡。"我在上海住了十五年以上，在香港住了二十多年，我的心魂总是属于杭州的。不过，我之成为杭州通，还是三到杭州在孤山任职以后。一师五年，几乎连走马看花都不是；只有在毕业那年初夏，同学们都到上海、南京、南通去参观，我呢，一则没有钱，二则要准备高等师范入学考试的功课，仍在杭州留着，才有认识杭州的机会。

　　一师，地处杭州下城贡院前，我们的生活圈，便局限于下城这一角。假日出校门，新市场（旗营）便是我们的活动外围。我个人还有一个小圈子，便是出凤山门，到南星桥一带去，那儿有一家隆昌火腿行，便是我们家乡人托足之地，有的还是我的至亲。在那儿，我学习了许多有关火腿的知识。可是，那有名的六和塔，我只到过一次。杭州城外的山水胜游，花坞、西溪，实在比九溪十八涧更幽静，更秀丽些，我却没有去过。我还该特别提到的，城南的凤凰山。旅杭的朋友，千人之中，不会有一人去过；可是，凤凰山乃是古余杭的府治，南宋的皇宫所在；元人入杭，宋王宫被彻底焚毁，城南便衰落下来了。（此间陆小洛兄，他是杭州人，一师附小学生，他一定会同意我的说法的。）

　　我离一师的前夕，忽然动了野兴，和几位同学到凤凰山去。——凤山门，在城南，与北关门对，俗称正阳门。又东南二里许，宋有嘉会门，南近凤凰山为禁垣，北阙有和宁门。入和宁门，通大内（故宫），直南有丽正门。杭州城垣，创于隋杨素者，周广三十六里有奇。广于（吴越王）钱镠者七十里。元时，禁天下修城以示一统，而内外城隍，日为居民所平。（元）至正十六年，张士诚陷姑苏，据浙西五郡。十九年，发松江、嘉兴、湖州、杭州民夫复筑焉，昼夜并工，三月而完。城周六千四百丈有奇，高三丈，厚视高加一丈而煞，其上得厚四之三焉。旧城包山距河，故南北长时，则自艮山门至清泰门以东，视旧则拓开三里；而络市河于内，自候潮门以西，则缩入二里，而截凤山于外（见贡师泰所记）。南宋杭州热闹市区在城南："民间市楼之有名者，曰三元，曰五间，曰熙春，曰赏心，曰花月，曰日新。其厨店分沽，则有严厨、翁厨、任厨、陈厨、周厨、沈厨、郑厨、康沈银杓等店。每楼各分小阁十余，器皆银饰，各有私名妓数十辈，凭槛招邀，谓之卖客。（下略）"旧日繁华景物，到了明清二代，已经不见了。宋代官署在正阳门北；杭州府署，吴越王以前，在凤凰山下，宋南渡后，取为行宫。这便是我们那回泛游之地。旧记称"夹城巷，东通递运所，四达之衢，市廛殷阜，肩摩踵接"。都已化为陈迹了。

　　吴越钱氏之建国也，筑城"自秦望山，由夹城东亘江干，薄钱唐湖、霍山、范浦，凡七十里。城门凡十，曰朝天门，在吴山下，今镇海楼。曰龙山门，在六和塔西。曰竹车门，在望仙桥东南。曰新门，在炭桥东。曰南土门，在荐桥门外。曰北土门，在旧菜市门外。曰盐桥门，在旧盐桥西。曰西关门，在雷峰塔下。曰北关门，在夹城巷。曰宝德门，在艮山门外无星桥。盖其时城垣南北展而东西缩。唐乾宁间，杨行密将攻杭州，携僧祖肩，密来瞰城，祖肩曰：'此腰鼓城也，击之终不可得。'"此记可做备考。

那几回的爬山过岭，我们发见了古杭州的史迹。"杭州之名，相传神禹治水，会诸侯于会稽（绍兴），至此舍杭登陆，因名禹杭。至少康，封庶子无余于越，以主禹祀，又名余杭。"（《说文》："杭者，方舟也；方舟者，并舟也。"所谓方舟，即今浮桥是也。）我们在城北所发现的夹城巷，五六百年前，原来是当年最热闹的街市；当年还有夹城八景图的画卷。八景者：一，夹城夜月；二，陡门春涨；三，半道春红；四，西山晚翠；五，花圃啼莺；六，皋亭积雪；七，江桥暮雨；八，白荡烟村。词人聂大年、王洪都有题咏，且各举一词如次：

斜日照疏帘，雨歇青山暮，白鸟鸣边一半开，杳霭和烟度。　楼上见平湖，影隔青林雾，吹断鸾箫兴未阑，月照芙蓉露。（王洪《卜算子》）

一抹斜阳低远树，分明翠敛西山。苍苍松桧锁禅关，疏钟残磬里，倦鸟亦知还。　谷口樵苏归路晚，六桥流水潺潺。行人指点有无间，天风吹散尽，露出豹文斑。（聂大年《临江仙》）

从词意看来，当年的夹城八景，有着西湖十景的情趣了。可惜，单不庵师已经到北京去了；我的访古工作，得不到他的指示了。

我说过，我到杭州第一天，便从湖滨乘渡船到了岳坟船埠；可是有关秦桧、岳飞和宋高宗这笔历史账目，也到一师毕业那年，才开始来仔细理会。我研究历史，沿袭了王船山的《读通鉴论》的史法，不好奇立异，做翻案文章，但求一个真实。这儿，我且举一个小例：

《系年要录》："绍兴十二年三月，上（高宗）谓大臣曰：'朕兼爱南北之民，屈己讲和，非怯于用兵也。若敌国交恶，天下受弊，朕实念之。今通好休兵，其利博矣。士大夫狃于偏见，以讲和为弱，以用兵为强，非通论也。'"

"绍兴十八年八月，上顾秦桧曰：'此卿之功也。朕记卿初自金归，曾对朕言，如欲天下无事，须是南自南，北自北，遂首建讲和之议。朕心固已判然，而梗于众论，久而方决。今南北罢兵，已六年矣。天下无事，果如卿言。'桧顿首谢曰：'和议之谐，断自宸衷，臣奉行而已，何功之有？'"

"绍兴十九年九月，上命绘秦桧像，自为赞曰：'惟师益公，识量渊冲；尽辟异议，决策和戎。长乐温清，寰宇阜丰；其永相予，凌烟元功。'寻出示群臣，藏于秘阁。"

"绍兴二十五年十月，秦桧薨，年六十六，遗表略云：'愿陛下益固邻国之欢盟，深思宗社之大计，谨国是之动摇，杜邪党之觊觎。'"

"绍兴二十五年十二月，上谓魏良臣沈该、汤思退曰：

'两国和议，秦桧中间主之甚坚，卿等皆尝有力，今日尤当协心一意，休兵息民确守不变，以为宗社无穷之庆。'"

《朱子语类》：问："秦相既死，却如何不更张？又和亲？"曰："自是高宗不肯，下诏云：'和议出于朕意，故相秦桧，但能赞朕；今桧已死，中外颇多异论，不可不戒约。'"

这是我手中所拿着真实文献，拿着出了校门的；也可说是我治史的初步，从杭州本身研究起的。

忆杭州

艾 青

九年前的这些日子——

每天，在吃稀饭以前，不论是晴天还是细雨罩住湖面的早晨，我常是一个人背了画具，彳亍在西湖的边上，或是孤山的树林间，或是附近西湖的田野里，用自己喜爱的灰暗的调子，诚挚的心，去描画自己所喜爱的景色。那时的我，当是一个勤苦的画学生，对于自然，有农人的固执的爱心；对于社会，取着羞涩的嫌避的态度；而对于贫苦的人群，则是人道主义的，怀着深切的同情——那些小贩，那些划子，那些车夫，以及那些乡间的茅屋与它们的贫穷的主人和污秽的儿女们，成了我作画的最惯用的对象。

因为自己处境的孤独，那种飘忽与迷蒙，清晨与黄昏的，浮动着水蒸气的野景，和那种为近海地带所常有的，随气候在幻变的天色，也常为我所爱。

除了绘画，少年时代的我，从人间得到的温热是什么呢？

我曾凝视过一个少女的侧影，但那侧影却不曾在我的画册上留下真实的笔触之前就消隐了。

我曾徘徊于桥头，曾在黑夜看过遥远的窗户上的灯光。

就在那时，我开始读了屠格涅夫，而且也爱上了屠格涅夫。

西湖，是我的艺术的摇篮，但它对于我是暧昧的、痛苦的。它所给我的，是最初我能意识的人生的寂寞与悲凉——我如今依然很清楚地回忆到，在一个细雨的冬天的早晨，寒风从那些残败了的荷叶丛中溜过，我在一个墙角，曾落下了冰冷的眼泪。

杭州是可咒诅的了。

第二年的春天，我离开了杭州。想起它时，只是充满了懊丧与埋怨。

大海的浪，冲去了我心中的那种结郁，旅行给我以对于世俗的忘怀。

我所住的不再是那中世纪式的城市：机械与人群的永不休止的呼嚷，使我忘去了孤独，生活影响了我的思想，也改变了我的审美的观念，我开始使自己了解人类文明的成果，我能用鲜明的对照的彩色来涂抹我的画册了。

几年后，我曾几度在旅行中经过杭州，每次经过时，也不知由于畏惧呢还是由于憎厌，心底里像有一种隐微的声音催促着我："不要停留啊，不要停留啊……"就像我是从它那里逃亡了似的。

今年九月，我又在杭州住下了。

它仍是使我感到沉闷、窒息，难以呼吸。

我仍是用逃避的脚步，在街上走着，在湖边走着。

西湖没有什么变化——迷蒙，飘忽，柔软。人们依然保持着中世纪的情感在过着日子。一种近似伪饰的安闲浮泛在各处。

战争并不曾惊动他们，他们——杭州的市民，有多少曾为民族的命运顾虑过呢？

我的画学生时代的教师们，多数仍在西湖，他们都买了地皮造了洋房，成了当地的名流，有的简直不再画画了。

十一月，敌人已从金山卫登陆，杭州在军事上已极重要，但除了单纯的军事的调防之外，负责当局仍不曾在民众运动上开放过——个人的地位与荣禄使他们忘却了整个民族的厄运。

最后，我教书的学校，没有学生来上课了，我也就借了盘费，离开杭州。

不久，听说杭州的居民已逃走，省政府与省党部都早已迁至金华，而那在临走前两天还劝人们"高枕而卧"的《东南日报》，也改在金华出版了。

有一天，我在一个村上遇见了一个背了包袱的警察，他说是从杭州逃出来的——他走时，城里已三四里路看不见一个人影了。

那时，敌军还不曾攻嘉兴。

今天，我在想念着杭州……

我不能违心地说我爱杭州，它像中国的许多城市一样，挤满了偏窄的、自私的市民与自满的卑俗的小职员，以及惯于谄媚的小官僚和专事奉迎的文化人，他们常以为自己生活在无比的幸福里，就像母亲似的安谧。在他们，从不曾想到会有如此大的祸患真实地落在自己的头上。他们恐怖着灾难，但他们不会反抗，而且也不想反抗，最后，他们逃跑了——却仍旧不曾放弃掉偏窄、自私、自满、谄媚与奉迎；所放弃的是农人们给他们耕植的土地和工人们给他们建筑在土地上的房屋。

今天，敌人已迫近了杭州，明天或后天，我们的英勇士兵，将以温热的血与肉，作着保卫杭州的防御战了。

杭州，从来迷漫着和平的烟雾的西湖，将要迷漫着战争的烟火了。

或许，敌人的残暴的脚步，很快就踏遍了整个的杭州；或许，敌人的兽性会把西湖的一切摧毁；或许，西湖的血会染成紫红的颜色……

但是，我们却应该为杭州欣喜，因为愈为怯懦的、无耻的人们所弃，却愈为英勇的、坚强的战士们所爱，它将在敌人与我们间的争夺战中惊醒过来……

今天，我想念着杭州，我想念着，眼前就浮起了它少时的凄凉，我是极度地悲痛着，但我却不再流泪了。

我以安慰自己的心情，默诵着这为我最近所爱的话："让没有能力的、腐败的一切在炮火中消灭吧；让坚强的、无畏的、新的，在炮火中生长而且存在下去。"

杭 州

郁达夫

杭州的出名，一大半是为了西湖。而人工的建设，都会的形成，初则是由于唐末五代，武肃王钱镠（西历十世纪初期）的割据东南，——"隋朝特创立此郡城，仅三十六里九十步；后武肃钱王，发民丁与十三寨军卒，增筑罗城，周围七十里许。……"（吴自牧《梦粱录》卷七）——再则是由于南宋建炎三年（一一二九），高宗的临安驻跸，奠定国都。至若唐白乐天与宋苏东坡的筑堤导水，原也有功于杭郡人民，可是仅仅一位醉酒吟诗携妓的郡守的力量，无论如何，也是不能和帝王匹敌的。

据说，杭州的杭字，是因"禹末年，巡会稽至此，舍航登陆，乃名杭，始见于文字"（柴虎臣著《杭州沿革大事考》）。因之，我们可以猜想，禹以前，杭州总还是一个泽国。而这一个四千余年前的泽国，后来为越为吴，也为吴越的战场，为东汉的浙江，为三国吴的富春，为晋的吴郡，为隋唐的杭州，两为偏安国都，迭为省治，现在并且成了东南五省交通的孔道，歌舞喧天，别庄满

257

地，简直又要恢复南宋当时的首都旧观了。

我的来住杭州，本不是想上西湖来寻梦，更不是想弯强弩来射潮；不过妻杭人也，雅擅杭音，父祖富春产也，歌哭于斯，叶落归根，人穷返里，故乡鱼米较廉，借债亦易，——今年可不敢说，——屋租尤其便宜，铩羽归来，正好在此地偷安苟活，坐以待亡。搬来住后，岁月匆匆，一眨眼间，也已经住了一年有半了。朋友中间晓得我的杭州住址者，于春秋佳日，旅游西湖之余，往往肯命高轩来枉顾。我也因独处穷乡，孤寂得可怜，我朋自远方来，自然喜欢和他们谈谈旧事，说说杭州。这么一来，不几何时，大家似乎已经把我看成了杭州的管钥，山水的东家；《中学生》杂志编者的特地写信来要我写点关于杭州的文章，大约原因总也在于此。

关于杭州一般的兴废沿革，有《浙江通志》《杭州府志》《仁钱县志》诸大部的书在；关于杭州的掌故，湖山的史迹等等，也早有了光绪年间钱塘丁申、丁丙两氏编刻的《武林掌故丛编》《西湖集览》，与新旧《西湖志》《湖山便览》以及诸大书局大文豪的西湖游记或西湖游览指南诸书，可作参考；所以在这里，对这些，我不想再来饶舌，以虚费纸面和读者的光阴。第一，我觉得还值得一写，而对于读者，或者也不至于全然没趣的，是杭州人的性格；所以，我打算先从"杭州人"讲起。

第一个杭州人，究竟是哪里来的？这杭州人种的起源问题，怕同先有鸡蛋呢还是先有鸡一样，就是叫达尔文从阴司里复活转来，也很不容易解决。好在这些并非是我们的主题，故而假定当杭州这一块陆土出水不久，就有些野蛮的，好渔猎的人来住了，这些蛮人，我们就姑且当他们是杭州人的祖宗。吴越国人，一向是好战、坚忍、刻苦、猜忌，而富于巧智的。自从用了美人计，征服了姑苏以来，兵事上虽则占了胜利，但民俗上却吃了大亏；喜斗、坚忍、刻苦之风，渐渐地消灭了。倒是猜忌，使计诸官能，逐步发达了起来。其后经楚威王、秦始皇、汉高帝等的挞伐，杭州人就永远处于了被征服者的地位，隶属在北方人的胯下。三国纷纷，孙家父子崛起，国号曰吴，杭州人总算又吐了一口气，这一口气，隐忍过隋唐两世，至钱武肃王而吐尽；不久南宋迁都，固有的杭州人的骨里，混入了汴京都的人士的文弱血球，于是现在的杭州人的性格，就此决定了。

　　意志的薄弱，议论的纷纭；外强中干，喜撑场面；小事机警，大事糊涂；以文雅自夸，以清高自命；只解欢娱，不知振作等等，就是现在的杭州人的特性。这些，虽然是中国一般人的通病，但是看来看去，我总觉得以杭州人为尤甚。所以由外乡人说来，每以为杭州人是最狡猾的人，狡猾得比上海滩上的滑头还要厉害。但其实呢，杭州人只晓得占一点眼前的小利小名，暗中在吃大亏，可是不顾到的。等到大亏吃了，杭州人还要自以为是，自命为直，无以名之，名之曰"杭铁头"以自慰自欺。生性本是勤而且俭的杭州人，反以为勤俭是倒霉的事情，是贫困的暴露，是与面子有关的，所以父母教子弟的第一个原则，就是教他们游惰过日，摆大少爷的架子。等空壳大少爷的架子学成，父母年老，财产荡尽的时候，这些大少爷们在白天，还要上西湖去逛逛，弄件把长衫来穿穿，饿着肚皮而高使着牙签；到了晚上上黑暗的地方去跪着讨饭，或者扒点东西，倒满不在乎，因为在黑暗里人家看不见，与面子还是无关，而大少爷的架子却不可不摆。至于做匪做强盗呢，却不会，决不会，杭州人并不是没有这个胆量，但杀头的时候要反绑着手去游街示众，与面子有关；最勇敢的杭州人，亦不过做做小窃而已。

唯其是如此，所以现在的杭州人，就永远是保有着被征服的资格的人；风雅倒很风雅，浅薄的知识也未始没有，小名小利，一刻也不肯放松，最厉害的尤其是一张嘴巴。外来的征服者，征服了杭州人后，过不上三代，就也成了杭州人了，于是剃头者人亦剃其头，几十年后，仍复要被新的征服者来征服。照例类推，一年一年的下去。现在残存在杭州的固有杭州老百姓，计算起来，怕已经不上十个指头了。

人家说这是因为杭州的山水太秀丽了的缘故。西湖就像是一位"二八佳人体似酥"的狐狸精，所以杭州决出不出好子弟来。这话哩，当然也含有着几分真理。可是日本的山水，秀丽处远在杭州之上；瑞士我不晓得，意大利的风景画片我们总也时常看见的罢，何以外国人都可以不受着地理的限制，独有杭州人会陷入这一个绝境去的呢？想来想去，我想总还是教育得不好。杭州的家庭教育、社会教育、学校教育，总非要彻底地改革一下不可。

其次是该讲杭州的风俗了。岁时习俗，显露在外表的年中行事，大致是与江南各省相通的；不过在杭州像婚丧喜庆等事，更加要铺张一点而已。关于这一方面，同治年间有一位钱塘的范月桥氏，曾做过一册《杭俗遗风》，写得比较详细，不过现在的杭州风俗，细看起来，还是同南宋吴自牧在《梦粱录》里所说的差不多，因为杭州人根本还是由那个时候传下来，在那个时候改组过的人，都会受文化的影响，实在真大不过。

一年四季，杭州人所忙的，除了生死两件大事之外，差不多全是为了空的仪式；就是婚丧生死，一大半也重在仪式。丧事人家可以出钱去雇人来哭。喜事人家也有专门说好话的人雇在那里借讨彩头。祭天地，祀祖宗，拜鬼神等等，无非是为了一个架子；甚至于四时的游逛，都列在仪式之内，到了时候，若不去一定的地方走一遭，仿佛是犯了什么大罪，生怕被人家看不起似的。所以明朝的高濂，作了一部《四时幽赏录》，把杭州人在四季中所应做的闲事，详细列叙了出来。现在我只教把这四时幽赏的简目，略抄一下，大家就可以晓得吴自牧所说的"临安风俗，四时奢侈，赏观殆无虚日"的话的不错了。

一、春时幽赏：孤山月下看梅花，八卦田看菜花，虎跑泉试新茶，西溪楼唻煨笋，保俶塔看晓山，苏堤看桃花，等等。

二、夏时幽赏：苏堤看新绿，三生石谈月，飞来洞避暑，湖心亭采莼，等等。

三、秋时幽赏：满家巷赏桂花，胜果寺望月，水乐洞雨后听泉，六和塔夜玩风潮，等等。

四、冬时幽赏：三茅山顶望江天雪霁，西溪道中玩雪，雪后镇海楼观晚炊，除夕登吴山看松盆，等等。

将杭州人的坏处，约略在上面说了之后，我却终觉不得不对杭州的山水，再来一两句简单的批评。西湖的山水，若当盆景来看，好处也未始没有，就是在它的比盆景稍大一点的地方。若要在西湖近处看山的话，那你非要上留下向西向南再走二三十里路不行。从余杭的小和山走到了午潮山顶，你向四面一看，就有点可以看出浙西山脉的大势来了。天晴的时候，西北你能够看得见天目，南面脚下的横流一线，东下海门，就是钱塘江的出口，龛赭二山，小得来像天文镜里的游星。若嫌时间太费，脚力不继的话，那至少你也该坐车下江干，过范村，上五云山头去看看隔岸的越山，与钱塘江上游的不断的峰峦。况且五云山足，西下是云栖，竹木清幽；地方实在还可以。从五云山向北若沿郎当岭而下天竺，在岭脊你就可以看到西岭下梅家坞的别有天地，与东岭下西湖全面的镜样的湖光。

若要再近一点，来玩西湖，我觉得南山终胜于北山，凤凰山胜果寺的荒凉远大，比起灵隐、葛岭来，终觉回味要浓厚一点。

还有北面秦亭山法华山下的西溪一带呢，如花坞秋雪庵，茭芦庵等处，散疏雅逸之致，原是有的，可是不懂得南画，不懂得王维、韦应物的诗意的人，即使去看了，也是毫无所得的。

离西湖十余里，在拱宸桥的东首，地当杭州的东北，也有一簇山脉汇聚在那里。俗称"半山"的皋亭山，不过因近城市而最出名，讲到景致，则断不及稍东的黄鹤峰，与偏北的超山。况且超山下的居民，以植果木为业，旧历二月初，正月底边的大明堂外（吴昌硕的坟旁）的梅花，真是一个奇观，俗称"香雪海"的这个名字，觉得一点儿也不错。

此外还有关于杭州的饮食起居的话，我不是做西湖旅行指南的人，在此地只好不说了。

说杭州人

郁达夫

　　去年中学生杂志会教我做过一篇文章，题目叫作《杭州——地方印象记》。我以为杭州的景物，写的人很多很多，所以只写了些杭州人的气质。实在是因为我现在也冒籍杭州，对杭州人看了过不过去的地方太多，爱之甚故不觉言之太激。殊不知那一篇文章出后，杭州人竟有许多对我感到不满，来函切责者，一连有了好几起。我觉得一一辩解，实在也有点忙不过来，想先抄一点古人的文章，来做一个挡箭牌。

　　田叔禾（当然是杭州钱塘人）的《西游游览志》与《志余》，总算是杭州最普通的一部志书了吧？而《志余》卷六里，有一段说：

　　　　杭民尚淫奢，男子诚厚者十不二三；妇人则多以口腹为事，不习女工，日用饮膳，惟尚新出而价贵者，稍贱便鄙之，纵欲买了，又恐贻笑邻里而止。至正十九年己亥冬十二月，金陵游军，斩关而入，突至城下，城门闭三月余；各路粮道

263

不通，米价涌贵，一斗直一十五缗。越数日，米既尽，糟糠亦与米价等；有赀力人，则得食，贫者不能也。又数日，糟糠亦尽，乃以油饼捣屑啖之。老幼妇女，三五为群，行乞于市；虽姿色艳丽，而衣衫齐楚，不暇顾也。……

这是一段。又《志余》卷二十五里有一段说：

外方人嘲杭人，则曰"杭州风"。盖杭俗浮诞，轻誉而苟毁，道听途说，无复裁量。如某所有异物，某家有怪事，某人有丑行，一人倡之，百人和之，身质其疑，皎若目睹。譬之风焉，起无头而过无影，不可踪迹。故谚云："杭州风，会撮空，好和歹，立一宗"；又云："杭州风，一把葱，花簇簇，里头空"。又其俗喜作伪以邀利目前，不顾身后；如酒挽灰，鸡塞沙，鹅羊吹气，鱼肉灌水，织作刷油粒，自宋时已然，载于癸辛杂识者，可考也。

偶尔一翻，就可以翻出许多我的粉本；宋元人的笔记里，骂杭州人的地方，当然要更多，我与杭州人无仇；并且抄得太多，也觉与杭州人无益，所以不再抄下去。总之，杭州人先要养成一种爱正义，能团结，肯牺牲的风气；然后才可以言反抗，谋独立，杀恶人。否则，敢怒而不敢言，敢言而不敢行，挣扎到底，也无成效。外患日殷，生活也日难，杭州人当思所以自拔，也当思所以能度过世界大战的危机。越王勾践的深谋远虑，钱武肃王的勇略奇智，且不必去说他们，至少至少，我想也要学学西泠桥畔，那一座假坟下的武都头，做一个顶天立地的奇男子；生死可以不问，冤辱不能不报。

杭州人的"那个"

许钦文

报载有上海人游玩了杭州后这样说:"西湖的风景的确不错,不过杭州人有点那个!"

所谓"那个",大概是指"刨黄瓜儿"。这在本非杭州人而已在西子湖畔住了十多年的我看了以后,不无感想。首先要在这里说的是,有些杭州人刨上海游客的黄瓜儿,影响所及,提高物价,于我是有害无利的。而且,住在西湖边上的人,每到春秋佳日,六桥三竺间,如"山阴道上",蜂拥般游客中,总有几位是亲友,在一道走走,陪着玩玩,迎往送来,略作应酬之际,往往连带地被刨黄瓜儿进去。所以,"杭州人的那个",不但上海人感觉到,有些杭州人也是感觉到的。"那个""那个"的并非全是杭州人;原来只是一小部分的杭州人,像拉黄包车的,踏三轮车的,自由营业的,开汽车的,划西湖船的,开旅馆、饭店、酒楼以及茶社之类的,自然还有摊主与走贩之流。

要在这里说明的是,要这样"那个"的并非个个"发洋财";

265

春去夏来，西子湖头就渐形冷落，由六折七扣而对折三折，旅馆自动减价。从接客的在城站兜拦得起劲，你争我夺拉客人，以同行为对敌，可见其生意的清淡。一到寒冬，拉黄包车的多在街头巷尾索索地发抖，因为许久拉不到客。朱门的大餐社前常常可以罗雀。西湖船十九登陆，扑在院子里，划船的如无相当副业，只好等候平粜米的救济。据说西湖船曾经高价到五百万元一天。但是这种日子可有多少呢？他们的"那个"，只是一年之计在于春。"只见和尚吃馒头，不见和尚受戒"，上海人就感觉他们是"那个"了。

杭州称作天堂是早有的事；虽然"雷峰夕照"已见不到，"南屏晚钟"也就减色，可是环湖柏油马路是使得"天堂"现代化了的。流线型的汽车一个电话就可以叫到，三名夫子的凉轿仍然到处可以乘坐。为着观瞻，西湖是专门雇着许多清湖夫在捞蕴藻的。并非杭州已经各处干净，近日报载街头巷尾垃圾多。像同春坊下面的一带，小菜最多，也较便宜，可以说是与许多杭州人生活关系最密切的街道，天一下雨就像是个墨盒。许多中城下城的巷中，即使晴天走路也得注意，一不小心就会满裤子溅上烂泥，因为路面的石板多活动，一踏着就翘起来，而水沟排泄不灵，下面是积着污水的。

再说"那个"，是要多破点钞。一个春天过去，上海人送到杭州来的钱委实不少；听说在和尚经手寺院里的募化簿上，有许多是用金条计数的。但这出于"信士"的自愿，不在所说"那个"的范围内。

其实"那个"，也有的是可以避免的。热闹在六桥三竺间，使得红桃绿柳增色的，游客以外是香客。香客可分两种，阔绰的和非阔绰的。非阔绰的香客多是来自嘉湖一带的蚕娘及其夫君，他们夜航来到，黎明登岸，晚即回船，旅社客栈"那个"他不得。背着"朝山进香"的黄布袋，男男女女，老老少少，成群结队地两只脚去，来回步行，拉黄包车的和踏三轮车的都"那个"他不得。自带柴米，集体饮食，餐社、饭店、茶馆酒楼也都"那个"他不得。他们使用汗血所换些许金钱，禁不起"那个"，怕被"那个"，不敢同要"那个"者接近，也就同"那个"无关。由此可见，被"那个"的是可以被"那个"的。据说某国有过这样的时候，市上的物价分着好几种，卖给从外国过去考察的特别贵，因为大概是资本家，叫作"剥削"剥削者。杭州人的"那个"，未必存心如此；其为"那个"却是无所不同的吧。

三月三十一日《中国新报》在"杭州春游盛况空前"的标题下，说是如此春游盛况为二三十年所未有。正当一般公教人员，上吊的上吊，跳河的跳河，大家感到生活困难，将要活不下去的时候，似乎奇怪，会有这种情形。其实不然。如今米虽然贵，并不缺少；布虽然贵，并不缺少；油盐酱醋虽然贵，也都并不缺少。"胜利"以来，接收的很多发财，营商的很多发财；贪一下，奸一下，就都可以发财，只是安分守己的老实人在吃苦。《中国新报》这记载，证明了社会经济的畸形发展。据说寺院之中，菩萨面前，阔绰的血唇烫发的妇女在叩头；西装革履的阔少，放下司的克的在三跪九叩。发了洋财，新了装束，内心依然。内心依然，发了洋财，只是新了装束的很多很多。他们是香客，也是游客。本来是香客，发财了，也就遨游起来，是阔绰的。给某国"剥削"的未闻喊"那个"，是资本家，不在乎区区被"那个"的；发了洋财遨游西子湖畔的当也不在乎被"那个"的区区小事；诚信的香客以杭州为佛地，总以为多花点在佛地是好的，也不至于喊"那个"。那么喊"那个"的只是寒酸的游客吧。并未阔绰，也要遨游西子，在这年头儿，皂白不分地同被"那个"，呜呼冤哉！

杭州回忆

经亨颐

"未能抛得杭州去，一半勾留是此湖。"白乐天的这两句诗是我居杭十二年的根本原因。学校的兴趣，当时一堂弦歌，所谓得英才而教育，固然很可回味，但只好算过去的余事，西湖是永久可以任我优游而且觉得更可爱的。今年重阳应在杭同学之约，小住数日，集八十余人欢宴，唱碧梧校歌，依然如在明远礼堂中，而且各以公务员着制服，一如当年校服，尤为引起旧感，秋风黄叶，使我依依不能去。翌日晤越风社主编黄萍荪君，很诚恳地嘱我写一篇两级师范学校回忆录。社会的眼光，或以为有若何特闻，涵养于长期的十年教训，写出来实在没有意思，不过"惟教学半"这句话的确有道理的，至诚可感人，尤其是师弟之间，天然情义，清苦的教育事业，大家所以都愿意干，无非为此，我且率直地随随便便写在下面。

凡事有缘，我于杭州或者可以用得着一个"缘"字，因为两级师范开校那一年，我还在日本高等师范本科一年级，并没有毕业。我的先辈许季茀、钱均夫、张燮和是那年却好毕业，何以不回来呢，监督王孚川先生曾先去聘请他们，据说不愿就教务长，又和我来商量，我当然也不能答应他。他弄得没有办法，后来他向同乡会请求公举一人去当教务长，同乡会专程开了一次会，他们三位不到，我照例去出席，结果竟公举了我回来承其乏。那时同乡会的精神很好，一经决议是不能不服从的。我呢，那时还是一个苦学生，已经自费六年，把家里的田产卖了维持，又自己译书，经济非常拮据，正是难以为继的时候，加以同乡的劝勉，就贸然应命了。正好本科一年级学年终了，于是就向学校休学一年，又承校长嘉纳治五郎先生的允许，并且指导我种种要点，又请他介绍一个图画手工教员吉加江，而王孚川先生已聘定早稻田的一个教授中桐确太郎担任主要的教育。其中我还有一种为难情形，因为嘉纳先生有些不乐意，他说早稻田派的教育不纯正的，无如聘约已定，我和他们两位日本教员，赶程回国。两级师范是民国纪元前四年四月十五日开校，我赶到杭州已经是四月十三，到了学校，指定一间房子给我，一张床一张桌，其他一无所有。尽两天的工夫，把锣鼓要敲起来，现在回忆的确有神助的。好在我临行时将日本高师内部办事情形详细调查，带来勉强应付。我那时是一个西装少年，开校那一天，当然就地长官，抚台以下提学使等大家翎顶辉煌，先行谒孔礼，我曾以西装也一同三跪九叩，两位日本教员和我跪在并排，还要低声地笑。十五开校，迟到十八就正式实行上课，糊里糊涂、毫无根据地把课程排了出去。全校教员，都是由什么什么大宪介绍，全不相识，配来配去，终觉得文学教员太多。最可记的一次笑话，某教员是抚台介绍的，他上国文课，不知道从何处选了一篇东西，内中有"绞脑浆"三字，

270

不巧缮写者误写了"咬腊浆",学生问何解,他说古人勤学,寒冬不暇暖食,将腊浆就是冷的东西,随咬随读就是了。学生大哗,立刻跑到我这里一定要我亲到讲堂去看,我不得已只好去,果然三个字写在黑板上,某教员已经被责问而退了。我一看只是没有办法,顾不得抚台不抚台,即刻向监督要求解聘,某教员就此滚蛋,于是学生一致信仰我的率直,由此起点。

光阴很快,一年的休学期已满了,大家以为我教务长做得有滋有味,一定不再去求学了,也有暗中讥笑的排斥的,我听了实在可笑,如期毅然告辞。终算承提学使的厚意,给我正式官费一名。可是到了日本,销了休学的假,翻开书来,实在有些荒疏了。我本是物理化学科,在一年级的时候,实验化学,臭不可当,要想改科,只准可改数学物理科。数学比化学更难,考虑的结果,下了决心,改入数学物理科,倒也勉强毕业,不过这两年中,完全为拍拉司马合诺司闹得我不能兼顾其他主要的教育等科。老实说一般理科的学生本不十分注意的,但是我特别对吉田静致先生所授的伦理有相当兴趣,所以不但他所讲的,还有他所著的伦理学全部都买来参考,这是我一生最值得自慰的一件事。我离开杭州忽忽二年中,两级师范换了六个教务长,第六个走的时候,监督是徐班侯先生,找不到人,学生中竟还有记得经先生可以毕业回来了,徐老先生即刻打电报给我。那时我毕业试验却好完了,毕业式还没有行,文凭还没有到手,我想不管他,回去再说。所以我的文凭领来手续特别讲究,是由监督申提学使,由提学使转日本公使向该校校长取了寄来的。重到杭州,相见甚欢,一位日本教员中桐确太郎还在,我和他论友谊是还好,我第一次回来的时候,他以为我在日本不过一个学生,回国来居然当教务长,有些看不起我，而且他口头常有侮辱中国的话，我当然不让他的；第二次回来相见，态度不同，我想你还在，支配教课因为伦理没有人担任，我不愿意国文教员担任讲一套毫无意义的伦理，所以请他讲，他竟嘲笑地说伦理可以请外国人教吗？我恨极了，我说我请你教世界伦理史，不是请你讲日本伦理，结果仍改请最有名的某国文先生担任，看看他的讲义，无非极尽小学和字类统编之能事。转瞬暑假，又恰巧杭州教育厅要办一个暑期讲习科，也要求我讲伦理。因为理科和文科一道鸿沟不容易打通的，终觉得不敢尝试，后来无可推却，就把吉田先生的书一起搬出来，温习了好几天，编了讲义，自问可以试试看，兴味甚佳，所以暑假后校内的伦理一科就大胆地把担任教员姓字的地位，举笔写了一个"经"字。揭示出去，学生奇怪之至，教务长也能讲伦理吗？也敢讲某先生讲过的伦理吗？我大踏步去上课了，讲了一点钟，开场是伦理学的定义，学生竟有些识别力，恍然密语，才知道某先生所讲的不是伦理学。我自此接着在后来第一师范以及法政学校等居然做了七八年杭州的伦理教员，我的思想的根源，就是从这里来的。什么过激，什么德莫克拉西，在后，也可说二十世纪思潮的大变更，过激等口号，不过自然生长出来的枝叶，不足为奇，最简单地说个理由，两句话就可以明白：

一、道德不是千古不变的。

二、道德判断没有客观的标准。

这两句话的伟大，可以把一切伪道德，模型的道德，桎梏的道德推翻无遗。道德是有机的，是随时代演进的，决不是未有人类以前，哪一个上帝预先制定的，又不许既有人类以后哪一个圣人任意假造的。"自由"是所谓新道德的一种，而它的精神完全是尚纪律，一方面看去是自由，一方面看去是纪律，不知道如何下一个永久的定义。道德判断孰是孰非，也决没有客观的标准。譬如今天气候，你说冷我说暖，可以看寒暑表就解决，善恶表无人发明。相传古时有一种角兽能识别人的善恶，名曰解廌，形似鹿，性忠，见人斗则触不直者，所以古写法字，加了一个廌为灋，取平之如水不直者去之之义，那是"廌"的东西，可以做道德判断客观的标准了。一切罪疑可令其一触便分晓，科学上哪里可以允许呢。我想一定当时法官的黑幕，一如江湖上鸟衔牌，此兽或因某臭气某颜色必触，贿重者大可设法使之不触而触他方，古人愚即俯服，何以现在找不到这种动物，我想把世界上两大汹潮请它触一触，道德既没有客观的标准，善恶共存，所以我说天下乌乎定，定于二！可说天下永不定，不定于二！

我在杭时期，两级师范仅二年，第一师范较长，不关于学校降格，兴趣更好，这是什么缘故呢？因为两级师范内容复杂，凡是有两种程度的学生合在一起，一定办不好的。所以我本此经验，现制初级中学和高级中学，绝对不主张合办，无论同一名义，也应办在两处。我平时对学生，并无何种特别手段，而且决不主宽，是极主严的。所谓主严，不但对学生，自己办事上首先要主严，第一关键是入学试验，招进来的新学生基本好不好，和学校成绩好不好大有关系。第一师范以后的学生，个个是我亲手招进来的，报名人数与学额差不多要一与二十之比，无论何人送来的条子一概不理。老同事如夏丏尊、李叔同、储申甫、范允兹、胡公冕、姜敬庐等以一贯的精神，决不计较劳苦，自动的课外工作很多很多，这是现在各校教员所少见的。李叔同就是由第一师范出去直接做和尚的弘一法师，当时南京的高等师范重金来聘他不去，一半也是抛不得杭州，结果仍受天竺灵隐的影响而出家，他的人格，感动学生很大。当时校内有力的国文教员是称为四大金刚的陈、夏、刘、李，陈是陈望道，夏是夏丏尊，刘是刘大白，李是李次九。"自有家酿，不食沽酒"，这是第一师范当时堂堂皇皇的态度。学生中不能说没有激进分子，但是我所知道后来惨死的人，都是因为第一师范风潮失败以后愤而到上海才加入共产党的，岂不是当时官厅压迫的措置要负其责吗？我于民国七年偕杭州教育界多人赴日本考察，在神田书店中才发现一本过激派的书，买来细细一看，思想的根源，仍不出我所熟读的吉田先生的伦理讲义。我回到杭州就对学生彻底训话，师范生以教育为天职，逐渐使社会思想改造，都是毕业以后应当做的事。无如当时的官厅，终以为蛛丝马迹，简捷的办法，是把我免职，即刻移交渡江。后来风潮愈闹愈大，如何收拾，我又以省教育会会长的资格，返杭调停而歇！

第一师范而外，我还有不能不回忆的就是省教育会。我任会长也有七年之久，现在平海桥畔教育厅作为办公的一所房子，终算是我在职期中向各方捐募而来建筑成功的。离杭以后曾两次重游西湖，过其门不觉耿耿。社会上自己集资的公共建筑，不能保持社会上自己享用，将来社会事业很难希望发达。原来省教育会到现在已是无声无息，究不应省教育会可以不必，而把它的建筑充公，改为别种社会事业，难道用不着吗？而且我以为省教育会或改为文化教育馆，有努力进行之必要。翘首之江，热心教育者不乏其人，盍利用此现成之基础，正式提出请求，或可复兴。企予望之！

和洪深游杭州

田　汉

一

当一个人过度抑郁或紧张之后，每每想跑到一个什么地方深深吐几口气，或是大叫几声，或是在大地上扯伸腿，足足够够地睡他一觉。人生和自然就有这种微妙的亲密关系。所谓"疾痛惨怛则呼天"，也就是这意思。天，无非就指的大自然。

洪深先生近来身体不适，精神也舒服不了。丈夫爱幼子，而他的幼子不幸患了TB性慢性脑膜炎，卧病累月，举债千万以买不甚有效的特效药，终致使洪先生慨然叹曰：

"在经济上我也患了慢性脑膜炎了。"

再加，为着关于出处大节上的疑虑，他躁急地和一位老朋友争吵，他自己非常痛苦而又控制不了他的感情。这样他决心陪他的夫人和最小的一位女公子洪钤做杭州两日之游。他买了三张票，但他的小女公子实在只需要补半票，他便邀我同去。我虽已去过

275

杭州一次了，但我若陪他们去，旅途上显然会热闹些，也便利些。况且我也有我自己想去的理由，所以我答应了。

洪先生是性急的，午后四点五十分的车，刚到两点，他就催着动身。我来不及做任何旅行准备，就匆匆跟着上了汽车。我们在车厢里足足等了一个多钟头，西湖号才离开北站。

二

嘉兴南湖的菱是那样的鲜嫩，我们指甲都剥开了，但还不肯释手。等到我整整吃完两篮菱，车窗外忽然灯火辉煌，人声嘈杂，杭州到了。

星期六游客多，找旅馆不容易，我们叫了部小包车一直去找老友储裕生。开到湖边《申报》办事处一问，才知裕生刚刚到上海去了。裕生夫人忙去找上次招待过我们的管先生，管先生好容易到西湖饭店找了两个房间。又由他们才知道《哀江南》的外景队住在清泰第二旅馆。打电话去，云卫不在，叶苗接了。

洪铃喊着饿了，其实我们也都饿了，便去找东西吃。这样我们到了王润兴。一来那儿有名，二来也是"饥者易为食"，那晚我们吃得那么香，四个人吃了十五万。

叶苗居然寻来了，他不愧云卫的得力副手。他说他只找了两家就找对了。我们告诉他住西湖饭店，随即云卫也到旅馆看我们。

"成绩怎么样？"

"天气好，拍得很顺利。那天为什么不来？我们等了你很久。"

"临时有事，没有来。"

"我们定的是最后一节车厢，工作很便当，车里车外，车轮和

276

桥梁都拍过了。这次我是想让外景占四分之一的重量的。"

"这边报纸上说外景队繁荣了杭州的市面。"

"找的人很多，一天电话不断，一清早就有人等在旅馆门外。在湖里拍戏，小船都围拢来了。"

"他们想看你们？"

"我们想看杭州的风景，他们想看上海来的人。杭州也实在太寂寞了。这里不像你剧本里写得那么热烈。"

"因为已经不是抗战前期了。"

后来我谈到上海这几天的情形，直到深夜，云卫因为明天要早起，才回去了。

三

第二天一早在街上吃了一点点心便到清泰第二旅馆。时间还早，云卫还没有起来。应夫人程慕莲女士和她的男女公子们来招待，他们是昨日晚车来的，只预备玩一天就回去。二小姐萱萱，前次曾和我们来看外景的，这次也和其他许多小姐一样化装了一位采茶女。苏绘成了须发皤然的刘毅夫，去寻徐稚云的冯喆殷勤地替我们冲了昨天刚从九溪买来的好茶，还叫了几客有名的汤包。冯喆的令尊和洪深先生同过学，交谊甚深，所以冯君特别亲切。

出发时将近七时半。我们坐上云卫雇的小包车，沿湖滨公园经苏堤、岳庙，直到玉泉。洪太太是第一次到杭州的，我们未免替她指点湖山。那时晨雾未消，清露犹滴，湖波如镜，游艇两三，她们初游者的兴奋可以想象。

在玉泉，她们想引动五色鱼而苦不得面包、爆米之类为饵。

洪先生又领他太太和女公子去看廊下小池，在石上一跺脚便有一颗珠子喷上来，这比起我们在云南安宁温泉所见的珍珠泉相差太远。但洪先生的理论是风景亦如戏剧，要以外行的天真的眼光去欣赏，才能 Enjoy（享受），否则嫌格太高，难得有满足的时候。在这里他买了友人巨赞法师所著的《灵隐小识》。

经岳坟入白堤，必过名伶常春恒故宅。洪深先生特为介绍："你瞧，这房子造得像不像一把手枪？宅主是常春恒。起好这房子不久，他被暗杀了。"

于是大家紧张地观察了一下这道旁的凶宅。

"现在租给好几家人家住了，却也没有什么。"司机同志说。我们过虎跑寺没有上去，车子一直开六和塔，大家很兴奋地回望钱塘大桥，洪太太们叹非常美。

"抗战开始炸毁过的，于今修复了。比这长的桥虽有，但汽车火车两用的，在中国这算第一了。"

到九溪十八涧会合处的茶场，择定的山坡已布置好了，雇来的真正的采茶女们也陆续背着小茶篓到达指定地点了，甚至山下茶座里已等好了许多看热闹的游客了。

地点选得很好。经敌人八年来的破坏，九溪十八涧树木多被砍伐一尽，而这里在千万点茶丛后面，却有一带茂密的竹林，竹枝迎着风，天日晴朗，白云成堆移动，正是摄影的理想时空。

他们在云卫的指挥下很快地开始工作了。唱《采茶歌》一场戏因声带已在上海收好，这里只用把声带放出（机器在山下茶室，而用很长的线把播音器置到半山茶树下），演员随着播音器一面唱一面做表情即得。方法确比从前更进步了。摄影师周诗穆先生对每一镜头都能细意安排，不怕麻烦，很是可敬。周璇女士表演也用功，虽在烈日下，不辞反复练习。唱《好个王小姐》的那一段戏拍完，洪深先生不觉拍手称赏。

"哟，洪先生，您还拍手哩，请多多指教。"

周小姐很惶恐地说。这态度是好的。

正午，顶光不能拍戏，一位钱先生约我们在山下"山外山"酒馆吃一鸡五味。洪深先生在这里无意中重遇了一位老友赵琛。以前他是在明星公司演小生的，扮过洪先生写的"冯大少爷"，于今已是霜雪满头的老生了。

在山上茶室休息中，周小姐躺在竹床上用两顶草帽盖着头，我和洪先生也在那儿喝茶。看热闹的游客来得可太多了。大都是之大、浙大的同学，他们包围着周小姐要听她唱歌，否则不肯解围。经云卫立在凳上好说歹说，终于把扩音器摆在高处，周小姐跟着唱了一段《采茶歌》，大学生们才皆大欢喜，反帮着维持秩序。洪先生虽曾连带陷入重围，但并没有成为包围的对象。后来某报杭州电报说群众误认洪先生为影星尤光照，经洪先生取出身份证乃知非是云云。

洪先生看了报，生气说：

"我这太悲哀了，为什么不说人家误认影星尤光照为洪深，而说错认洪深为尤光照呢！"

尤光照据说是一位身体很胖的滑稽演员。想起了我们在无锡看《丽人行》时，洪先生被观众误认为梅兰芳，几乎全场站起来看他，他却误以为大家是对这戏的导演先生致敬的，赶忙站起来点头致谢。那个喜剧场面也曾使洪先生哭笑不得。

"美国管影迷叫 Fan，起先我不知道此语来源，现在才知道是Fanatic（疯狂）的省文。"洪先生说。实在那天那些影迷的疯狂劲儿使你感到非常麻烦，但又决不能对他们板面孔。

许多外国的观光者也拥到茶山拍照，他们问这戏叫什么名字，云卫一时说不出《哀江南》的译名，请洪先生代拟，洪先生想了许久，写出来的是：

"Lament for Kiangnan Home."

四

我们搭上一部外景队雇的卡车，虽则走起来摇摆不定，因为是敞的，重经钱塘江时，对于纵览山川风物倒是更为爽快。

在净慈寺前下车。庙的大雄宝殿正在支架翻修，三世佛的丈七金身暴露在天日里，虽减少神秘感，却也另有一派庄严。洪先生是遇塔扫塔，遇庙烧香的。他领着小妹妹向我佛鞠躬，又去看济公当日从四川运木头的井，甚至还通过和尚备好的蜡烛很天真地细看井底下最后一根没有使用的木头。

从庙前码头雇了一条小船，据他说市府规定是一万五千一个钟头（实际是四千到七千），船少，姑妄信之。大家上了船，我很自信地坐在艄翁地位，但划过南屏已经非常吃力，原因是天旱，开闸灌田，湖水奇浅，船贴在无数的水草和黏性的香灰泥上如何划得动？有时竟至搁浅，虽经船户父女俩尽力帮忙，进步有限，等到三潭在望已经都满身大汗了。

荷花盛期已过，但你在乱翻的绿浪中依然可以看见少数弄姿的红莲娇艳绝世。

洪太太请吃过藕粉，我们便离了三潭，由湖心亭转岳坟。洪铃瞻仰过岳王塑像问我：

"田伯伯，怎么岳王穿着唱戏的衣服？"

"不，是唱戏的穿他们岳王那时候的衣服。"

这当然她不会明白的。而小朋友的问题时常使你无法回答。

应太太一家是在平湖秋月坐车到车站的。他们是匆匆来去，我们就近到艺专，赴倪贻德兄的招约。到了老倪的画室，大家都有些疲倦了。洪先生在竹椅上已经是鼾声大起，我也在榻上睡了一觉，直到云卫、叶苗赶来才醒。因为午餐是在"山外山"吃的，晚餐我提议到"楼外楼"。贻德的招待极丰，大家尽醉。"楼外楼"主人叫茶房预备纸笔，研好墨，要我来几句，我写了一绝：

打桨重寻楼外楼，

藻繁泥满碍轻舟。

何妨尽放西湖水，

灌得良田百万畴。

那晚，贻德又邀我们出席艺专自治会，我、云卫、洪先生都说了些关于戏剧电影的话。艺专剧团将演《夜店》和《阿Q正传》。

五

昨晚储裕生兄在上海听说我们到了杭州，特地赶回来，到西湖饭店看我们。今天一早他又借了一部漂亮的小包车接我们游灵隐。我们先到宝石山下，找曾宪猷兄夫妇，他们都不在，留了一个便条，请宪猷正午到王润兴共餐。

灵隐寺很使洪太太满意。在飞来峰下投幸运石子洪太太又投中了，更使她高兴。及登灵隐寺大殿，洪先生至诚地求了一支签，问他幼子的病，何时可好。签是上上，充满吉祥的话，唯末语不甚可解。我向知客僧打听巨赞，他又不在，据说是出席什么会去了。我两度来杭都去访问过这位长沙、桂林以来相知颇深的方外朋友，而缘悭如此，颇为怅然。

出山门，在冷泉附近，遇了田仲济。他是陪着一位外国的女友，在小店买东西，说明后天要回上海了。

到王润兴，宪猷已经来过一次了。碰巧胡蝶女士和她的妹妹、妹夫及另一女友到邻室进餐，给洪先生瞥见了，赶忙去招呼。一会儿胡小姐也过来了。这样便惊动了四座饮客。一位高个儿的北方朋友端着酒杯过来对洪先生说：

"老师，您还记得我吗？"

洪先生想了想，含笑不语。

"咦，您忘了？我们一道演过《西哈诺》的。在上海新中央，那次您还从楼上摔下来。"

"哦，我记起来了，您是徐——"

"我叫徐溶，又叫伯川。在学校里我念土木科，没选您的课。可是我挺爱戏剧，也欢喜演剧。可是也多年不搞这个了。我现在在公路上搬石子。"

他是公路局杭州段工务处长。

这真是个不期的遇合。大家自然就大喝起来。在豪饮中我们又认识徐的"顶头上司"，那清癯干练的梁锐仲老先生。

洪先生平常欢喜把自己安排得很忙的。纵情山水的人和他一道是要伤脑筋的，因为每刚到一个地方便得再三托人买哪一天哪一钟点回去的票子，毫无情面。何况他这次又是为的赶回上海开游园会筹备会，而他又是最负责任的人。所以裕生们在再三挽留不住之后也只得放弃这希望。

"不过今天西湖号票子难买了。"

"万一难买，就坐普通车吧。不过我想总买得到的，车站里每趟车总得控制几个位子的。要不，也可以买黑市票。你可不知道我买黑市票的本事，我的本事真大啊。"洪先生时常欢喜把他的本事夸大到别人无法赞一词的。但那天他不必多花钱买黑市票，裕生已经托人替他订好了三张票了。同时，洪先生那天也大可以不那么忙的，因为后来知道筹备会早一天已经开过了。

我那天留在杭州，住宝石山下宪猷家，第二天有绍兴之行。